新皇将門
中路啓太
光文社

新皇将門

目次

装幀　高柳雅人
装画　正子公也

第一章

後ろの目

一

承平《じょうへい》八年（九三八）が明けたばかりだ。

平安京《へいあんきょう》においてはまだまだ寒い時期とはいえ、賀茂御祖《かもみおや》神社の森には、深紅の梅の花が咲いていた。

それを見つけた桔梗《ききょう》は、両腕をめいっぱいに広げて歓声を上げた。十八歳にしては娘じみた振る舞いだが、草花や山川などの美しい姿を見ると、すがすがしい風が吹きつけてくるように感じられて、それを全身で受け止めたくなるのだ。

各地の寺社を経《へ》めぐって暮らす桔梗だが、ここが大好きだった。人々はこの神社を、鴨川《かもがわ》の下流にある神社という意味で、下鴨《しもがも》神社と呼ぶ。歴史的に、京の町は鴨川中心に築かれてきたのであって、それだけにこの神社は、参道や境内にしろ、その周囲にしろ、賑《にぎ》わった場所だった。その上、ご祭神《さいじん》に初代天皇である神武《じんむ》天皇の御母《みおも》、玉依媛命《たまよりひめのみこと》が含まれていることも、桔梗がひかれてやまない理由になっている。この神域が女の自分を優しく包み込んでくれるような気がするからだ。

微笑《ほほえ》んで視線を天に向けると、雲もほとんどなく、吸い込まれるように青々とした午後の空が広がっている。桔梗はまたも、感嘆の声を上げたが、視線を下げたとき、それは深いため息に変わった。

いまにも崩れそうな小屋が、あちらにも、こちらにも、ごみごみと並んでいた。そして、そこに暮らす、薄汚れた、粗末な着物を着た人々の姿がある。これもまた、この神社の一面だ。

どこの大寺社《だいじしや》でもそうだが、この賀茂御祖神社においても、参道や境内の各所には、行き場のない病人や、目出度《めでた》い歌舞を披露する者たち、神託を告げたり、死者の口寄せを行ったりする巫《かんなぎ》たちなど、寄る辺なく生きる者どもが集まって小屋をかけ、暮らしていた。桔梗もまた、ここに屯《たむろ》する巫の一人なのだ。

神社の奥まった、立派な殿舎が建つあたりは、正式な神官ばかりか、僧侶たちも修行に打ち込む静かな聖域となっていた。神仏習合《しんぶつしゆうごう》の時代であるからだ。彼らの務めはもちろん、みずからの霊的修養に励むことだが、同時に修養で身につけた法力《ほうりき》を、国家や皇室、高位の公家《くげ》たちの繁栄のために役立てることでもあった。

その聖域と隣り合わせに、朝廷や権門《けんもん》などにはまるで顧みられない、貧しく、他に行き場もない自分のような者たちが集まっている様を、何と見るべきであろうか。桔梗はしばらく、そのような思いにかられた。あるいは現し世《うつよ》とは、地獄と極楽が混ざり合った場なのかもしれない。

そのとき、

「桔梗、桔梗」

と呼ぶ声を聞いた。

振り返れば、同じ小屋で暮らす笹笛《ささぶえ》が、こちらに走ってくる。

「どうなさった、姐《ねえ》さん？」

「お客だよ」

「誰？」

「知らない。桔梗に会わせろ、って言っている。あんた、名が知れ渡っているからね」

二十代半ばの笹笛もまた巫で、桔梗が幼い頃から、実の姉妹のように一緒に暮らしてきた。桔梗も痩せているが、笹笛は、腕や脚は笹の枝のように細く、頬は鑿《のみ》でえぐったようにこけていた。

笹笛は、桔梗を連れて小屋に引き返す道すがら、言った。

「いつも言うように、あんまり同情心を強めたらいかんよ。お客の人生はお客の人生、あんたの人生はあんたの人生だから」

「お客は男の人なんですね」

「そう」

「そのお方に、私が懸想《けそう》するとでも言うの？」

「あんた、男の涙に弱いから」

桔梗には返す言葉がなかった。たしかに、男の涙にほだされて、痛い目に遭ったことは少なくない。

桔梗と笹笛が暮らす小屋の周囲に、二人の法師が立っていた。修験者《しゅげんじゃ》のような身なりで、錫杖《しゃくじょう》を握る腕が太く、屈強そうだが、桔梗の好みの男ではない。

「どうして、私があんな人たちに――」

笹笛は桔梗の小袖の襟を摑《つか》んで耳打ちする。

「あの二人はお付きの方々。お客は中にいらっしゃる」

お付きの法師たちは、桔梗に訝《いぶか》しげな視線を向けていた。桔梗は彼らに頭を下げると、小屋の中に入っていった。

小屋の屋根は、膝立ちになり、身をかがめてようやく中に入れる高さである。下に筵《むしろ》を敷き、木材を組み立てて、天井に藁《わら》を葺《ふ》き、周囲は布で覆って雨風を防げるようにしてあるばかりだ。

その薄暗い小屋の中に、すでに客は端座《たんざ》していた。彼も僧侶のようで、頭を丸めていた。外の法師と同じようにいかつい体つきだったが、たたずまいに気品を感じさせる。

しかし、僧侶が巫に神仏のお告げを聞きたがるというのもおかしな話である。僧侶こそはみずからの法力で、神慮・仏慮を聞くべきではないか。

それはともかくとして、なぜ自分が僧侶に懸想しなければならないのだ、といささか憤りながら、桔梗は客の前に座った。

「お待たせをいたしました」

挨拶をしてから、桔梗は相手の双眸《そうぼう》を見た。その途端、これは常の人ではないと察した。笹笛とさして変わらぬ年齢であろうが、その瞳の奥が、どこまでも深く見える。

「桔梗でございます」

僧はただ、こくりと頷《うなず》いた。

桔梗は鉦《かね》の紐《ひも》を首にかけ、鹿角《かづの》の撞木《しゆもく》を手にしながら尋ねた。

「ご用命は何でございましょうか？　口寄せでございますか？　どなたをお呼びいたしましょう？」

しかし、僧はまるで聞こえなかったかのように、反応しなかった。おもむろに懐から巾着袋を取り出した。桔梗とのあいだの筵の上に据える。

「この中身がわかるかな？」

どうやら僧は、桔梗の力を試そうとしているらしい。

桔梗は、目を閉じた。深い呼吸を繰り返しながら、心中を無にすることに努める。やがて桔梗は、自分の頭の後ろ側に、黒塗りの、棗《なつめ》のような形のものが浮かぶのを見た。

「厨子《ずし》でございますか?」

僧はまた何も答えずに、巾着袋の紐を緩め、中の物を取り出した。それはたしかに、仏を納める、黒漆《くろうるし》塗りの小さな厨子であった。

「中には、何があるか?」

「そりゃ、仏様ではございませんか」

「どの御仏《みほとけ》かわかるか?」

なんだか意地の悪い人だ、と桔梗は思いながら、また心を静めようとする。やがてまた、彼女は自分の背中側に、大きな雲が立ちあがるのを見た。そのうちから、金色の光に包まれた大きな仏があらわれる。冠をかぶっているが、どの仏かはにわかにはわからなかった。

桔梗が苦労している様子を見て取ったのか、僧は言った。

「どうした、わからぬか? この御仏は、何を持っておられる?」

桔梗は目を開いた。二つの目は僧の姿を見ていたが、それとは別の目で、背後の御仏の手を見つめる。そこには何物も握られていない。左手の人さし指を立て、それを右手で包み込むように握っていた。「智拳印《ちけんいん》」と呼ばれるものだ。

「大日如来様《だいにちにょらい》」

桔梗が答えた途端、僧は厨子を開いた。中には智拳印を結ぶ、小さな大日如来の像が入っていた。

桔梗は、ほっとした。

「どのように見えるのか?」

「後ろに見ます」

「後ろ、だと？」

興味深そうに、僧は目を大きくした。

「顔についた二つの目のほかに、もう一つの目が後ろ向きに開いているような感じでございます。前のものを肉の目で見ながら、後ろの霊の目で、ここにはないものを見るのでございます」

「そうか」

僧はすぐに厨子を閉じ、巾着に入れると懐に仕舞った。代わりに別の巾着を取り出し、桔梗の前にぽんと置く。置いた途端、金属音がした。中身は銭のようだ。

「礼を申す。さらば」

僧は小屋の外に出ようとする。桔梗は呆気《あっけ》に取られた。普通、人々は巫に、人生の悩みを様々に語るものだ。そして、未来を占わせたり、幸福を摑むための方法を先祖や神仏に尋ねさせたりする。見えないように隠した物が何であるかを当てさせただけで帰る人などいやしない。

「あの、もし――」

桔梗が声を掛けたとき、僧はすでに顔を外に出していたが、また小屋のうちに向き直ると、問うた。

「今宵《こよい》の天気はどうなろう？」

桔梗は、後ろの目に映った情景をそのまま伝えた。

「雪が降っております」

「雪雲らしきものは、いまはまるで見当たらぬがな」

僧は少しだけ顔をほころばせた。そのようなことがあるはずがない、と揶揄《やゆ》する笑いだったのかもしれないが、そこにはじめて、人らしい、愛らしい表情があらわれたように見えた。

僧は小屋を出ると、従者を連れて帰っていった。

「どうだった?」

笹笛が、さっそく小屋に入ってきた。

「涙を流すようなお方ではありませんでしたね」

たしかに若く、笑顔が魅力的に感じられたものの、非常に冷徹な人物であったように思う。

「いくら私でも、あのお方とは間違いは起こしませんわ」

「ああ、それはよかった」

「でも、おかしなお客でした」

桔梗は笹笛に、さきほどの僧がこちらの力を試すようなことをしただけで帰っていったことを話し、それから、彼が置いていった銭の袋を笹笛に渡した。

「たしかに変な人だが、これだけ払ってくれたのならいいだろう。今宵は、少しはましなものが食べられそうね」

笹笛は大口を開け、髑髏《どくろ》のような顔で笑った。

二

奇妙な客人の多い日である。

陽が落ちたあと、くたびれた桔梗と笹笛が寒さをしのぐために寄り添い、うつらうつらしていたときだ。長い太刀《たち》を佩《は》いた男が桔梗を訪ねてきた。

桔梗は大欠伸《おおあくび》をしながら膝立ちになり、小屋の外へと顔を出した。男は、松明《たいまつ》を手にした小舎人《こどねり》童《わらわ》を連れていた。わずかばかりではあるが、空から白いものが降っており、それが松明に煌《きら》めいている。

「おことが桔梗か?」

「どちら様で?」

「さる、やんごとなきお方の使いだ。同道してくれ」

「どちらへ?」

「そのお方のもとへだ」

夜中に、名も名乗らず、行き先も告げずに、一緒に来てくれとだけ言うとは、あまりにも奇妙である。

笹笛も、小屋の中から桔梗の小袖を引っ張り、

「お断りしな。危ない、危ない」

と囁《ささや》いている。

たしかに、どこへ連れていかれるかもわからぬまま、見知らぬ男についていくというのは、危険極まりなかった。下手《へた》をすれば、命にかかわる。

「やめ、やめ」

小屋の中からの、笹笛の声が聞こえたらしく、男は慌て出した。

「ここで、そのお方の名を軽々に明かせぬのは、まことにやんごとなきあたりのお方であるからだ。同道してくれたなら、そなたへの褒美も、きっと大きいものとなろう」

桔梗は危ういとは思いながらも、褒美という言葉に心を動かされた。権門勢家《せいか》とつながりを持て

ば、水《みず》っ腹《ぱら》で眠る日もなくなり、笹笛をふっくらとした体つきにしてやれるのではないかと思った。

「おことの身は、神仏に誓って私が守る」

男は言いながら、おのれの胸を拳で力強く叩いた。態度は勇ましいが、脂肪をよくまとったその体は、太刀をふるいながら機敏に動けるようには見えなかった。だが、「私が守る」という言葉そのものは男の心底からのものだと感じられ、好もしく思えた。

「では、参りましょうか」

桔梗が答えたとき、小屋の中からひときわ強い力で袖と帯を引っ張られた。だが、桔梗はその手を振りほどき、鉦を首から下げて小屋の外に出た。

「阿呆《あほう》か」

という声が背後から飛んできたが、桔梗は振り返らず、男についていった。

雪はちらつくほどのものであったが、北方の山から吹き下ろす風は強くて、童が持つ松明がしばしば、ばちばちと音を立てた。男は先に立って歩きながらも、ときおり歩を緩め、桔梗がたしかに後ろからついてきているかを窺《うかが》った。

男は南北へ辻《つじ》を曲がりながらも、西に向かっているようだった。ずっと黙ってあとについてきた桔梗は、男がとある辻を北に入ろうとしたとき、

「もし」

と声を掛けた。

「ここをお通りにならねばなりませぬか?」

「何か?」

振り返った男は身震いをすると、太刀の柄《つか》に手をかけ立ち止まった。入ろうとした道に目を向ける。主《あるじ》の態度を見て、童も体をこわばらせた。しかし、松明の灯《ひ》が届く範囲はごくわずかで、道の奥は真っ暗であった。

「まわり道なされたほうがよろしいかと」

桔梗自身、何とはっきりとわかっているわけではなかったが、その暗闇に不吉なものが待っている気がした。盗賊か、あるいは物《もの》の怪《け》の類《たぐ》いか。

男は頷くと、そのまま西へ進み、次の北向きの路地にいたると、桔梗を振り返った。ここならよいか、と尋ねているそぶりである。桔梗が頷くと、ほっとした様子でその路地に入っていった。

王城《おうじよう》の都とは言っても、洛中洛外《らくちゆうらくがい》の荒れようはひどいものであった。陽が落ちれば、盗賊がまるで魑魅魍魎《ちみもうりよう》のように湧いて出る。検非違使《けびいし》も、侍たちも、恐れて表を歩きたがらないほどだ。

だから、男はそれからというもの、辻で曲がろうとするたびに、可否を尋ねるように桔梗を見た。

「神仏に誓って私が守る」と言ったわりには、やはり頼りないものであった。

やがて、一同は黒々とした大きな屋根が、山並みのように連なるあたりに来た。京師《けいし》の多くの寺社をめぐり歩いてきた桔梗には、そこがいわゆる御室御所《おむろごしよ》、すなわち仁和寺《にんなじ》の寺領《じりよう》であることがわかっていた。宇多《うだ》天皇の御代《みよ》である仁和四年（八八八）に開かれ、のちに彼が法皇《ほうおう》としてそこに住んだことから、畏《かしこ》き辺りとの縁が深く、一般に御所に準じる場所と考えられている。

大きな寺はどこも、その境内に多くの子院《しいん》（院家《いんげ》）を擁している。すなわち、この塀に囲まれた路地もまた、仁和寺の寺領のうちである。男はやがて、とある子院の塀の、通用口で立ち止まると、中に入った。

童に促されるままに、桔梗もあとにつづいて中に入った。目の前には、篝火《かがりび》に照らされた、大きな建物があった。修行道場というよりは、雅《みや》びやかな、公家の住まいのような趣のものだ。そこからは、男と桔梗の二人だけでその建物にあがった。

端に欄干が設けられた濡《ぬ》れ縁《えん》を、桔梗は男について歩いた。蔀《しとみ》の内側からは、灯明の光とともに、人々の笑い声や、琵琶《びわ》の音などが漏れている。

男は妻戸《つまど》のうちに入っていった。

「ご免仕《つかまつ》る」

桔梗もついて入ると、酒臭かった。

この当時の大きな建物は、現代人が考えるようなものとは違って、部屋を壁や襖《ふすま》などで細かく仕切ってはいない。だだっ広い板の間の空間があるだけで、それを壁代《かべしろ》や几帳《きちょう》、あるいは衝立《ついたて》のような遮蔽具で区分けをして使うのである。座敷というものもなく、人が座るところにだけ、畳や茣蓙《ござ》を敷いた。よって冬場は、建物の中に入っても、まるで表にいるように寒かった。

男とともに几帳のうちに入ると、酒の臭いはさらに強いものとなった。

「おう、経基《つねもと》殿、参られたか」

「遊女《あそびめ》も参ったか」

「おう、来た、来た。これはよい。新しき年にふさわしき余興じゃ」

酔った者たちの、威勢のよい声が沸きあがる。

烏帽子《えぼし》を頭にのせた公達《きんだち》や、綺麗《きれい》に衣を重ね着した女、法体《ほったい》の者、琵琶を手にした者などがざっと十人ばかりも、くだけた様子で杯を手に座っている。そして、中央には、高く畳を重ねた上に、四十絡みと思われる男が座っていた。高灯台《たかとうだい》に照らされた顔は、だいぶ赤かった。

桔梗は経基と呼ばれた男について歩き、いちばん下座についた。経基が恐れ入った様子で顔を伏せているから、桔梗もその横で、顔を伏せた。

　すると、高いところにいる男が、

「遊女、近《ちこ》う、近う」

　と呼ぶ。

　それでも桔梗が動かずにいると、周囲の者が、

「何をしておるか。お召しぞ。早《はよ》う、早う」

　と囃《はや》し立てた。

「一品《いっぽん》の宮《みや》様、噂《うわさ》の巫でございますか。楽しみでございますな」

　などと言う者もいる。

　経基は桔梗に囁いた。

「さ、早く。遠慮はいらぬ」

　桔梗は寺社の参道にあって、京の人々の悩みを聞いている。中にはそれほど高い身分の者はいないが、公達もいた。彼らが持つ、出世や、人間関係にまつわる悩みを聞く以上、朝廷の重要人物の名前はそれなりに知っていた。「一品の宮様」といえば、いまの天子《てんし》（朱雀《すざく》天皇）の御祖父である宇多天皇の皇子《おうじ》、敦実親王《あつみしんのう》であろう。すなわち、天子の叔父《おじ》に当たる。経基は桔梗をここへ誘《いざな》うにあたり、「やんごとなきお方」のお召しだと言っていたが、目の前にいるのは、彼女の想像を超えた貴人であった。

　だから、桔梗は少しだけしか進めず、すぐにまた板床に張り付いたように動けなくなった。

「もっと近う」

　桔梗が顔を上げると、親王は手招きするように、左手で檜扇《ひおうぎ》をひらひらと動かしている。

しかたがない、と意を決し、もう少し前に出ようとしたとき、桔梗はまたはっとして動けなくなった。彼女から見て親王の左隣に、若い僧が座っているのに気づいたのだ。昼間、桔梗を訪ねてきて、厨子の中の仏像を当てさせた僧であった。

灯に照らされた目がきらきらしている。例の不思議な奥行きを感じさせる眼光だった。僧は桔梗と視線を合わせるや、柔らかく微笑んで言った。

「雪、降ったな」

桔梗は、その顔が一品の宮と似ていることに気づき、この二人は親子なのだと察した。

「ぐずぐずするな、遊女。ここへ参れと申したら、参れ」

敦実親王は、扇でみずからが座る畳の縁《へり》をびたびたと叩く。

こうなればいたしかたない。桔梗はずかずかと親王の目の前に進み出た。無礼、と叱られるかと思ったら、親王は嬉《うれ》しそうに頷き、

「酒、飲め」

と言った。

親王の命《めい》によって、暗がりから侍女が出てきて、膳を桔梗の前に据えた。瓶子《へいじ》と土器の杯が置かれている。侍女は瓶子を取り上げた。

桔梗が躊躇《ためら》っていると、親王がまた言った。

「酒、飲め」

飲めと言われるなら、飲むわい。桔梗は杯を取り上げると、侍女に酒をついでもらい、一気にぐいと飲んだ。親王の顔がほころぶ。

「噂に違《たが》わず、よい飲みっぷりだ。今宵は、いろいろと聞きたいことがある。よろしく頼んだぞ」

「私で、お役に立てますかどうか」

「何の、桔梗なる遊女の名は、この都ではなかなかの評判らしい。何よりも、この寛朝《かんちょう》が間違いないと申しておるのだ。まことに神を降ろすことができる女だと」

親王は、隣の若い僧へ目を向け、嬉しそうに言った。

遊女といってもこの時代、必ずしも春を売る女を意味しない。〈外遊〉、〈遊学〉などという言葉もあるように、〈遊〉は「旅をする」という意味も持つ。各地を旅してまわり、寺社の周囲や境内を借りて、人々の求めに応じて金銭を得、卜占《ぼくせん》を行い、あるいは神慮を伝えることを生業《なりわい》とする女も遊女と言った。もっとも桔梗は、これまでに体を売ったことがまったくないわけではなかったが。

漂泊の巫を、貴人が酒宴に呼び寄せるのはとくに珍しいことではない。この当時、人々は鬼や物の怪の存在を身近に感じていたし、そうした存在が災いをなすと信じていた。方位の吉凶を占い、出かけるに際しては方違《かたたが》えを行ったり、魔を払うためや現世利益《げんせりやく》を得るため、あるいは憎い相手を懲らしめるために、僧侶や陰陽師《おんみようじ》、祈禱師《きとうし》、巫などを頼ったりした。

そもそも、国家自体がそれを積極的に行っていたのだ。大規模な地震や風水害、疫病の流行などが起これば、朝廷は諸寺社にそれらを鎮めるための祈禱を命じた。中央に反旗を翻す者があらわれれば、調伏《ちょうぶく》させた。そもそもこの当時、陰陽師は朝廷の役所である陰陽寮《おんようりょう》に属していたし、寺院（神仏習合思想のもとでは神社も含む）は鎮護国家に当たるべきものとされた。すなわち、陰陽師も、僧侶も、どちらもが朝廷の支配を受けるものと考えられていたのである。

そのような時代にあっては、貴人も無礼講的な場に、市井の祈禱師、巫、法師などをしばしば呼んだ。

「うまくまいるときもあれば、うまくまいらぬときもあります」

桔梗は正直に答えたが、敦実親王は少しも不安を感じていない様子である。

「今宵は、きっとうまくまいるであろう。さ、まずは飲め。なんじは飲めば飲むほど、力を出すと聞くぞ」

「飲み過ぎると、変なものが降りてまいることもございますが」

「変なもの？」

「獣か、あやかしか、さまよう霊か」

そうは言いながらも、桔梗はまた新たに、杯をぐいと干した。

「何を占えばよろしゅうございましょう？」

親王は笑みを消して、桔梗を睨《にら》んだ。

「いろいろあるが、ここで聞いたこと、語ったことは他言無用ぞ」

「申されるまでもなきこと」

桔梗がきっぱりと答えると、親王はまたにっと笑った。

「よろしい。ではまず、相馬《そうま》の小次郎《こじろう》とか申す男について問うこととしよう」

「どなた様で？」

桔梗が問い返すと、同席していた若い公達が、毒虫について語るかのように顔をゆがめながら、言った。

「あの東 夷《あずまえびす》を存じておらぬのか？　坂東《ばんどう》の平 将門《たいらのまさかど》のことよ」

平将門のことはもちろん、桔梗も知っていた。洛中では、殿上人《てんじょうびと》であれ、地下人《じげにん》であれ、多くの者が将門に関心を持ち、しきりに噂話をしていた。

坂東とは、現在の関東地方の称である。足柄《あしがら》峠と碓氷《うすい》峠の坂から東の地域という意味で、京の者からすれば、僻地《へきち》も僻地だ。

その遠い東方の国では、在地の武士同士が闘争を繰り返しており、平将門という男は、その混乱の中心人物であるらしい。桔梗が聞くところによれば、将門は自分の親戚を含め、多くの武士たちに憎まれており、日々、戦を繰り返さねばならないのだという。しかし彼はなかなかの強者《つわもの》で、並み居る敵を次々と打ち破ってきた。そして、勝てば勝つほど因果なことに、ますます人から憎まれて、戦いの修羅場から抜けられなくなっているというのである。

その遠い地の争いが京洛の者の胸を騒がせるのは、将門とその一味も、将門と敵対する者たちも、どちらもが朝廷に対して、敵の非をあげつらい、「義は自分たちにあり」と訴えていたからだった。自分たちこそが正義である、というお墨付きを中央からもらい、それを後ろ楯《だて》に戦いを有利に進めたいと考えているのだ。いっぽう、朝廷はいまのところ、事態の推移を静観しているような状態だった。

桔梗は親王に目を向ける。

「平将門というお方の、何をお知りになりたいのでございますか？」

「何もかもだ。いかなる男か。背丈は大きいか、小さいか。頭は良いか、悪いか。噂通りに残酷な、鬼のような男か」

「かしこまりました」

桔梗はもう一杯、酒をあおると目をつむり、合掌した。「かけまくもかしこき……」と、祝詞《のりと》を唱え出す。同席している者たちが固唾《かたず》を呑《の》み、静まるのがわかる。

合掌をとき、首から紐で下げた鉦を撞木で叩きながら、さらに祝詞や祭文《さいもん》を唱えつづけた。鉦の音が高い天井に反響するのを聞きながら心を整え、集中させていくと、桔梗は撞木を握る手に痺《しび》れを感じ出した。その痺れが腕へと広がり、胴へと伝わって、脳髄から足先にまで広がる。これは、桔梗が神仏や幽鬼《ゆうき》とつながるときにいつも起こる現象であった。

痺れを感じつづけていると、胸の中が虚《うつ》ろとなり、そこを涼しい風が吹き抜けるような感覚をおぼえた。やがて、頭の後ろが明るくなった。風に揺らめく、いまにも消え入りそうな灯火に似た、ぼんやりとした明かりの中に、白い靄《もや》が浮かび上がり、次第次第に、一つの形を作っていく。

どのようなものがあらわれるのか、それをはっきりと捉えようと、さらに意識を集中させる桔梗は、もはや痺れをおぼえてはいなかった。

「後ろの目が開いたのだな」

寛朝の声が聞こえた。しかし、桔梗はそれには反応せず、後ろの目に映るものに集中した。靄のごときものは、やがて人の姿に結実した。

大鎧《おおよろい》を身につけ、大弓を手にして、箙《えびら》を担いでいる。背丈はここにいる男たちよりは大きそうだが、魁偉《かいい》なほどの偉丈夫《いじょうぶ》ではなさそうだ。潑剌《はつらつ》とした雰囲気で、きっと力持ちだ。顔は見えなかったが、邪悪な、忌まわしいものは感じられない。

「鬼ではなく、人でございます」

桔梗が言うと、酔った人々がどっと笑った。

「まことか?」

「さようなことはあるまい。きっと手足が八本あろう」

「毛むくじゃらに決まっておる」

などと囃し立てる者もいれば、

「やはり、噂は虚仮威《こけおど》しにすぎぬ」

「恐るるに足らず」

と馬鹿にするように言う者たちもいた。

敦実親王が口を開いた。

「では、この坂東の騒ぎ、長くはつづくまいな。鬼でなく、人であれば、やすやすと討てるはずだ」

桔梗は心を静めた。後ろの目の前から、鎧武者が消える。代わって真黄色《まつきいろ》の、丸く、眩《まぶ》しい光があらわれた。

「陽《ひ》はまだ高《たこ》うございます」

「この騒ぎ、まだしばらくつづくか……」

すると、桔梗のずっと後ろのほうで、男の声がした。

「なにせ、相国《しょうこく》殿が将門の後ろ楯となっておりますからな」

経基の声だ。彼の「相国殿」という言い方には、非常な憎しみや軽蔑が込められているように聞こえた。

「忠平《ただひら》めが」

敦実親王も憎々しげに呟《つぶや》くや、桔梗に問うた。

「太政《だじょう》大臣、藤原《ふじわらの》忠平の威勢はどうか？　まだつづくか？」

相国とは、太政大臣の唐名《とうめい》である。藤原忠平は、朝廷の政治的実権を一族で握りつづける藤原北《ほっ》家《け》の総帥だった。宇多天皇の御代には、忠平の兄、時平《ときひら》が政治の実権を握ったが、延喜《えんぎ》九年（九〇九）、時平が三十九歳で死去すると、代わって忠平が出世していった。次代の醍醐《だいご》天皇のときに右大臣、左大臣と進み、醍醐天皇が病のため、まだ幼い第十一皇子（朱雀天皇）に譲位したのちは、摂政《せっしょう》、従一位《じゅいちい》太政《だいじょう》大臣として権勢をほしいままにしていた。

　宇多天皇の第八皇子、敦実親王は一品の宮という高い身分にあるから、主流の皇統に何かあれば、帝位につく可能性もないわけではなかった。そのことを意識して、皇室に代々受け継がれてきた坂《ばん》家宝剣《けのほうけん》をいつもそばに置いていたとも言われている。けれども、帝位はすでに敦実親王の甥《おい》へと受け継がれており、時がたつごとに、彼が帝位から遠ざかっていくのもまた、明らかであった。

　敦実親王の兄から、兄の皇子へと受け継がれた皇統をがっちりと護《まも》り、それと結びついて権勢を保っているのが藤原忠平だと言ってよかった。すなわち、忠平やその一族が力を持ちつづけるかぎり、敦実親王はどんどん傍系へと追いやられていかねばならない運命にあったのである。

「将門の騒ぎがつづくということは、忠平の権勢がつづくということなのか？」

　親王の問いに桔梗が答えるより先に、経基がまた口を挟んだ。

「将門は、相国殿を私君と仰いでおると申しますからな。よって、将門が坂東でいかに粗暴な振る舞いをしようとも、相国殿が奴《やつ》をかわいがり、罪を不問に付しておるのです。御上《おかみ》の政《まつりごと》が、相国殿の恣意《しい》により、ねじ曲げられておると思うと、情けない世でございます」

　辺境の土地をめぐって、武士どもがどれだけ激しく争っていようとも、親王や経基の身にただちに危険が及ぶわけでもあるまい。けれども、将門が罪に問われず、坂東で暴れつづけていることに親王や経基が苛立《いらだ》ちを募らせるのは、それが藤原忠平の専横の証《あかし》と感じられるからなのだろう。

　敦実親王は、あらためて桔梗に問うた。

「忠平の前途はどうだ？　まさかあのような者を、神仏が許されるはずがないと思うのだが」

「前途、と仰せられますと？」

「ありていに申せば、今後も力を持ちつづけるかということだ。もっとありていに申せば……あれはいつまで生きるか、ということよ」

「わかりませぬ」

「そなたに聞いておるのではない。神に聞いておる。神を降ろせ」

桔梗は、両手を床に突いて頭を下げる。

「畏《おそ》れながら、本日はもう降ろせませぬ」

桔梗は、幼い頃から師に教えられてきたことを守ろうとしていた。

師は、氷見《ひみ》ノ梓《あずさ》と呼ばれた巫だった。すでにして泉下《せんか》の人だが、生前はかなりの力の持ち主と仰がれた。桔梗は、自分がその師のもとに預けられた経緯を詳しく知らないものの、すでに物心がついたときから、彼女を母、笹笛を姉と思って暮らし、育ってきた。

氷見ノ梓は笹笛や桔梗に、人の寿命など決して見てはならぬ、と言い聞かせていた。かりに誰かの死期を悟ってしまったとしても、決して口にしてはならない、と。そのようなことをすれば、巫にとって大きな障りとなるからだ。

「降ろせぬとはいかなることだ？　なんじは巫であろう」

「申し訳ありませぬ。うまくゆく日と、ゆかぬ日がございます。本日は疲れました」

親王は怒鳴った。

「偽りを申すな」

「偽りではございませぬ」

「もし、いま神を降ろせぬと申すのならば、もともと神など降ろせぬのであろう。降ろせぬ癖に、降ろせるなどと偽り、人をたぶらかして小銭を稼ぐ、薄汚い女め」

親王のあまりの怒りように、桔梗が恐ろしくなって縮み上がっていると、寛朝が、

「宮様、落ち着かれませ」

と諫《いさ》めた。

「人の命の限りをお尋ねになるなど、悪業となりましょうぞ。命こそは、神仏がお司《つかさど》りになるものにして、人の手を離れたものにございます」

「では、そなたはなにゆえに加持祈禱を修しておるのだ？　人の命の限りを尋ねるどころか、人の命を延ばしたり、縮めたりする業すらなすのが、そなたらの法ではないか」

「もちろん、我らが修することのうちには、さような法もございます。されど、それを軽々に行うことはいたしませぬ。我執《がしゆう》のためにさような法を用いれば、悪業となり申す。行者《ぎようじや》に依頼した者も、依頼を受けた行者も、ともに仏罰を被り、地獄にも落ちることになりましょうぞ」

「朝敵調伏の呪法《じゆほう》はどうなのだ？」

さきほども述べた通り、朝廷に反乱する者に対しては、これまでにも何度も、呪いを用いて滅ぼすべしとの勅命が寺社に下されてきた。

「御上は別でございます」

双眸を大きく開いた親王に、寛朝はつづけた。

「我らが様々な呪法を修するのは、国家のため、すなわち、宸襟《しんきん》（天皇のお心）を安んじまいらすためにございます」

「では、勅命とあらば、人を呪い殺しても悪業とはならぬ、仏罰は受けぬと申すか」

「御意《ぎよい》」

「御上か……」

親王はため息交じりに言うと、酔いのまわった目を桔梗に向けた。

「では、問い方を変えよう。わしが御上になる日はまいるか？」

一同はぎょっとし、息を呑んだ。

「お戯れを」

寛朝が窘《たしな》めたが、親王は桔梗から目をそらさずにいる。

「これについては、神仏にお尋ねしても罰を受けることはあるまい。なんじが承ったことを、ありていに申すがよい」

桔梗の後ろの目に光が灯《とも》った。祝詞や祭文、経文《きょうもん》を唱え、心を静めてはじめて後ろの目が開くときもあるが、何も準備をしていないのに突然、開くこともある。後ろの目を常に意のままに開いたり、閉じたりできないのは、おのれの修行がまだまだ未熟であるせいだ、と桔梗は考えていた。

見たくはない。見ようともしていない。しかしながら、桔梗の後ろ向きの目の前に、白い靄が立ちのぼった。そして、風が吹き込んだかのように、靄の中央がだんだんと薄くなっていく。そこに次第に、人影があらわれた。

頭を丸め、法衣《ほうえ》を着た男だ。眉は白くなり、肌は艶を失って皺《しわ》ばんでいた。その目には、大きな不満と失望が湛《たた》えられている。敦実親王の将来の姿だ。親王は帝位につくことなく出家し、失意のうちに余生を送ることになるのだろう。

「見えたか？　見えたのだな。申してみよ」

「見えませぬ」

「嘘だ。さっさと申せ」

「わかりませぬ。何も見えませぬ」

「何か悪《あ》しきことを見たのか？　何を申してもかまわぬ。早く聞かせよ」

桔梗は黙っていた。

「わしがみずから、何を聞いてもよいと申しておるのだ。憚《はばか》ることなく、神仏より託されたことを申すがよい」

桔梗は、自分は重い悪業を背負って生まれてきたと思っている。だからこそ、親とも離れ、巫として漂泊しつつ暮らさねばならなくなったのだ。どのような前生《ぜんしょう》を生き、そこで何をなしたのかはまるで覚えていないが、今生に生まれ落ちて以来、その深く、重い罪を償えるほどの善因《ぜんいん》を積み得ているとは思えなかった。

しかしながら、その罪を少しでも償う方法があるとすれば、自分の巫としての力を、人々の幸せのために役立てることだと思っていた。相手がひどく落ち込むような未来については、かりに見えたとしても、そのまま伝えたくはなかった。

桔梗が、後ろの目に映ったことをどう伝えるべきかに悩み、口をつぐんでいると、突如、親王は膳をひっくり返した。転がった瓶子が割れ、床に酒が流れる。

「やはり、なんじは似非《えせ》巫だな。銭金欲しさに、このわしを騙《だま》すとは許せぬ」

桔梗は、悔しかった。見えていないわけではない。力がないわけでもない。しかし、いくら罵られても、辱《はずかし》められても、見えたものを軽々に語るわけにはゆかなかった。

「ええい、この役立たずめ。とっとと失《う》せろ」

桔梗は床に手を突いて頭を下げると、後ろへさがり、逃げるように几帳を越え、さらに妻戸の外に出た。

三

桔梗が敦実親王の怒りを被り、追い出されたのを見て、末席についていた源《みなもとの》経基は慌てて座を立った。自分がここに桔梗を連れてきたのだから、また送り帰さなければならないと思ったのだ。

すると親王に、

「経基」

と呼ばれた。

「はっ」

「近う」

「はっ」

「えい、早う、近う参れ」

親王は苛々《いらいら》と、近う、近う、と言う。そのため、経基は親王と、顔を突き合わせるほどの距離にまで近づいた。親王は口元を檜扇で隠し、経基に耳打ちした。それを、経基はぞっとしながら聞く。

「わかったか」

「は……」

「まことにわかったのか」

「はい。承ってござる」

経基は一礼すると、急いで桔梗を追いかけた。濡れ縁を急いで進んだが、桔梗の影は見えなかった。とりあえず、篝火の明かりに向かって走る。やがて、篝火のそばに、自分が連れていた小舎人童が立っているのがわかった。雪はもう降っていない。

「女はどこへ行った？」

「外へ出ていきました」

経基は縁の下に自分の沓《くつ》を見つけた。それを履き、庭に下りようとしたとき、背後から肩をぽんと叩かれた。

振り返ると、縁の上に人影がある。背恰好《かっこう》から親王かと思ったが、寛朝であった。

「あの女、斬ってはならぬぞ」

と寛朝は言った。

たしかに経基は、敦実親王に、桔梗を斬れ、と命じられていた。あの女はふてぶてしい奴だから、宴《うたげ》の席での会話をよそで漏らすかもしれない。もし、敦実親王が相国・藤原忠平をひどく憎んでいるとか、さらには、帝位を奪おうと目論《もくろ》んでいるなどといった噂が少しでも立てば、災いのもととなりかねない。だから、斬ってしまえと言うのだ。

経基は桔梗を連れてくるに当たり、彼女に「おことの身は、神仏に誓って私が守る」と言った。にもかかわらず、彼女を斬るのは後ろめたかった。けれども、親王に命じられれば、否やは言えまい。

そう覚悟を決めていたところで、親王の子息である寛朝から、斬るな、と言われた。経基は板挟みになって、身がすくんでしまった。

「斬るなよ」

「されど、宮様が……」

「だいたい、そなたに斬れると思うておるのか？　相手は女と侮ってはおらぬか？」

「え……」

「桔梗を斬ろうとしても、そなたには斬れぬかもしれぬぞ。かえって、そなたの身に、非運が降りかかることになるやもしれぬ」

寛朝は音曲《おんぎょく》好きの父の血を引き、音曲や声明《しょうみょう》の達者として有名であったが、そのときの彼の声は、いつも以上に経基の胸に重たく響いた。

「桔梗はまだ若く、未熟ではあるが、たしかな力を持っておる。そして、正しきことを求めようとする心も持ち合わせている。さような者を斬れば、そなたにとっても、一品の宮様にとっても重き悪因《あくいん》となろうぞ。いや、斬ろうとして斬れずとも、そなたは罪業《ざいごう》を背負い、恐ろしき非運に見舞われるかもしれぬ。さような、つまらぬことをなしたいか？」

「いえ。されど……」

「かえって、桔梗を助け、桔梗を頼れば、そなたの行く末に光明が差すかもしれぬぞ」

「されど……」

「宮様にはのちほど、斬った、と申し上げておけばよい」

「は……」

「わかったか？」

「は……」

経基ははっきりとした返事をせぬまま、童の手から松明を引ったくるように受け取ると、表の往来に駆け出した。

「お待ちください」

童も、経基のあとを追いかけた。

桔梗はその頃、笹笛のもとに帰るべく、賀茂御祖神社を目指して、暗い夜道を急ぎ足に進んでいた。

もちろん、女一人の夜道は恐ろしかったし、どこかでじっとして夜明けを待ったほうが安全かもしれないとも思った。路地の暗がりから、いつ暴漢や盗賊が飛び出してくるかわからなかったからだ。しかし、仁和寺の境内からは、できるだけ早く遠ざかりたかったのだ。敦実親王の怒りようから、刺客が追ってくるような気がしていた。

桔梗は手にした松明の光よりも、自分の直感に頼って辻を曲がりながら進んだ。そのうちに、背後からひたひたと足音が迫るのが聞こえた。振り返ると、右手に松明を掲げた男が、太刀の鞘《さや》をひらめかせながらやってくる。

桔梗は力いっぱいに走り出した。けれども、後ろから来る男も足を速めたようだ。足音とともに、あえぐような息の音も次第次第に迫ってくる。

「おい、待て。待ってくれって」

追っ手が喋《しやべ》った。経基の声だった。

「待てと言っているだろ。聞こえぬか。なにゆえに、逃げる」

「逃げるに決まっておりましょう。巫を斬れば、地獄に落ちまするぞ」

「斬りはせぬ。だから、待ってくれ」

桔梗は、足をもつれさせながら止まった。

「斬らぬという言葉、まことかどうか」

「信じてくれ。たしかに、宮様には、あの女の首、ひと思いに刎《は》ねよと命じられたが――いや、待て、待て。命じられたが、斬らぬと申しておる。宮様の御子《みこ》、寛朝殿に、おことを決して斬ってはならぬ、ときつく言われてきた」

寛朝の名を聞いて、桔梗はまた足を止めた。

「逃げずに聞いてくれ。決して傷つけはせぬ」

そのとき、往来にもう一つ、松明の光があらわれ、こちらに近づいてくるのが見えた。しかし、経基はそれにかまわず、桔梗に向かって頭を下げた。

「俺の頼みを聞いてもらいたいのだ」

「頼みとは、何でございますか？」

「俺の運勢を見て欲しい」

「宮様に、似非巫、役立たずと言われた私にでございますか？」

「寛朝殿は、おことの力を認めておられた。取りあえず、話だけでも聞いてもらいたい。この苦しい胸のうちを、おことに聞いてもらいたいのだ」

と言うや、経基はうなだれる。

「この源経基、父は親王、祖父は天子であらせられた。にもかかわらず、いまや臣籍《しんせき》に降《くだ》り、まったく栄達《えいたつ》からは見放されてしまっている。除目《じもく》においても、俺はいつもはずされる。俺は、これからどうなるのか、どうすればよいのか、まるでわからぬ。よって、おことの力を借りたいのだ。銭は払う。酒も用意する。だから、頼む。俺を見捨てないでくれ」

経基は肩を震わせ、泣き出した。

桔梗から見れば、経基は相当年上の太った男で、見目《みめ》は決してよいとは言えなかった。しかしながら、笹笛が言っていたように、桔梗は何の因果か、男の涙に弱かった。大の男が泣いていると、放っておけなくなってしまう。それが悪い癖だということは自分でもよくわかっているが、わかっていてもやめられないのが癖というものである。

「わかりましたから、泣かないでくださいって」

そこへ、もう一つの松明の持ち主が荒い息で二人のもとに来た。

「殿さん、殿さん」

男ながら、いとけない声だった。水干《すいかん》姿の童である。桔梗が仁和寺へ行くときにも、経基に従っていた子だ。経基とはぐれ、夜道を一人で寂しく走ってきたようで、ようやく主人に追いついてほっとしたのか、彼もまた、すすり泣き出した。

「すまぬ、おことを置いてきてしもうた。だが、急いでおったのだ」

詫《わ》びる経基の前で、右手に松明を持った童は、左腕を目に押し当てて泣いた。

「悪かった。許せ。もう大丈夫だ。わしも、何としてもこの女性《にょしょう》に追いつかねばならぬと必死であったのだ」

弁解する経基の声が、激しく震えている。童も、ひどい仕打ちを受けたと非難するように嗚咽《おえつ》をつづけた。

男の大人と童が二人して泣いている様を見て、桔梗はもうどうしてよいやらわからなくなった。

「わかりました。わかりましたから、二人とも落ち着いてください。泣かないでください。私にできることは、いたしますから」

経基は顔を上げた。

「では、ともに来てはくれぬか、俺の屋敷まで」

「参りましょう」

「そうか、来てくれるか。有り難い」

こうして、ときおり涙にむせぶ経基と童について、桔梗は夜道を歩いていった。

四

平安京は天下の都だから、よそにはない壮観がいくつもある。市は毎日、祭りが行われているかのように人で溢《あふ》れているし、ありとあらゆる品物が並んでいる。往来には、殿上人たちが乗る牛車《ぎつしや》が走り、その供の者たちが、刀を佩き、弓を携え、胡籙《やなぐい》を背負って行き交う。もちろん、天子の住まう御所や、権門勢家の屋敷、大寺など、豪壮な建物が立ち並んでいることは言うまでもない。

しかしながら、そうした景色は、都の一部の区域に限られていることもまた真実であった。平安京は唐の都にならって、条坊制《じようぼうせい》をとり、四角い形をしているが、そのうち、天子の御所や、権力のある高位の公家の館など、立派な建物は全体的に、左京《さきよう》と呼ばれる東側、とりわけその北側に偏っていた。いわゆる右京《うきよう》の、それも南側は、田畑が広がり、あるいは放ったらかしの原っぱがあちらにもこちらにもあって、吹けば飛ぶような庶民の家が多く見られた。

桔梗が連れられてきた源経基の屋敷は、六条《ろくじよう》の西側にあった。すなわち右京の、だいぶ南へ下ったあたりである。若い頃は経基王と呼ばれたという彼の屋敷は、周囲の庶民の家よりはましなものではあるが、敷地を囲む垣根はあちこち無残に崩れていた。突き上げ戸から中に入ると、空き家かと思うほどに草木が生い茂っており、主とその供が、客を連れて帰ってきたというのに、出迎える者すらいない。桔梗は、ひょっとして、経基と童は死霊《しりよう》ではあるまいか、とすら思った。

童の案内で、桔梗は対屋《たいのや》らしきところに通され、しばらく、ぽつんと灯が一つともっているだけの、暗く、寒々とした場で、ひとり待たされることになった。やがて、経基がみずから火桶を持って、几帳の向こうからあらわれた。経基は、それを桔梗の前に置くと、佩刀《はいとう》を帯からはずし、柄を下にして刀掛けに置いた。火桶を挟んで、桔梗の前にどっかと尻を下ろすと、檜扇で熾火《おきび》をせっせと煽《あお》ぎ出した。

やはり、この屋敷には経基とさきほどの童しかいないのではないか、と思っていると、几帳の隙間から突然、別な人影がぬっとあらわれた。侍女が、酒を持ってきたのだ。長く仕えている女なのか、だいぶ年嵩《としかさ》のようで、桔梗をうさんくさそうな目でじろじろと見ると、何も言わず、頭を下げて去っていった。

「酒、飲んでくれ。飲んだほうがいいんだろ？」

「飲み過ぎると、駄目ですけど」

「寒いから、飲んで温まってくれ。さっきの酒の酔いは醒《さ》めてしまっただろうから」

それから、経基は桔梗にどんどん酒を飲ませた。経基もまたみずから酒をあおり、自分が不遇であるのは、藤原忠平やその取り巻きのせいだ、などという愚痴を聞かせた。

「いまの世を見てみろ、天変地異だらけではないか。それに、坂東の将門だけでなく、あちらでもこちらでも不穏な動きをなす輩《やから》に満ちておる。国司《こくし》として下向《げこう》した者どもの中には、任期が終わっても京に戻らず、まるでみずからが任地の王であるかのように振る舞う者があとを絶たぬのだから、呆《あき》れたものだ。すべては、相国・忠平めの政が天意にかなっておらぬからよ」

そろそろ、経基の呂律《ろれつ》もまわらなくなってきたころ、桔梗は次の杯を断った。

「これよりいただいては、お役に立てなくなります。何をお知りになりたいのでございますか。次の除目のことでございますか？」

除目とは、年二回行われる、朝廷の人事発表のようなものである。

「無論、除目も大事だ。されど、そもそもこの俺は、どうしてかくまで不幸なのか。そのわけを知りたい」

「王様にお戻りになりたいと思し召《おぼめ》しで？」

「まさか、そこまでは考えぬ。一度、臣籍に降った以上、それはかなわぬことだ。たしかに、同じ血を受けながら、ある者はやんごとなき地位につき、ある者は無位無官の臣下となって、忠平なんぞを恐れながら生きなければならぬと思えば、癪《しやく》ではあるがな」

「さようですか」

「この悲しさ、悔しさは、おことのような、地下《じげ》の者にはわからぬわい」

桔梗は、どうせこちらは下賤《げせん》な者ですよと、いささか気分を悪くした。

「では、はじめます」

桔梗は眠気を振り払うように、鉦を撞木で強く打ち鳴らし、祝詞を唱えた。しばらくそうしていると、指先がぶるぶると震え出す。酔いのせいで頭がぼんやりしていたが、後頭部がだんだんと明るくなってきた。後ろの目が開き出したのだ。

光の中に、人影らしきものが浮かんだ。それが誰なのか、はっきり見ようと後ろの目を凝らすうち、その影はすっと桔梗に近づいてきた。そして、後ろの目の中にぽんと飛び込んで、桔梗と一体となってしまった。それは桔梗がまったく油断しているときに起きたことであった。そしてその瞬間、桔梗は意識を失い、床に前のめりに倒れた。

「おい、いかがした」

経基は呆然《ぼうぜん》としている。桔梗に何が起きたのか、まるでわからなかった。あるいは、一瞬にして鬼に命を取られたか、とも思う。

「おい、おこと」

桔梗を揺り動かそうと手を前に出したとき、彼女は顔を上げた。目をつむったまま背筋を伸ばし、端座する。経基の五体に震えが走った。桔梗の顔つきが、明らかに変わっていたからだ。恐ろしいまでの威厳が湛《たた》えられている。

「罪業深き、愚か者め」

桔梗はいきなり、経基を叱りつけた。

「なんじの罪業は、有り難し、と思えぬことだ。どれほどうらぶれた屋敷であろうと、風雨をしのげる屋根のあることの、何と有り難きことか。珍奇な美食にはありつけずとも、ひもじさをおぼえずにすむことの、何と有り難きことか。争いに巻き込まれ、逃げ惑い、殺されずにいられることの、何と有り難きことか」

経基は恐れ入って聞いた。それほどに、桔梗の話し方には迫力があったのだ。

だが、次第に納得がいかなくなってきた。桔梗に何者が憑《つ》いたのかはわからないが、しょせん、目の前で喋っているのは、巫の小娘ではないかと思うにいたって、経基は言い返した。

「その通りだが、さらなる福徳《ふくとく》をと願うことは、いかぬことであろうかのう?」

朝廷に仕える者は、誰もがいまより少しでも高い地位につき、多くの財貨を手にしたいと考えて、日々、権門勢家にこびへつらったり、富家《ふうか》の娘と親しくなろうとしたり、祈禱師らに依頼して、神仏に振り向いてもらおうとしたりしているのだ。自分は、敦実親王のように、帝位につけぬことを恨むほどの高望みはしていない。自分とて役にもつき、一門繁栄の足がかりを得たいと思うばかりだ。それは王として生まれた者としては、ささやかな望みに過ぎぬのではなかろうか。

すると、桔梗は突然、袂《たもと》を翻し、蛙《かえる》のように飛び上がった。刀掛けのそばに着地すると、左手で太刀の鞘を摑み取る。右手で柄を握ると、一気に抜き払った。灯に刀身《とうしん》が煌めき、経基の頰に風が襲ってきた。

「ふうっ」

唸《うな》った経基の右鬢《みぎびん》の毛が、ぱらぱらと落ちた。うっすらと皮を斬り裂かれた頰から、血が滴る。

桔梗は、太刀の刃を経基の顔にぴたりとつけたまま動かさなかった。太刀の振りようといい、構えようといい、非力な女のものとはとうてい思えない。

「待て……落ちぶれたとはいえ、俺の体には王家の血が流れておる。狼藉《ろうぜき》を働けば、おことの首は飛ぶことになるぞ」

「なんじが血筋を誇るなどおこがましいわい。尊貴なる者、高位高官につくべき者は、下々の暮しが立つように振る舞わねばならぬ。それが天意にかなうということぞ。なんじのような、おのれのことしか考えぬ者が、藤原相国を、天意にかなわぬ者と悪し様に申すとは、おこがましいにもほどがある」

どこまでも、桔梗の態度は気高く、力強い。経基は、おそらくは、本当に神が桔梗に憑いたに違いないと思った。

「畏れながら、お尋ね申し上げます。いま、巫の体に降りておられるのは、いかなるお方でございましょうか」

「この世の者どもが、八幡大菩薩《はちまんだいぼさつ》と称する神なり」

「ひゃっ、八幡様と——」

八幡神《じん》は第十五代天皇である応神天皇《おうじん》と同一視され、皇祖神《こうそしん》の一つとも考えられていた。また応神天皇が、三韓《さんかん》征伐の伝説を持つ神功《じんぐう》皇后の皇子であることから、多くの武家から尊崇《そんすう》を集めてきた。日本古来の神でも、仏教の世界観に組み込まれた神仏習合の世にあっては、菩薩の称号を奉じられた。

「なんじのごとき者は、国家の役職になどありついてはならぬのだ」

「お許しを……この源経基、今夜より心を入れ替えまする。それゆえに、どうか——」

「この巫の姿をよく見よ。足は汚れ、手もひび割れだらけだ。衣も着たきりで、垢《あか》にまみれておる。幼くして父母と生き別れ、ひもじい思いをし、ときに牛馬《ぎゅうば》のように扱われながら生きてきた者の一人だ。このような者どもが少しでも安らかに暮らせる世を作るため、力を尽くす者こそが求められておる」

「はっ」

「なんじ、みずからをよく省みよ」

「心を入れ替えまする。ですからどうぞ、この私めに、下々のために働く場をお与えください」

「まことにそう思うのか?」

「まことにございまする。八幡様の御前《ごぜん》で、かしこみ、かしこみもお誓い奉る」

経基が平伏してそう言った直後、板床が、がたん、と雷鳴のような音を立てた。経基は驚き、叫びを上げた。

桔梗の右手から太刀が離れ、床の上に転がり落ちていた。桔梗は右腕を伸ばしたままじっとしていたが、やがて、床の上にうつぶすように倒れた。

「こんどは何だ?」

経基はおそるおそる近づき、声を掛けたが、桔梗は眠ったように動かない。

経基は、床の鞘と太刀を取り上げると、納刀《のうとう》した。刀掛けに戻す。

「いかがしたのか？　返事をしてくれ」

反応がないため、桔梗は死んだのではないかと思った。桔梗の魂は八幡神とともに去ったのだ、と。しかしそのとき、桔梗は目を開けた。ぐったりと疲れた様子で、さきほどの権高《けんだか》な、荒々しい雰囲気はなくなっている。

「私は、眠っていたのでございますか？」

「覚えておらぬのか？　八幡大菩薩はお帰りになられたのか？」

「八幡大菩薩？」

桔梗はきょろきょろとあたりを見まわし、それからゆっくりと、難儀そうに床から体を起こそうとした。経基も、手を添えて助けてやった。

「神様と俺がどのような話をしていたのか、まったく覚えておらぬのか？」

「いや、まるで」

本当だろうか、と経基は疑った。あるいは、桔梗は八幡神が降りたような芝居をして、こちらを騙しているだけではないのか。しかし、桔梗の無垢《むく》そうな目を見るに、そのようなあくどいことができそうにも思えなかった。

「いつもそうなのか？」

「覚えているときと、覚えていないときがございます」

八幡神を降ろすとは恐ろしい女だとも思うが、夢現《ゆめうつつ》のような話し方は、とてもかわいらしく感じられる。汚れた衣を着る姿をあらためて見ても、哀れで、守ってやりたくなった。

「おこと、両の親のことも覚えておらぬのか？」

「父の名は、存じております。藤原秀郷《ひでさと》なる仁《じん》。母は、さして身分は高くない、さるお公家の娘で、父・秀郷が上京中に良き仲となり、私を身ごもったと聞いております」

「藤原秀郷のう……」

「そりゃ、ご存じではありますまい。父は下野国《しもつけのくに》の国衙《こくが》に勤めておりました」

「坂東か」

「東夷でございますよ」

「夷なあ」

経基は、おのれの親のことを夷（野蛮人）という桔梗の物の言い方がおかしくて笑ってしまった。京師に暮らす者からすれば、坂東は「東夷」という、鬼か物の怪かというような者が暮らす、化外《けがい》の地という印象しかないのもたしかであった。

「なにしろ、私の父は御上に逆らって、罪を受けたと聞いておりますから」

「恐ろしい……」

「でも、私はその罪人の父を誇らしく思っております」

桔梗がしゃあしゃあと言ってのけたことに、経基は驚いた。またしても、桔梗の新しい一面を見る思いがした。

「誇らしく、だと？　御上に逆らったと申すのに？」

「私にも、罪人の血が流れておるということかもしれませぬがね。私が誇らしく思うのは、父が罪を受けたのは、弱き者を助けるためと聞き及びますゆえ」

史実としては、藤原秀郷の出自や来歴については明確にはわからない。しかし、下野国（栃木県）に根を張る豪族で、国衙に勤める中下級の役人であったと考えられる。いわゆる「在庁官人《ざいちょうかんにん》」

である。

朝廷はこの頃、中央から離れた地の行政の実務は、現地の有力者に担当させていた。中央の公家たちを国司として任じて派遣し、彼らを統括させた。

中央から赴任する公家たちは、こんどはこの国、次はこの国と、赴任地を転々と移動していくから、それぞれの地域の事情にはあまり通じていないし、赴任地の人々の暮らしに対する思い入れなども持たなかった。そもそも、中央政府からして、貢物《こうもつ》をきちんと徴収できるか否か以外、地方の事情にはさしたる関心がなかったと言ってよい。一定の貢物を取り立ててくれれば、国司らが私腹を肥やすべく、下々からどれほど苛烈《かれつ》な取り立てをしようが、ほとんど不問に付していた。

よって、中央での出世が期待できない、身分の高くない公家であったとしても、地方勤務をし、任地から任地へと渡り歩いてゆけば、かなりの蓄財ができた。「受領《ずりよう》は倒るる所に土を摑め」などと言われたのもそのためだ。受領（上級国司）は転んでも空手で起きるな、何があろうと利益を得るように努めよ、という意味であって、彼らの強欲ぶりをあらわした言葉である。

しかし、地方に暮らす者とすれば、国司たちの強欲さを野放しにしていてはたまらない。国司たちは中央政府とつながる権力者だから、ある程度は彼らの顔を立て、彼らに利益を供与してやりつつも、自分たちの生活を守ろうとした。その際、国司たちと現地の下々とのあいだを取り持ち、調整する役目を担ったのが在庁官人であった。

もちろん、在庁官人の中には、どちらかと言えば、国司の利益を優先する者もいた。場合によっては、自分たちもまた彼らと結託して財貨を得ようと目論《もくろ》み、率先して下々から厳しい取り立てをする者すらいた。

いっぽう、在地の者の代表として、下々の暮らしや、その土地の美風を守ろうと、国司の営利活動をできるだけ抑制しようと動く者もいた。国司の強欲ぶりや非道が目に余れば、彼らに真っ向から楯突く者とていたのだ。秀郷もまた、そういう者であったらしい。

秀郷は下野国の在庁官人だったが、上野国《こうずけのくに》（群馬県）の国衙と対立したとされる。秀郷は、当時としてはそれなりの財力や軍事力を持つ武士であったため、広く坂東各地の人々から慕われ、結果として、彼を中心に上野国の国衙に対する抗議団が形成されたということなのかもしれない。

これに対して、上野国の国衙は、反抗的な態度を取る秀郷について、「罪をなしている」と中央政府に訴えた。秀郷は同志たちとともに朝廷のお尋ね者となり、在庁官人としての立場を追われ、零落《れいらく》したらしい。

「これは、私の本心でございます。あなた様からすれば、たとえ父なる人とはいえ、罪人を誇らしく思うなど世迷言にございましょうが」

桔梗はそう言って笑った。なぜこのような話を経基の前でしているのか、自分でもわからずおかしくてたまらなくなったのだ。

経基は、はじめは笑う桔梗を惚《ほう》けたような目で見ていたが、やがて、眦《まなじり》を吊り上げ、怒鳴るがごとく言った。

「世迷言などとは思わぬ」

彼は頰の傷から滴る血を指で拭うと、口に持っていって舐《な》めた。

「あれ、怪我をしておいでてございますか」

桔梗は、そのときはじめて、経基の頰が傷ついているのに気づいた。

「ああ、斬られたのだ。神に斬られ、俺は一度、死んだのだ」

「何の話でございますか？」

「だから、死んだと申しておる。死んで、生まれ変わったのだ。あははは」

こんどは経基が笑い出した。しかしその笑いが、やがて泣き声に変わった。

「よくお泣きになること……」

「笑いたければ、笑え。有り難くて、有り難くて、俺は泣いておるのだ」

経基は、右手で顔面を摑むように覆って泣き、しばらく言葉を出せなくなった。それから、上ずった声で、ぼそぼそと喋った。

「まったく、八幡様の仰せの通りだ。俺は、自分の不幸ばかりを考えておった。そして、身分が何の、血筋が何のと言って、天意にかなわぬ政をする者を憎んでいながら、俺自身が、そうした連中と同じ穴の狢《むじな》であったことを思い知らされたのだ。ああ、恥ずかしい」

「もう泣きなさるなって」

「恥ずかしくて、泣けてくるのだ……恥ずかしくて……だが有り難い」

うろたえる桔梗の前で、経基は上体を大きく折り曲げて泣いた。

「俺が官途《かんと》と無縁であったのは、天罰であった。それを、一度斬られることで思い知らされた。神が、新しい生き方をせよ、と仰せられたのだ。俺は、微力ながらも、下々の暮らしを少しでも安らかなものにするために、今後の命を捧《ささ》げたいと思う。桔梗、おことにも礼を申さねばならぬ。おことにめぐり会うたのも、神慮と申すものであろう」

桔梗は一時、いっさい意識を失っていたのであって、経基がなぜ血を流しているのかも、彼が語る神の話も、まったくわからなかった。しかし、経基が感涙を流しながら語る姿につられ、みずからもまた涙を堪《こら》えられなくなってきた。

経基は落涙しながら、桔梗に躙《にじ》り寄り、彼女を強く抱きしめた。桔梗も、泣きながら抱かれるままにしていると、経基は彼女を押し倒した。

桔梗の脳裏に、あんたは男の涙に弱い、という笹笛の声がこだました。笹笛にこのことを知られれば、また叱られるだろう。しかし、経基が自分の巫としての仕事によって、何かを得、感激しているらしいことは嬉しくてたまらなかった。ここで経基を押しのけることなど、桔梗にはできなかった。そしてそのまま、桔梗は経基と交わってしまった。

交わって後も、桔梗は経基と身を寄せ合い、気持ちを高ぶらせながら、いろいろと語り合った。神仏の有り難さや、洛中各所の草花の美しさなどなど。

表がほの白くなった頃、経基が、

「これからもそばにいて、俺を助けて欲しい」

と言ったとき、桔梗は、

「喜んで」

と応じていた。

経基の屋敷を出て、疲れた体を引きずるようにして賀茂御祖神社に帰る道すがらも、桔梗は幸せな気分でいた。

源経基に、武蔵介《むさしのすけ》として武蔵国に下向するよう朝命《ちょうめい》が下ったのは、それからしばらくしてのことであった。

第二章　黒い影

一

「あれ、このあいだのお人と違うか？」

賀茂御祖神社《かもみおや》の参道に立つ笹笛が言った。

桔梗は屋根の低い、参道脇の小屋の中で、四つんばいで動き、外に顔を出した。

笹笛は、真っ青な冬空と、緑の森に彩られた参道の南に目を向けていた。道を北へ行けば、社《やしろ》へといたる。午後のまだ陽が高い時分で、多くの参拝者が行き交っていたが、桔梗には、笹笛が見つめる相手が誰だかすぐにわかった。

水色の直垂《ひたたれ》を着た男が、左手は腰の太刀《たち》に添え、右手はときおり烏帽子に当てつつ、太った体を揺らしながら足早にやって来る。だいぶ息を切らしている様子だ。源経基であった。

経基はまだ、桔梗には気づいていないようで、

「桔梗、桔梗」

と呼ばわりながら、いろいろな小屋をのぞき込んでいる。参道には、桔梗たちと同じ巫《かんなぎ》や、傀儡師《くぐつし》、琵琶法師など、様々な者が小屋をかけて暮らしていた。かつて、経基が桔梗と笹笛のもとに来たときは夜であったため、場所がわからないのだろう。

「また、あんたに用事だわ」

姐貴分の笹笛は、嫌悪感を剝《む》き出しにした。経基のような男とつき合うと、ろくなことはないと言いたげだ。

だが、桔梗は小屋から飛び出すと、

「ここよ、ここ」

と大声を上げ、経基に手を振った。

経基も桔梗に気づき、大きく手を振り返す。そして、駆け足になって近づいてきた。

「聞いてくれ。あのな、除目《じもく》……」

経基は桔梗の目の前でそう言ったきり、感極まって喋れなくなった。

「除目がどうなさいました？」

「それが、それがな……俺は、武蔵介に任じられたのだ」

経基の目から、涙がこぼれた。

「ああ、お役につかれるのでございますね。おめでとうございます」

国司は大きく、守《かみ》、介、掾《じょう》、目《さかん》の四等官によって成っているが、武蔵介ならば武蔵守の下、武蔵掾の上の地位で、武蔵国（埼玉県、東京都、および神奈川県の一部）へ赴任することになる。

「大して重い役職ではないかもしれぬ。されど、八幡《はちまん》様が仰せであった。有り難し、ということを知らねばならぬと。これが振り出しだ。神の仰せのごとく、俺は下々のため、精いっぱいに働くぞ」

「よいお心がけで」

二人が感激しながら見つめ合い、語り合うのを、瘦せた笹笛が細い腰に手を当て、呆れ顔で見ていた。

「でも、坂東は遠いですね。くれぐれもお体を大事に」

「さよう、坂東だ。おことの父君《ちちぎみ》の故地《こち》である」

「たしかに」

「そこでだ、桔梗。おことに頼みがあるのだが……俺とともに、武蔵国に下向《げこう》してはくれぬか」

桔梗はそれまで、経基の嬉しそうな様子につられ、みずからも目頭が熱くなっていた。だが、胸に広がる喜びが、にわかにしぼんだ。

漂泊の巫とは言っても、桔梗はほとんど五畿内ばかりで暮らしてきた。父の故地とはいえ、坂東は遠い。平将門のような東夷《あずまえびす》たちがいて、矢を射、得物《えもの》を振りまわしているところで暮らしたいとはまったく思わなかった。

桔梗がどう断ろうかと考えているうちに、笹笛が経基に食ってかかった。

「そんなところへ、桔梗が参るわけなかろう」

「何だ、この女は？」

笹笛を睨んだ経基に、桔梗は横から、

「私の姐《ねえ》さんです」

と言った。

しかし、経基も笹笛も、桔梗のことなどまったく無視していがみ合う。

「桔梗は、平将門がおるところへなどは決して行かん」

「俺は、おことに聞いておるのではない。桔梗に聞いておるのだ」

「桔梗がどう言おうと、私が許さんと言ったら、許さん」

経基は桔梗へ目を向けた。

「おことは、どうなのだ？　一緒に参ってくれるな？」

桔梗は首を傾《かし》げた。

「いや、そんな遠いところへは――」

「先日『これからも助けて欲しい』と頼んだとき、おことは『喜んで』と申していたではないか」

「それは、そうですけれど……どこへでもお供するということではございませんよ。しばらくはまだ、都におりたいですし、坂東へなどは、とても、とても」

「いや、おことは都から遠くへ参ったほうがよいのだ。大きな声では申せぬが」

「どういうことです？」

「おことは死んだことになっておるのだ。一品《いっぽん》の宮様に、『ひと思いに首を刎《は》ね申した』と復命してある。それなのに、首がつながったまま、おことが洛中をうろついていては、いろいろと厄介であろう」

「都をうろついていてはいかぬということであれば、近江《おうみ》か大和《やまと》へでも参ればよろしゅうございましょう」

笹笛も言う。

「そうだ。東夷の住む地になんて、参るかいな」

「東夷、東夷と申すな。桔梗の父は坂東の――」

「父は父、桔梗は桔梗」

桔梗も深々と頭を下げる。

「ごめんなさい。私は一緒には参れません」

すると、経基は逆上し、桔梗の小袖の襟を両手で摑んだ。

「『喜んで』と申したというのに――」

「こら、何をする」

笹笛が叫んだことによって、周囲がざわついた。まわりの小屋から、人々が集まってくる。みな、寄る辺なく暮らす者たちであるがゆえに、同じ立場の者に何かあれば、馳《は》せ参じてともに闘おうとする。

桔梗のもとへ集まってきた者たちは、手に手に錫杖《しゃくじょう》や撞木《しゅもく》、小槌《こづち》などを持っている。また、中には経基や桔梗が見上げるほどの大男たちもいた。大樽《おおだる》や岩を持ち上げる曲芸を披露したり、神前で相撲を取ったりする力自慢だ。それが七、八人も、束になって経基に摑みかかり出した。

「われは何様のつもりじゃ」

「女を放してやらぬか」

「参道にての狼藉《ろうぜき》は許せぬ。罰当たりめ」

経基はもみくちゃにされ、桔梗から引き離された。やがては地面に倒され、大勢に足蹴にされる。

「さ、いまのうちに、どこかへ逃げなさい」

笹笛に言われたが、桔梗は首を横に振った。

「でも、あの方が」

坂東へはついていかれないにしても、経基がひどい目に遭っているのは可哀想だ。

「あんな男、放っておきなさいって」

「いや、でも」

桔梗は笹笛と言い合ううち、南方から別の男たちがこちらへやって来るのを見た。それは、いま経基を蹴飛ばしている人々とはまったく違う出立《いでた》ちの者どもだ。冠に緌《おいかけ》をつけた、褐衣《かちえ》姿の侍と、その供らしき三人の男であった。おそらくは、権門《けんもん》に仕える者たちであろう。

参道の中央で、何やら騒ぎが起きているのを見て取った侍は、太刀の鞘口を摑み、警戒しながら進んできた。その姿を見て、経基を懲らしめていた連中は、道を空けるように散っていく。「これは関わらぬほうが身のためだ」と思ったのだろう。

経基はなおも地面に倒れていた。烏帽子はずれ、衣服も乱れて土まみれだ。太刀は鞘ごと背後に放り出され、悔しそうにゆがめた顔も涙と土埃《つちぼこり》で汚れていた。

桔梗は助け起こしに行こうとしたが、笹笛が止めた。

「放っておけって言っているでしょ。まさか、あんた、あの男とできていないだろうね？」

「まさか」

桔梗はとっさに言ったものの、笹笛の目には明らかな疑念があった。桔梗のことは、笹笛には何もかもお見通しだった。

笹笛は、

「あんたって人は、まったく」

とため息をついた。

例の侍たちは、経基のところにやって来て、いまだに地面に座ったままの彼を訝しそうにじろじろと見た。やがて、侍が大きな声で周囲に言った。

「このあたりに、桔梗という巫はおらぬか？　誰か、桔梗という者を知らぬか？」

小屋に暮らす者たちや、笹笛が桔梗に目を向けたことで、侍はおのずと目当ての者を見つけ、足を進めた。

「なんじが桔梗か?」

「はい」

「同道してもらいたい」

また同道か、と桔梗が困惑していると、経基が烏帽子を押さえながら起き上がり、侍のもとに来た。

「待たれよ。この桔梗には、私が先に用を頼んであるのだ」

「その用とやらは、しばらく待つがよろしい。こちらが先だ」

経基は、侍の偉そうな態度にかっとなった。

「おのれ、この俺を誰と心得るか。清和《せいわ》天皇が孫、源経基であるぞ」

乱れた衣服ながら、胸を張って言う経基の姿に、桔梗は、なかなか頼もしいところがあると感心した。ところが、侍はひるむどころか、冷ややかに笑った。

「源経基殿と申されたか。我らのお役目を邪魔立てすると、お為《ため》にはならぬと存じまするぞ」

「いったい、そのほうらは、どこのどいつのところから参ったと申すか?」

「されば聞かせよう。我らは従一位、太政大臣様のお屋敷より参った」

経基は放心したように大きく口を開いた。烏帽子を押さえていた手からも力が抜け、中からぼさぼさの髪がはみ出す。従一位、太政大臣といえば、朝臣《ちようしん》の中で最大の権力者、摂政・藤原忠平のことだ。周囲の小屋に暮らす者たちも、度肝を抜かれている様子である。

やがて、経基は桔梗へ目を向けた。

「おい桔梗、早く参らぬか。相国《しようこく》様のお屋敷のご用であるぞ」

桔梗は、経基の態度の変わりように、さきほどの頼もしさはどこへ行ってしまったのか、と失望する。

「ぐずぐずするな。相国様のお屋敷からのお召しを俺が邪魔したとあっては、武蔵介任官の話も取り消しになりかねぬではないか」

「そのような偉いお方のお屋敷に、どうして私が呼ばれるのでございますか？」

桔梗が問うと、侍は、

「知らぬ」

とそっけなく言った。その上で、

「とにかく、我らとともに参ればよい」

とつけ加えた。

もはや、この侍についていくよりほかあるまいと観念した桔梗は、いつも使う鉦《かね》を小屋の中から取り出した。

侍とその供に囲まれて歩く桔梗のことを、人々が驚いた目で見送った。桔梗は、自分が何だか罪人になったような気分になり、いたたまれなかった。

振り返ると、笹笛が不満げな顔で腕組みをしながら突っ立っている。その隣に立つ経基は、桔梗と目が合うと笑みを浮かべ、大きく手を振った。

経基はたしかに頼りないが、やはりかわいげがある男だ、と桔梗は思った。

二

都のことをよく知る桔梗にとっても、天子の御所や、高位高官の邸宅が並ぶあたりを歩くのは、やはり畏れ多く感じられた。しかも行く先が、天子に代わって政を司る摂政の屋敷ともなれば、どうしても足が重たかった。

藤原忠平の屋敷は、御所のすぐ南にあった。そこに足を踏み入れた桔梗は、ここはあるいは天子が暮らすところよりも豪華なのではないかと思い、息を呑んだ。庭には清らかな水を湛えた広い池泉《せんち》があり、その周囲には美しい木々が隙間なく植えられて、まるで絵画に描かれた極楽浄土のようだった。池泉に面して、宏壮《こうそう》な対屋《たいのや》を持つ建物が立っている様は、大鳥が羽を広げてやすらいでいるようにも見えた。

侍は、桔梗をその建物に沿って歩かせ、西の対屋のそばの庭先にいたると、

「ここで待て」

と言った。

侍が指さす先には、一枚の筵《むしろ》が敷いてあった。寒空のもとではあるが、桔梗はいたしかたなく、その上に座った。大地からの冷気が筵越しに下肢に伝わり、また池からも風が吹きつけて、深々と冷える。

庭にも、渡殿《わたどの》の上にも、凜々《りり》しい装束の公達《きんだち》や、家人《けにん》らしき者、警固の侍など、多くの者が忙《せわ》しく動いている姿が見えたが、彼らは桔梗にはほとんど目もくれなかった。桔梗は寂しいし、寒いしで辛《つら》かったが、いつまでたっても誰も呼びに来ない。そのうちに、だんだんと陽が傾き、ますます寒さがつのって、体の震えが止まらなくなった。このままでは凍え死んでしまうのではないかとすら思う。

のちほどお叱りを受けてもかまわないから、もう帰ろうと思って立ちあがったとき、薄汚れた腰布をつけた、腰の曲がった婆《ばあ》がそばへ来た。婆が手招きをするので、桔梗はついて歩いた。

婆は中門を通って、庭とは反対のほうへ歩いていく。いったい、どこに連れていかれるのかと思っていると、やがて牛小屋の前に来た。さすがに摂政の牛小屋には、牛車《ぎっしゃ》を引かせるための立派な牛が五、六匹も飼われていた。婆は小屋の前で立ち止まると、その隅の、藁《わら》が積み上げられたあたりを指さした。

「そこなら、風が来んぞ」

婆はそれだけ言って、忙しそうに去ってしまった。

おそらく、下働きの婆が、寒そうにしている女が庭にいるのをみとめ、可哀想に思ってここに連れてきてくれたのだろう。たしかに、板壁が風よけになるあたりの、藁のうちに身を埋《うず》めれば、寒さはだいぶ凌《しの》げるだろうが、庭先の筵で待っていなければ、誰かが呼びにきたときに困ることになろう。

桔梗はどうしようか迷ったが、寒さに負けて、少しだけ牛小屋で暖をとろうと思った。中に入り、藁をかぶる。はじめは牛の臭いが気になったが、慣れればどうということはなかった。体が温かくなると眠気を催して、そのまま眠りに落ちてしまった。

「こんなところにいたのか」

男の鋭い声で、桔梗は目を覚ました。あたりは真っ暗で、松明がいくつか燃えているのが見えた。すぐそばで、人の声に驚いた牛たちの鳴き声が響いた。桔梗は自分がどこにいるのかを思い出した。

「人騒がせな女だ。ずいぶん、捜したんだぞ。こんなところで寝込んでおって」

「すみません。寒いので藁のうちで休むうち、つい……」

慌てて起き上がり、小屋の外に飛び出た途端、風の寒さが身にしみた。昼間に比べて、相当に空気が冷たくなっている。

「まったく呆れた女だ。ここをどなたのお屋敷と心得ておる」

松明を持つ男が怒鳴った。屋敷に仕える下働きの者だろう。

「すみません」

「急げ」

「はい」

桔梗が連れていかれたのは、対屋の濡れ縁の下であった。昼間と同様に筵が敷いてあり、そこに座らされた。そばには篝火《かがりび》が焚《た》かれてあったが、それが風に煽られ、さかんに火の粉が散っていた。

「ここでじっと待っておれよ」

牛小屋で桔梗を見つけ、ここまで連れてきた男が言った。

「はい」

「またどこかへ行ったら、容赦はせぬぞ」

「もう、どこへも参りません」

一度、桔梗に睨みを利かせると、その男は暗闇に消えた。

それからまた、長々と待たされた。もう帰りたい、やはり逃げ出してしまおうか、などと考えていると、ようやく、縁上《えんじよう》に烏帽子姿の男があらわれた。その背後の屋内にも、姿こそ見えないものの、人の気配が感じられる。

「お出ましだ。頭を下げよ」

烏帽子の男が言った。桔梗は、震えながら平伏したが、いったい誰が屋内にいるのかわからない。

「これよりご下問《かもん》があるゆえ、お返事を奉るように」

「あの……」

「何か？」

「どなた様のご下問でございましょうか？」

「相国様であらせられる」

桔梗は自分の耳を疑った。まさか本当に、藤原忠平その人の前に出ることになるとは思っていなかった。敦実親王の前に出たときよりも恐ろしさをおぼえる。親王は直々《じきじき》に言葉をかけてきたが、忠平は桔梗を屋内にあげることも、直答も許さないのであるから。

縁上の男は屋内に目を向けた。奥からひそひそと声がするのを、男は頷きながら聞いている。そしてしばらくして、桔梗に向き直った。

「なんじは、一品の宮様にお目にかかったか？」

「はい」

するとまた、縁上の男は屋内に向き、忠平と思しき者の意向を聞きはじめた。それから、桔梗を見下ろす。

「どのような話をいたしたか？」

「宮様とのお話は、他の方には申し上げられません。たとえ相国様のご下問であろうともです。それが、巫の掟《おきて》でございますから」

すると、忠平の言葉を受け継いだ男は、こう言った。

「宮様はなんじに、我が余命についてお尋ねになったのではないのか？」

桔梗はどきりとした。たしかに敦実親王は、藤原忠平がいつまで生きるかと聞いた。しかし、なぜ忠平自身がそれを知っているのだろうか。

「申し上げられません」

「では、宮様をどのようなお方とお見受けしたか？」

「そうでございますね……とてもお心広く、ざっくばらんなお方と」

桔梗が述べたのは、本心ではなかった。しかし、天皇家の臣下であるはずの忠平のほうが、親王より偉そうに振る舞っているかに感じられたため、わざとそう言った。

「どうして、そのように思ったか？」

桔梗は迷った揚げ句、返答した。

「宮様は忝《かたじけな》くも、私のような者もそば近くにお招きくださり、直々にお言葉をかけてくださいました」

そのとき、建物のうちから、ぱっと笑い声が上がった。しかも、それは複数の声のようだった。やがて、屋内から二つの影が縁に近づいてきて、庭の篝火の光に身を晒《さら》した。一人は烏帽子をかぶった、ふくよかな男で、立派な顎鬚《あごひげ》を生やしており、だいぶ年嵩に見えた。そしてもう一人は、体格のよい、禿頭《とくとう》の若い男であった。

「やはり、そなたは肝が据わっているな」

笑いながら言った禿頭の男は、寛朝だった。敦実親王に会ったことは、寛朝から忠平に伝わっていたのだろう。

寛朝はさらに、隣にいる顎鬚の人物について、

「正真正銘の相国様であるぞ」

と桔梗に教えた。

「眠りこけて相国様をお待たせするとは、そなたも肝が太すぎるわい」

何と人の悪いことかと憤慨した桔梗は、半ばやけになって言った。

「一品の宮様とのやりとりがどのようであったかは、そこにおわす御坊《ごぼう》にお尋ねくだされればよろしゅうございます」

寛朝と忠平は、またしても笑い声を上げた。桔梗には、それがとても意地悪な声に聞こえたが、しばらくして忠平は、桔梗に直接、言葉をかけた。

「さ、こちらへあがれ。そこは寒かろう」

「いえ」

「一品の宮様に対してさえ、直《じか》に物を申し上げておったのであろう。遠慮いたすな」

けれども、桔梗は首を横に振った。

「いえ、こちらで結構でございます」

寛朝も言う。

「よいから、あがるがよい」

「いえ、いえ」

「相国様が、あがれと仰せなのだ」

それでも、桔梗があくまでも拒むと、寛朝は苦笑しながら忠平に言った。

「当人が意固地にも庭先がよいと申しておりますから、もうこのままでよいでしょう」

すると忠平も笑いながら、

「それなら、それでよい」

と言った。その上で、寛朝の耳元でぼそぼそと何やら話した。寛朝はそれを微笑みながら聞くと、桔梗に問うた。

「酒は、用意しなくてよいか?」

「また眠くなってしまいますので、いまは結構でございます」

「そうか。では相国様に、平将門について申し上げよ。そなたは過日、その姿を見たのであろう? 後ろの目で」

「何について申し上げればよろしいのでしょう?」

風が吹き、篝火が大きく揺れた。福々しい頬と、豊かな顎鬚をもった、縁上の忠平の顔が明るくなったり、暗くなったりする。その目は、じっと桔梗に注がれていた。やがて、忠平はおもむろに口を開いた。

「将門に、御上への謀反《むほん》の心はあるか?」

桔梗は一礼すると、目をつぶった。合掌し、呼吸を調えながら祝詞《のりと》を唱える。そして、鹿角の撞木で鉦を叩きながら、さらに祝詞、経文を唱えつづけた。やがていつものように、桔梗の手が痺れ、震え出した。それは寒さによるものではなかった。かえって、体の中央で起こった熱が全身に広がっていくように感じられる。そしてそのうち、背後に篝火の明かりとは違う、白い光が広がった。桔梗の後ろ向きの霊の目が開き、ここにはない情景を捉えはじめたのだった。

光り輝く白い靄の中から人影があらわれ、だんだんと近づいてくる。それに従って、容貌がはっきりしていった。侍烏帽子をかぶり、直垂を着ているが、生地の色は黒くくすんでいてわからない。平将門であろうか。

おぼろげながらも、先日、敦実親王の前で後ろの目を開いたときより、はっきり見える部分があった。忠平よりずっと立派な鬚が蓄えられている。高く、厚みのある鼻の下から、頰、顎にかけて黒々とした毛がびっしりと生えてもいた。また、逆立つような、太く、長い眉毛も見える。敦実親王の前で、若い公達が「将門は毛むくじゃらに決まっておる」などと言っていたが、それもあながち間違ってはいないのかもしれない。

けれども、桔梗の後ろの目にいま映る男は、折り目正しく拳を床に突き、低頭していて、品が感じられる。「東夷」という印象はなかった。

「私が見るところ、天子様に対し奉り、謀反をなさるお方ではないようです」

忠平は頷くと、また問うた。

「将門は息災か？」

「はい、そのように見えます」

厳しい表情で桔梗の話を聞いていた忠平が微笑んだ。それを聞けば満足だというように、

「そうか」

とだけ言った。

桔梗は無礼であるとは思いながら、忠平に問うた。

「畏れながら、相国様に伺ってもよろしいでしょうか？」

寛朝が、やはり大胆な女だ、と言いたげに、眉を吊り上げた。しかし、忠平は表情を変えない。

「何だ？」

「相国様は、平将門殿をどのようなお方と見ておられるのでございましょうか？」

「なにゆえに、さようなことを聞く？」

「京の都で将門殿のことをお話しになる方々は、誰もが恐ろしく、あるいは憎らしく思っておられ

るようです。でも、相国様は、将門殿を嫌っても、憎んでもおられないようにお見受けいたします。それどころか、何だか好いておられるようにも感じられるのです」

「だとしたら、何だ？」

「それは、いかなるわけでございましょう？」

「これこれ、あまりに不躾《ぶしつけ》な」

寛朝が叱責するのを、忠平は右手をあげて黙らせた。それから、恥ずかしげにも見える表情を浮かべて言った。

「坂東のあの男が、うらやましく思えるときがあってな。我らとはまるで違う生き方をしておるからだ。都では、律令や位階が、さながら漁人《すなどりびと》の網のように人々の上からかけられている。もちろん、その網の頂には御上がおられるのだが、我らはその細かい網目のうちに囚《とら》われて暮らす、囚われ人のようなものではないかと思う」

桔梗は呆然とする。天子の政をあずかる摂政の言葉とも思えなかった。

「囚われ人であることは、不幸なのでございましょうか？」

「いや、必ずしも不幸とは申せぬであろう。我らは網に抱かれ、またそれを内側からしっかりと摑んでいるからこそ、安心していられるのだから。だが、将門はそうではないのだ」

忠平は何やら惚《ほ》れ惚《ぼ》れとした顔つきをしていた。

「いや、将門の奴めは、まだそのことに気づいておらず、みずからも網のうちで生きていると思うておるかもしれぬ。だが、そうではない」

「されど、将門殿には謀反の心はないのでございましょう？」

寛朝が言うと、忠平は頷き、

「将門もまた、やんごとなき血を引いておろう」

と言って、しばらく篝火を見つめた。

「桓武《かんむ》帝の裔《すえ》で、父は鎮守府《ちんじゅふ》将軍であった。将門自身、かつては滝口《たきぐち》の衛士《えじ》として、御所の守護に当たっていたから、あのまま京におれば、蔭子《おんし》として、やがては昇殿も許されていたであろう。だが、故郷の父が死ぬと、将門はすぐに京を離れ、無位無官のまま帰国した」

蔭子とは、父祖のおかげで出世する資格を持つ者である。父の平良将《よしまさ》が従四位下《じゅしいのげ》、鎮守府将軍であった以上、将門も朝廷に勤めつづけていれば、いずれは少なくとも五位《ごい》以上にはなれたはずだ。しかし、彼は父が死ぬと、朝廷での仕事も、出世の機会も放り出して、一族が経営する土地に帰ってしまった。

「あの男にとっては、位階や官職などより、坂東の土地のほうが大事だということだろう。そしてだからこそ、あれは土地のために戦わねばならぬのだ。すでに網にぶら下がって生きているのではなく、おのれの足でしっかりと大地を踏みしめ、駆けずりまわって生きておる。おのれの守るべき土地を、みずから富ますべく努め、それを奪おうとする者は、みずから弓をとって倒す。あれは実は、御上という頂から垂れる網を信じておらぬのだ……まあ、そのような奴は、いまの世では多くの者の恨みを買うことになろうがな」

「それが、うらやましいのでございますか？」

桔梗が庭前から尋ねると、忠平は篝火を見つめたまま応じた。

「網とは幻に過ぎぬのではあるまいか、と思うときがある。いまは、多くの者が将門に眉をひそめるが、やがてはあれこそが人らしい生き方をしていると、みなが認める世が来るのではないか、と思うのだ。摂政や太政大臣などということが、空疎でつまらぬことのように思われる世が来るのではあるまいか、となと」

そこでまた、寛朝が言った。

「相国様は、さのごときことを仰せられぬほうがよいかと存じます」

「懸念は無用であろうぞ。この巫は、口が堅そうだ。宮様とのあいだの話も、頑《かたく》なに明かそうとしなかった」

「されども、お立場というものがございましょう」

忠平はにこりと笑った。

「わしは、将門という男がうらやましいだけでなく、たしかに好きなのだ。桔梗と申したか。今夜は、なんじの話を聞けてよかった。わしも、将門には御上に刃向かう心はないと見ていたが、なんじもそう申してくれて安堵《あんど》した。もしあれに謀反の心あらば、面倒だからな。網のうちに生き、また、御上のおそばで網を操らねばならぬ者として、やはり放っておくわけにはゆかなくなろう」

忠平はそれだけ言うと立ちあがり、屋内に消えた。それを見送った寛朝は、腕組みをし、桔梗に目を向ける。

「相国様はお忙しい。これからまた、人と会い、政の話をなさらねばならぬのだからな。それなのに、居眠りをしてお待たせしたりなどしおって」

桔梗はあらためて、顔から火が出るほど恥ずかしくなった。

「ろくにお詫びすることもできませんでした。すっかり舞い上がってしまいまして」

「まことに舞い上がっておったのか？　そうは見えなかったぞ。相国様も、相国様だ。相国様が平将門を庇《かば》っていると陰口を叩く者が大勢おると申すに、将門のことが好きだ、あれぞ人らしいなどと大胆なことを仰せられて……そなたの大胆さにつられて、お口を滑らせてしまわれたのではあるまいか」

「私のことなど、相国様のお耳にお入れにならなければよかったのです」

「たしかに、相国様にそなたのことをお話ししたのは私だが、いらぬことをしてしまったかもしれぬ。なかなか面白い巫がおると申し上げると、相国様は『ぜひ、会《お》うてみたい』と仰せられてな」

「父宮様が、相国様のことを快く思っておられないことも、お耳にお入れになったのでございますか？」

「さようなこと、わざわざ申し上げずとも、相国様はとっくにご存じよ」

寛朝は肩を大きく揺らして笑った。

「ご存じであるからといって、うろたえられるわけでもない。位人臣《くらいじんしん》を極め、天子様のおそばで政を行われるお方というのは、並大抵のご覚悟の持ち主ではないのだ。人に嫌われることを恐れていては、とても務まるものではないからな」

なるほどそうかもしれないと納得した桔梗に、寛朝は言った。

「さて、帰りはまた、侍に送らせよう。行く先は下鴨神社であったな」

「はい」

「また会おう」

こうして、忠平邸での桔梗の務めは終わった。

三

侍とともに忠平邸から引き上げた桔梗だったが、下鴨神社、すなわち賀茂御祖神社には帰らなかった。途中で行き先を変えることにしたのだ。

「用を思い出しました。下鴨神社とは別のところへ参りとう存じます」

桔梗が突然、立ち止まってそう言ったものだから、付き添いの侍も戸惑っている。

「いずれへ？」

「ずっと、ずっと南でございます。ですから、もう、お屋敷にお戻りいただいて結構でございます。ここからは私一人で参ります」

侍は松明を掲げ、往来のあちこちへ目を向けながら思案していたが、

「いや、やはり目当てのところまで送り届けよう」

と言ってくれた。

桔梗が訪れたのは、寂れた人家がまばらに並ぶ右京の、源経基の屋敷であった。戸のうちに声を掛けても返事がないから、侍も心配そうであった。

「もう大丈夫でございます。お帰りください」

桔梗は侍に言うと、突き上げ戸をみずから開け、勝手に中に入った。

中門で、

「どなたか？　どなたかおいでか？」

と繰り返し呼ばわると、ようやく奥から、

「誰か？」

と声がした。そして、紙燭《しそく》を持った者が廊《ろう》を通って中門にあらわれる。

「桔梗にございます」

「おお」

紙燭を持った男は、経基その人であった。

「相国様のお屋敷はいかがであった？」

「それは、それは、立派なものでございました。こちらと違い、人も大勢おられましたし」

「わざわざ言われなくてもわかっておる。まあ、あがれ」

二人で暗い廊を歩きながら、経基は聞いた。

「で、どのようなご用であったのか？」

「相国様にお目にかかってまいりました」

「まさか――」

「私も、まさか、と驚きました。ご下問の中身については申し上げられませんが」

「おことは評判の巫であるからな、これからも相国様や、その他の高位の方々に呼ばれることになろう。やはり、坂東などへはついて参れまいな」

あきらめたように言う経基に、桔梗ははっきりと応じた。

「いえ、参ります」

「何と？」

「決めました。坂東へお供いたします」

「まことか。嬉しいぞ。そこまで俺のことを思ってくれるとは」

暗い廊で、桔梗は経基に抱きすくめられた。唇を吸われる。

しかし、桔梗が坂東行きを決めたのは、正直なところ、経基のためというよりは、自分のためであった。忠平と話をして、将門や、彼が暮らす坂東という地に強くひかれるようになったのだ。

漂泊の巫も、忠平が言う将門と同じように、律令や位階などの網目からはずれて生きているのではないかと思った。将門その人に会えるものなら会ってみたいが、それは難しいだろう。けれども、将門のような武者たちが暮らす坂東は、桔梗にとっても自分らしく生きられる地であるように思え、その風景や、そこで暮らす人々を見られるだけでよかった。

しかし、桔梗の本心など知らない経基の喜びようは、天に飛び上がらんかというほどのものである。床を歩きつつ、舞を舞うようにくるくると回転して見せたり、夜明けはまだ遠いというのに、鶏に似た歓声を上げたりした。そして、几帳のうちに桔梗を引き入れると、しがみつき、組み伏せ、のしかかってきた。

桔梗の小袖の襟を開き、胸に触れてきたが、その鼻息の荒さはすさまじかった。まるで腹を空《す》かせた犬が餌に食らいついているような音だ。

「殿、もう少しお静かに。人に聞こえますよ」

「ここには誰も来ぬ。もともと少ない家人どももみな、もう寝ておるわい」

桔梗は、もっと優しく扱ってもらいたいとは思ったが、経基の太った体は温かくて、なかなか気持ちよくもあった。まんざらでもなくなってきた桔梗の息も荒くなってきたとき、几帳の向こうから、

「もし、恐れ入りますが」

という女の声がした。

桔梗は悲鳴を上げ、経基も、

「何事か」

と、驚いて上体を起こした。

「お客様が参られました」

「客だと？　誰だ？」

「それが……」

「今夜は帰ってもらえ」

「いや、それが……」

経基はしかたなく、桔梗から離れると几帳の外へ顔を出した。女とひそひそ喋っている。

「何と……それは、急がねばならぬ」

経基が言った途端、侍女がずかずかと几帳のうちに入ってきた。大殿油《おおとなぶら》にぼんやりと照らされたその顔は、以前にも見た年増《としま》のものであった。表情から、桔梗のことを好ましく思っていないことが窺われる。

「いかがなさったのです、殿？」

「大切な客人が参られたのだ。前触れがあればよかったのだがな」

経基は突っ立ち、侍女に衣服を調えさせながら答えた。

桔梗は襟を合わせてじっと動かないでいたが、経基は、

「おことも、早く支度をしてくれ」

と言う。

「どうして……私にも、そのお客様の御前に出ろとおっしゃるのですか？」

「いや、そうではない。几帳の陰から、我らの話を聞いておいてはくれぬか。相手がいかなるお人か、おことの考えも聞いてみたい」

侍女が経基の帯を締めながら、もう一度、桔梗を見た。自分の主人が、どうしてこのような下賤《げせん》な女を信頼しているのかわからないと言いたげだ。

「お客様はどなたでしょう?」

「興世王《おきよおう》殿である。このたび、武蔵権守《むさしのごんのかみ》を拝命なさった」

権守は守の副官とか補佐役といった意味で、もちろん介の上の地位であり、経基にとっては上役だ。ともに武蔵国衙《こくが》に赴任し、長くつき合わなければならない。

興世王もまた、桓武天皇の流れとされる。臣籍降下した身の悲しさと言うべきか、かつては王の称号を持っていた経基は、いざ興世王の前に出るや、卑屈に過ぎるほどの態度を取った。あるいは、この武蔵介という役目を何とかまともにこなし、出世の足がかりにしたいという悲壮なまでの気持ちがそうさせたのかもしれない。

「このようなむさくるしきところへわざわざお出《い》でくださり、恐れ入り奉りまする。ご用があれば、こちらから出向きましたのに」

床にへばりつくように頭を下げて言う経基に対し、興世王は畳の上から、厚ぼったい瞼《まぶた》の下の目をさらに細め、にたにた笑っている。

「いや、いや、にわかに参ってしまい、申し訳ない。たまたま、このあたりを通りかかったもので」

「この夜分に、でございますか?」

「近くに女がおりましてな。あまり通わずにおると、角《つの》を出しおる。いやはや、女は観音様のような顔をして、うちに鬼を宿しておるらしい。あな、おそろし」

興世王はそう言うと、口をすぼめ、ほほほほ、と甲高い笑い声を立てた。几帳の隙間から様子を窺っていた桔梗はぞっとする。

「今後、どうぞよろしくお引き立てのほどを……」

経基が平伏したまま言うと、興世王はまた、口をすぼめて笑った。

「何の、介殿、こちらこそ万事よろしくお頼み申さねばならぬ。ところで、武蔵国に赴任するにあたり、介殿はいかなる心得で臨まんとお考えでござろうか？」

「されば……我らは天子の王化《おうか》を進めなければなりませぬ。まずは下々の撫育《ぶいく》こそ第一と心得ます」

「なるほど、介殿の申される通りかもしれぬ」

経基のことを、介殿、介殿、と親しげに呼ぶ興世王の声には、見下すような響きがあった。もちろん、武蔵権守は武蔵介より上位であるし、王は臣下より上に立つのは当然だ。しかし、この小柄な男は、必要以上に自分を大きく、偉く見せることに腐心している節があるかに、桔梗には感じられた。

「さようにございます。ご存じのように、日《ひ》の本《もと》はいたるところで天災が起き、御上を蔑ろにして狼藉を行う者も多く、人心は荒《すさ》んでおります。とりわけ、坂東は争いが絶えないと承ります。塗炭《とたん》の苦しみを舐めている民も多いことでございましょう。彼らを少しでも慰めるため、微力ながら、この経基――」

そこでまた、興世王は例の気味の悪い笑い声を立てた。

「たしかに、介殿が申されることも一理あろう。されども、政をなす者は、民に恐れられておらねばならぬ。下の者に舐められては、政にはなりませぬからな」

「それもそうではありましょうが――」

「将門をはじめとして、坂東の武者たちが乱暴な振る舞いをしておるのも、役人が舐められておるからにほかならぬ。朝廷が頼りにならぬからこそ、揉《も》め事は自力で解決せねばならぬとも思っておるであろうし。つまりは、朝廷や、それを支える朝臣たちが弱ければ、かえって人々に辛酸を舐めさせることになるのです」

「では、我らはいかにいたせばよろしいと思し召しでございますか？　すでにして朝廷の力は弱まっており、その力の挽回《ばんかい》はにわかにかなわぬとすれば、我らがいかに強く出たとしても、どれほどのことができましょう。我らが率いる兵など、さしたる数ではありませぬ。脅かしたところで、坂東の者たちは容易に服さぬどころか、さらに乱暴なる振る舞いに出るかもしれませぬぞ」

興世王は笑いを漏らした。桔梗には、何と青臭い、と馬鹿にするような笑いに聞こえた。

「そこは介殿、よきあんばいでゆかねば」

「よきあんばい……」

「ただ強いばかりでも、弱いばかりでもいかぬのは、申すまでもござらぬ。将門をはじめ、坂東の武者たちも、多くは我らと同じ王家の血を引く者。まったく話の通じぬ相手でもありますまい」

興世王はもう一度、体を反り返らせるようにし、口をすぼめて笑った。

「いや、本日はお邪魔してしまったが、お会いできてよかった。介殿のお人柄に触れることができた。まあ、今後のことは、諸事こちらにお任せあれよ。では、また」

興世王が去った後も、桔梗の嫌な気分はつづいていた。頭も重く感じたし、鳩尾《みぞおち》のあたりがむかむかする。祝詞も経文も唱えず、鉦を打ち鳴らさずとも、後ろの目がおのずと開き、いつまでも興世王の姿を映し出しつづけていたのだ。彼は真っ黒な影を全身にまとっている。その黒さといったら、体の周囲を墨で塗りたくられているようだった。

興世王との対面を終えた経基も疲れた様子だったが、桔梗の顔を見ると微笑んだ。

「宮仕えとは気苦労がつきまとうものだが、それほど難しいお方ではなさそうでよかった」

しかし、桔梗は、

「あのお方には、くれぐれもお気をつけください」

と忠告した。

「どういうことか？」

「あまり深くはおつき合いなさらぬほうがよいかと」

「かのお方は、武蔵権守でいらっしゃるのだぞ。親しくつき合わないわけにはゆかぬではないか」

「それはそうですが、くれぐれもお気をつけいただきたく」

「そうか、おことはそう考えるか……されどまあ、心配はいらぬであろう。さてもう、朝まで客人が来ることもあるまいぞ」

経基はそう言うと、桔梗の手を強く引いた。そして、抱き寄せ、口を吸った。

四

興世王や源経基が東下《とうか》しようとする頃、坂東では、平将門をめぐって一つの大きな事件が起きていた。しかしそれについて語る前に、そもそも将門とは何者で、坂東の争乱とはいかなるものであったかに触れておきたい。

平将門は、桓武天皇五代の皇胤《こういん》とされる。彼の祖父、高望王《たかもちおう》は平姓を賜《たまわ》って、従五位下、上総《かずさの》介《すけ》として上総国（千葉県中央部）に下向した。ちなみに、上総国は親王任国《しんのうにんこく》、すなわち親王が太守に任じられる国であり、かつ親王自身は現地に下向しない慣例になっていたから、次官の介が事実上の国衙の長官だった。

平高望は、長男国香《くにか》、次男良兼《よしかね》、三男良将らを伴って上総に赴任し、任期が過ぎても帰京しなかった。そして、国香や良兼には元常陸大掾《ひたちのだいじょう》、源 護《みなもとのまもる》の娘を娶《めと》らせ、良将には下総国相馬《しもうさのくにそうま》郡の県 犬養春枝《あがたのいぬかいのはるえだ》の娘を娶らせた。つまり、高望とその一族は、中央での出世よりも、坂東の地で、在地の有力者と閨閥《けいばつ》を築き上げつつ、田を開墾し、牧場を営み、兵を養うことで、富家《ふうか》たらんことを目指したわけである。

将門は、高望の三男、良将の子であった。良将は朝廷から従四位下、鎮守府将軍に任じられている。鎮守府将軍はもとは、朝廷に帰属することを拒む、東国やそれ以北に暮らす蝦夷《えみし》と呼ばれた人々を討伐する軍の指揮官であったが、良将の時代には、ほとんど名誉職になっていた。しかしながらそれでも、将門が蔭子と見なされていたことは間違いなく、公卿《くぎょう》への道を求めて上京し、忠平を私君と仰いで、滝口の衛士となったのだ。

けれども父・良将の死の知らせを受けると、将門は道半ばで帰郷し、以降、坂東での戦いに明け暮れる日々を送ることになる。将門が敵対したのは、伯父《おじ》の平国香、平良兼らや、その舅《しゅうと》である源護とその一族であった。将門は、父の遺領は本来、自分がそっくり受け継ぐべきであると考えていたのだが、伯父たちは、彼がいない間に勝手に配分を決めてしまった。すなわち、将門が、父の遺領を横取りされたと思ったことが、対立の原因らしい。

承平《じょうへい》五年（九三五）に源護一族や平国香らとのあいだで本格的な戦いがはじまり、同年二月には、将門は国香の本拠である石田営所《いしだえいしょ》（茨城県筑西《ちくせい》市東石田）を攻め、国香を死に追いやっている。それによって、将門陣営と、反将門陣営との争いはさらに熾烈《しれつ》になってゆくのだが、その間、護の訴えにより将門に対して京への召喚命令が下されたり、将門が恩赦によって許されると、今度は承平七年十一月に、反将門陣営の平良兼、源護、国香の子・貞盛《さだもり》、良兼の子・公雅《きんまさ》、公連《きんつら》らに対する追捕官符《ついぶかんぷ》が、将門に下されたりした。

　後代、平将門は朝廷への叛逆者《はんぎゃくしゃ》の代表格と目され、史学の世界ではかつて、その乱を「承平・天慶《てんぎょう》の乱」などと言った。だが、承平年間の戦いは、親族同士の私戦に過ぎず、それに対して中央の役人たちが、坂東の状況がわからないままに、こちらが義だ、いや、あちらが義だと裁定を下していたのであった。そして、承平七年の十一月以降は、将門側が中央から義軍と認められて、敵を逐《お》う立場になっていた。だから、この頃の将門は「叛逆者」などではまるでなかった。

　しかし、将門の運命は少しずつ変わっていく。その一つのきっかけとなったのが、平国香の子、平貞盛という男であった。


　国香と将門が争いはじめた頃、貞盛は上京しており、左馬允《さまのじょう》に任じられていた。朝廷の馬の管理に当たる馬寮《めりょう》の、さして身分の高くない役人であるが、国香が殺されたと聞いて、休暇を願い出、坂東に戻ることにした。

　帰郷して父の弔《とむら》いを行ったものの、貞盛ははじめ、将門への復讐《ふくしゅう》は考えなかった。将門とは従兄弟《いとこ》同士として親しい間柄であったし、また争いの発端が遺領をめぐるものであることから、将門には同情すべき面があるとも考えたのだろう。貞盛は、将門との和解の道を探ろうとした。しかしながら結局のところ、叔父・良兼の説得を受け、反将門陣営に加わってしまう。

　このあたりに、当時の坂東武者のありようが垣間《かいま》見えると言えるのかもしれない。親族との縁に縛られており、また、父を殺されながら復讐しないとなれば、周囲から臆病者と見なされ、立つ瀬がなくなってしまう。貞盛は、不本意ながらも良兼に与《くみ》し、将門と戦わざるを得なかった。

　しかし、反将門陣営は、それまで将門とその兵の強さに散々に押されていた。正面からまともにぶつかっても勝ち目がないと判断した良兼は、策略をもって将門に立ち向かおうと考える。彼が目をつけたのは、丈部子春丸《はせつかべのこはるまる》という者であった。

子春丸は、下総国は島広山《しまひろやま》にある将門の石井営所《いわいえいしょ》（茨城県坂東市岩井）に出入りし、下働きをしていたが、いい仲の女に会うため、常陸国真壁《まかべ》郡石田庄（茨城県筑西市）にもしばしば通っていた。この石田庄は、国香の居館《きょかん》があった地で、国香の死後は、良兼が管理していた。

良兼は、子春丸をひそかに呼び寄せると、言った。

「いかに将門が強いといえども、なんじの案内があれば、殺せないはずはないな」

すなわち、寝返って、将門打倒のために一役買ってくれないかと子春丸に持ちかけたのだ。

すると子春丸は、

「いいでしょう。こちらで働く田夫《でんぷ》を一人、私に預けてください。将門の館の中を案内いたしましょう」

と、悪びれもせずに言ってのけた。田夫とは農夫のことだが、もちろん、良兼の耳目《じもく》の役割を果たす密偵のことである。

良兼はこれを聞いて、大いに喜んだ。子春丸に絹布一匹を与え、さらにこう約束した。

「もし将門を謀殺《ぼうさつ》できたならば、なんじはもう担夫《たんぷ》の仕事はしなくてよい。必ずやわしの乗馬の郎《ろう》等《どう》に取り立ててやろう。いやもちろん、たっぷりの穀米と、衣服も褒美にやろうぞ」

子春丸は喜び勇んで、良兼の手下とともに将門の館がある、石井営所に向かった。子春丸は、担夫などの下働きで終わることに甘んじてはいられない、野心家であったようである。

営所というのは、武士が兵とともに暮らす、兵営《へいえい》のような場所と考えられるが、石井営所において、子春丸は夜警を命じられることがあった。彼はその折に、良兼配下の田夫を営所に引き入れ、館の隅々まで案内して、武器を置く場所や、将門の寝所《しんじょ》、東西の馬出《うまだし》、南北の出入り口などを覚えさせた。

田夫の報告を受けた良兼は、承平七年十二月十四日の夕べに兵とともに出発した。彼が率いたのは、一騎当千の者ばかり八十余騎という。

この頃、武士が率いる郎等には、大きく従類《じゅうるい》と伴類《ばんるい》の区別があった。従類は主人と密接な関係を持ち、住居も主人の館のそばに構えている。伴類と呼ばれるのは一般庶民で、有力武士の呼びかけに応じて武器を持って集まるが、主人とどこまでも運命を共にしようという気持ちは持ち合わせていない。戦いが不利と見れば、すぐに散り散りになって逃げてしまうのだ。おそらく、このとき良兼が率いていた兵は、ほとんど従類を中心に構成されていたと思われる。そこに、貞盛とその兵も加わっていた。

亥《い》の剋《こく》（午後十時頃）に、良兼軍は結城《ゆうき》郡（茨城県結城市）法城寺《ほうじょうじ》あたりの道にいたったが、付近にいた将門の兵が「夜討ちのようだ」と気づいた。そして、良兼軍の後陣に紛れてついていった。将門の兵ながら、将門を討とうとする兵の列に加わったのだから、見つかれば殺されるかもしれない。けれども、『将門記《しょうもんき》』の表記では〈一人当千《いちにんとうぜん》之《の》兵《つわもの》〉とあるから、非常な勇者であったのだろう。

彼は、この一団を率いているのは何者かを探ろうとしたが、闇夜のことでよくわからなかった。そこで、まずは「夜討ちの兵が来る」と知らせなければならないと判断し、鵝鴨《かも》の橋の上で一団と別れ、石井営所へ急いだ。

このとき、将門の居館には兵が十人足らずしかおらず、敵が迫るとの知らせを受けて、男も女も大いにうろたえたという。やがて、良兼の兵たちは、卯《う》の剋（午前六時頃）に館を取り囲んだ。

良兼たちは、将門のもとには戦闘員が十人ほどしかいないことも、また館の出入り口なども、すべて把握していた。彼らは勝利を確信しつつ、館のうちに矢を放った。武士が励むべき武芸を〈弓馬《きゅうば》の道〉とか、〈弓箭《きゅうせん》の道〉などと言ったように、この当時の武士が使う武器のうち、もっとも強力なものは太刀や薙刀《なぎなた》などではなく、弓矢であった。

雨のごとく放たれる矢のうちには、火矢も含まれている。館の屋根が燃え、火の粉と煙が舞う。その中、門が開き、奥から鎧《よろい》もつけず、ただ寝巻姿のまま、胡籙《やなぐい》を背負い、弓を手にした者が飛び出してきた。臆することなく走り、目を剝《む》き、口髭《くちひげ》や顎鬚に覆われた口元をゆがめて矢を放つ。男は次の矢をつがえながら、あとにつづく兵たちに言った。

「うろたえるな。わずかな兵にて数万の敵に勝利した例など、唐にも、本朝《ほんちょう》にもいくらでもあるぞ」

良兼の兵たちのうちから、将門だ、という声が上がる。

ところが、別の者が将門らしき男よりも前に進み出て、

「決して敵に背を向けるなよ」

と怒鳴った。彼も鎧や兜《かぶと》をつけておらず、髪を振り乱して矢を放った。

これが本物の将門だろうか、と寄せ手の者が思っていると、同じような、いかにも剛の者といった風貌の男が次々とあらわれ、暴れまわる。寄せ手にとっては、敵兵すべてが将門のように見えた。それが矢を射て走り、楯に体当たりをし、怒号を上げながら太刀を抜いて振りまわすものだから、寄せ手の兵たちは肝を潰し、やがて楯を捨てて逃げ出した。その背に、将門勢の矢が当たり、刃が突き立てられる。

これは、坂東武者の戦らしい展開であった。老巧な司令者や軍師が、よく組織された何千、何万

という兵を動かすような戦いは、当時は見られない。動員される兵もわずかで、主従の絆《きずな》も後の世に比べて強くはない。戦いの勝敗は、個々の強者《つわもの》の胆力や腕力、持久力、武技などによって決することが多かった。よって、八十余騎で攻め寄せてきた敵に対して、十人足らずの兵が猛然と反攻した場合、十のほうが勝ってしまうようなことがたびたび起きるのだ。このときの戦いにおいても、良兼勢は四十人が殺害され、残りの者は逃げていった。この逃げた者のうちに、貞盛もいた。これ以降、平良兼の勢力は衰え、将門の対立者としての影は薄くなってしまう。

こうして、不利な状況を覆し、敵を撃退することに成功した将門だが、その怒りは収まらない。まずは、裏切り者の丈部子春丸を捕縛し、誅戮《ちゆうりく》した。翌、承平八年正月のことである。そして、もとはと言えば悪くない関係にあった貞盛をも、何としても捕らえてやろうと躍起になった。

いっぽう、不本意ながらも良兼の一味として反将門陣営に加わり、敗れた貞盛であるが、彼はもともと「朱紫《しゆし》の衣を拝したい」という思いを強く持っていた。朱色や紫色の衣は、五位以上に叙せられ、御所の昇殿を許された者が着るべきものである。貞盛は、いずれは左馬允などよりもっと出世し、公卿の末席につきたいと考えていたのだ。

よって、彼はみずからの郎等たちに言った。

「野蛮な者どもが暴れる坂東のような地にいれば、ろくなことはなく、必ず悪名が立つことになる。前生の報いでこのような事態にいたったことは文句を言ってもしかたがあるまいが、後にみずからの悪名が広まることは嘆かねばならぬ。人生は短いのだ。こんな田舎でくすぶっているより、ただちに都にのぼり、身の栄達をはかったほうがよいと思う。朝家のために働いて、朱紫の衣を着られる身分になろう」

親族間の争いに巻き込まれ、追捕《ついぶ》令を出されるような立場になってしまったのも、坂東のような田舎にいたからだ。これらはみな、前生の報いによるものかもしれないが、自分にとって大事なのは、今生において、どうやってその悪因をすすぎ、善因を積むかということではないか。そう思って、貞盛は上京を決意したのだった。

もちろん、貞盛にとって、上京は一つの賭けであった。貞盛は朝廷の「お尋ね者」であるのだから、のこのこ京に出てゆけば、捕縛され、獄につながれるかもしれない。けれども、彼はこうも言った。

「上京する以上は、一身上の憂いを奏上することもできよう」

坂東の地で将門と争いつつ、京に申し開きのための使者を派遣するよりは、みずから上京して申し開きをしたほうが、許され、官途に復帰する可能性が高いと判断したのである。

彼はごくわずかな供を引き連れ、東山道《とうさんどう》をのぼった。都からたどれば、近江国（滋賀県）を通り、美濃国《みののくに》（岐阜県南部）、飛驒国《ひだのくに》（岐阜県北部）を過ぎて信濃国《しなののくに》（長野県）にいたり、上野国《こうずけのくに》（群馬県）、武蔵国、下野国《しもつけのくに》（栃木県）に入って、陸奥国《むつのくに》（福島県以北）へとつづく道である。京から坂東までは、のちに江戸幕府が整備した中山道《なかせんどう》にほぼ相当するが、この頃はそれとは比べものにならない、山深く、細く、寂しい道であった。しかしそうはいっても、各地から朝廷への貢物が運ばれ、あるいは中央からの役人や使者が下向する重要な道である。貞盛一行は、将門の追っ手から逃れるべく、この東山道を西へ西へと急いだ。承平八年二月中旬のこととされる。

将門は、貞盛が京へ発《た》ったらしいと聞くや、居ても立ってもいられず、郎等を集めた。

「人を貶《おとし》める者は、忠義の者が自分よりも上の立場にあることを嫌がるものだし、邪悪な心の持ち主は、他の者が自分より富み栄えることを嫉《ねた》むものだ。貞盛がもし都にのぼったならば、きっとこの将門のことを讒訴《ざんそ》するに違いない。貞盛への恨みはまだ報いてはいないし、ここは奴を追いかけて、踏みにじらぬわけにはゆかぬ」

　このとき、将門は朝廷から忠臣と目され、彼の兵は義軍と認定されている。そして、不忠、不義なる貞盛を捕まえよとの命令を下されていた。しかし、もし貞盛が京へ出て、将門を悪し様に訴え、みずから弁明すれば、将門のほうが朝廷の支持を失いかねなかった。中央の役人どもは、坂東の事情などまるでわかっていないのだから。よって、貞盛を早急に取り押さえなければならないと焦った。

　すなわち、当時の東国武士たちは、京の者たちから東夷と見下されながらも、誰一人として朝廷にあからさまに逆らおうなどとは考えていなかった。自分こそが朝廷や権門の従順なる下僕であると、いじらしいまでに訴えつづけていたのだ。

　ところが、だからこそ、貞盛を追いかけようという将門の案に、側近の郎等たちから異論が出た。

「貞盛は、すでにかなり前に出立したようでございます」

「だから何だ？」

「朝廷のお許しなく碓氷の坂を越えて兵を進めれば、罪に問われますぞ」

　将門は腕組みをし、目をつぶった。武芸で鍛えられ、日々馬の手綱を握りしめるその腕は太く、よく陽に焼けている。そして、いくつもの矢傷や刀傷があった。壮年の強者のものらしいその腕がいま、びくびくと震え、脈打っていることから、将門の煩悶《はんもん》のほどが人々の目に明らかであった。

　たしかに悩ましいところである。追捕官符を得ているとはいえ、朝廷の許可も得ぬまま、兵を率いて「坂東」の範囲を超えれば、叱責を受けかねない。しかし、京は遠いのだ。「貞盛を討ちたいので、兵を率いて追いかけるお許しをいただきたい」との使者を派し、役人たちの審議を待って、その許可が下りたところで追いかけたとしても、とても間に合うはずがない。その前に貞盛はとっくに京にたどり着き、将門の非を訴えることだろう。

郎等中にも、こう進言する者がいた。

「貞盛も賭けに出ております。罪を受けるのを覚悟で、命がけで京へのぼっておるのでございます。我らも賭けに出なくてどういたしますか？　臆している暇などありませぬ。ただちに追いかけようではありませぬか。そもそも、あのような卑怯者を誅《ちゅう》さず、逃げるままにしておいては、殿の名折れとなりましょう」

この議論が行われている石井営所には、あちこち焼け跡が残っていた。許しがたい良兼、貞盛らの夜討ちの痕跡である。それを見るだに彼らの腸《はらわた》は煮えくり返ったが、〈臆す〉とか〈卑怯〉という言葉を聞くや、ますます激しく沸騰した。

一同の視線が将門に注がれた。誰もが、彼の最終決断を待っている。しかし、将門はただただ瞑《めい》目《もく》しつづけた。


貞盛一行の実数は、史料上はよくわからないが、馬に乗る者は数人で、武器を持って徒《かち》で従う者や荷役の者を含めても、十数人から二、三十人といった範囲ではなかったかと思われる。

彼らは碓氷坂を越え、信濃国に入ったとき、ここまで来ればひと安心だと思った。さらに、千曲《ちくま》川《がわ》を越えれば、もはや将門に追いかけられる心配もあるまいと思って、先を急いだ。しかし、千曲川の東北に立つ、小県《ちいさがた》郡（長野県上田《うえだ》市）の信濃国分寺《こくぶんじ》にまでいたったとき、彼らは異変に気づいた。武装した兵が背後に迫っているのを見たのだ。誰あろう平将門の軍勢、百余騎であった。この「百余騎」が馬に乗っている者を意味するならば、それぞれの従者を含めても、総勢はせいぜい数百といったところではなかろうか。

いずれにせよ、将門も勝負に出たのだ。貞盛が京に到達する前に捕まえてしまったほうが、朝廷の支持を維持しやすいと考えたのである。

　貞盛たちはとうとう千曲川の川原に追いつめられ、そこで戦いが繰り広げられることになった。将門勢のほうが人数は多いが、川水を背負った貞盛勢も必死で戦い、決定的な勝負はなかなかつかなかった。大将の動員力も、統率力も弱く、勝負は個人の能力によるところが大きい当時の戦いは、後代の感覚からすれば、軍事行動というよりは、ヤクザの喧嘩出入りのようなものに近いと言えるかもしれない。

　貞盛勢では上兵・他田真樹《おさだのまき》が射殺《いころ》されたが、将門勢のほうも、上兵・文屋好立《ふんやのよしたて》が矢に当たって負傷した。上兵というのは、従類の中でも身分も戦闘力も高い強者であると考えられる。すなわち、どちらもかなりの戦闘力の低下を招き、疲れてきたということだ。ますます決着が遠のく中、貞盛は山中に隠れ、逃げてしまった。

　将門はあくまでも貞盛を追おうとした。貞盛を捕縛するか殺すかするために、朝廷に睨まれる危険を顧みず、わざわざここまで兵を率いてきたのだから。

「このまま引き上げるわけにゆくものか」

　と将門は息巻いたが、周囲が止めた。

「もはや、この人数では捜し当てるのはむずかしゅうござる」

「やがて、陽が落ちます」

　将門は地団駄を踏んで悔しがった。しかし、負傷者もおり、貞盛の捜索は断念せざるを得なかった。

　いっぽう、将門の追跡を辛くも逃れた貞盛のほうも惨めだった。旅をするために馬に積んできた糧食は敵に奪われ、荷役の者たちも逃げてしまったからだ。貞盛もそうだが、戦いで傷つき、疲れた郎等たちも、寒風の中、腹を空かせ、情けなさに泣きながら旅をつづけた。そして、ようやく京洛にたどり着くことを得た。

この千曲川の合戦は、将門の運命にとって、一つの転換点となったと言っていい。京にたどり着いた貞盛が、将門を弾劾《だんがい》する訴状を太政官に提出したからである。中央政府において、将門をどう評価すべきかについての議論が蒸し返されることになったのである。

五

さて、坂東から京へのぼった者がいるいっぽう、京から坂東へ下向する一団もあった。武蔵国に赴任する武蔵権守・興世王や、武蔵介・源経基らの一行である。彼らは、東海道《とうかいどう》をたどっていた。もちろん、経基の供をする桔梗も加わっている。彼女は、笹笛には置き手紙を残しただけで、別れの挨拶もせずに京を離れていた。

いまだ統一的な教育制度も、言葉の基準もない時代である。民の大多数は文字が読めないし、広い範囲での人々の交流も活発ではなかったから、地域ごとの言葉や風俗の違いは非常に大きかった。

国司一行は都から来ており、しかも朝廷や権門の儀礼に馴染《なじ》んで暮らしてきた者ばかりだ。よって道中、野良仕事をする民らを見ては、何というむさくるしい姿かと笑い、彼らの意味のわからない言葉に接して笑い、彼らが都人を見てうろたえたり、こびへつらったりする姿を見ては笑った。また、民らの体は肥《こえ》や獣の臭いがすると言って鼻を摘《つま》み、顔をしかめ、「近寄るな」と追い払った。

しかし、定住することなく、貧しい暮らしに甘んじてきた桔梗には、彼らが何をおかしがっているのかがわからなかった。都を出れば、畿内であっても、田畑や、そこで働く人々は肥臭く、また、都人とは異なる言葉を使うのは当たり前のことだ。

しかも、桔梗は道中、東国にも美しい草花があり、山々があることを知って嬉しかった。とりわけ、晴れた日の富士の美しさは、息が止まるかというほどのものである。神々しく、有り難く、どれほど眺めても飽きることはなかった。

経基も、坂東へ桔梗を誘ったことについては、つねづね詫び言を述べていたが、右手に海の白波が迫り、左手に雪をかぶった富士がそびえる風景を前にしたときには、

「どうだ、美しいであろう。有り難いことに、これからは毎日、富士を拝むことができるぞ」

と恩着せがましく言ったものである。

「まことに、さようでございますね」

「あの美しさを見ておると、武蔵国での我らの務めも、きっとうまくまいる気がする」

「ええ」

桔梗もそう答えたが、彼女にとって気がかりであったのは、前を行く馬上から、ときおりこちらへ振り返る、権守・興世王がまとっている黒々とした影であった。

第三章

経基逃走

一

「介殿、やはり遠国のこととはいえ、この国の政はゆゆしきありさまになっておる」

背を丸めて座る武蔵権守《むさしのごんのかみ》・興世王は、眠たげな目を細めて言った。対座する武蔵介《むさしのすけ》・源経基は、その目つきを恐ろしく思った。興世王のそばにいればいるほど、蛇《へび》に睨まれた蛙《かえる》のごとく、身動きが取れなくなるように感じる。

「ゆゆしきありさま、と申されますと……」

「租税の計帳を調べさせたところ、辻褄《つじつま》の合わぬところが多々ある。本来、納入されているべきものが納入されておらぬのです」

そこは、武蔵国府の国衙《こくが》（東京都府中《ふちゅう》市）だ。興世王は京からはるばる来て、国衙に入ると、ただちに帳簿の類いを徹底的に調べさせた。

国衙は京の官衙とはまるで違って、単純な造りになっている。堀と塀に四角く囲まれた狭い敷地に、正殿、前殿、東西の脇殿などがあるばかりだ。よって、京から連れてきた配下はもちろん、在地の官人たちにも命じて調査させれば、保管されている書類の不備などは瞬く間にいくつも発見できる。

「それは、ゆゆしきことでございますね」

経基はもみ手をしながら言った。春二月とはいえ、京の暮らしに慣れた者にとっては、坂東はまだまだ寒かった。

「御上を恐れざるがゆえに、官人どもが怠け、不正を行っておるのだ。その中でも、足立郡司《あだちのぐんじ》の武蔵武芝《むさしのたけしば》という者だが……」

「その名なら、私も耳にしております。武蔵国の判官代《ほうがんだい》も兼ねる男とのこと。この国府においても、その名は鳴り響いておりますな」

武蔵武芝は、足立郡（埼玉県、および東京都東部）の郡司として同地の行政に当たるだけでなく、判官代（武蔵掾《むさしのじょう》）の地位も与えられていた。古くから武蔵国に根づく豪族の流れを汲む者と考えられるが、長年まじめに役務に励み、民を大切にしてきたため、その評判は武蔵国中に知れ渡っていたという。

「武芝の民を撫育《ぶいく》する心、私も見習わねばならぬと存じておりまして――」

「介殿、何を申しておるか」

興世王に怒鳴りつけられ、経基は首を縮めた。

「国中、多くの不正が見られるが、あの者が郡司を務める足立郡こそ甚《はなは》だしい。倉に納められるべき稲穀《とうこく》がまるで足りておらぬ」

「お言葉ながら、武芝は、不作に苦しむ民の疲れを癒やすべく、租税の納入が遅れても譴責《けんせき》せずにおるとのことでございます」

「それでは、朝廷が舐められることになる。やがて国家は弱り、滅び、かえって民どもが苦しむことになりましょうぞ」

興世王の分厚い瞼に覆われた目が、経基に向けられる。そこから放たれる光が、経基の目を通じて彼の五体に流れ込むや、次第次第に恐れが高じ、気力が失われていく。それでも、経基は力を振り絞って言った。

「さりながら――」

「さりながら、何じゃ？」

「民どもが疲弊しきれば、租税も失われ、やはり国家は立ち行かなくなりましょう」

「では介殿は、武芝が御上のために忠節を尽くしておると申されるのか？」

「はい、おそらくは」

「武芝という男を、よくは知らぬのでござろう？」

興世王は、馬鹿にするような笑いを浮かべた。経基の気力はさらに萎えた。

「介殿よ、お人よしに過ぎるのはいかぬ。国衙に運ばれるべきものを、武芝がおのれのものとしていればいかがする？」

「まさかな……」

このあたりであれほど評判のよい武芝が、そのようなあくどいことをしているとは、経基には思えなかった。もし、民から奪ったものをみずからのものとしているとすれば、武芝は怨嗟《えんさ》の対象となっているはずではないか。

経基は内心、そうは思うものの、物を言う気がしなくなっていた。それどころか、興世王の前にいると悪寒すらおぼえ、頭や肩が堪え難いほどに重くなっていく。

「とにかく、我らは兵を引き連れて足立郡へ参り、さらによく調べねばならぬ。介殿もともに参ってくだされよ。心配はいらぬ。諸事、この私に任せておけばよい」

「はあ……」

経基はぐったりしながら、興世王の前から引き下がった。

経基とともに武蔵国に下向《げこう》し、その館に入っていた桔梗は、にわかに周囲が騒がしくなったのを感じた。郎等らが武具や兵糧を調えているらしい。

「どこかへお出でになるのですか?」

桔梗は、経基と二人きりのとき、尋ねてみた。

「役目で、足立郡へ参るのだ」

「私はお供せずともよいのですね?」

「おことは国府におればよい。ちょっと出かけてくるだけだから」

「その割に、みなさま、かなり大掛かりなお支度をなさっているようですが」

「うむ……」

「戦支度でございますか?」

「無礼なる者どもを、兵をもって懲らしめるのも国司の役目なのだ」

経基の目はどんよりとしている。かつて、民のために尽くしたいと言っていたときの、澄んだ目の輝きとはまったく違った。

「懲らしめなければならないお人がいるのですか?」

「武蔵武芝という者だ」

「武芝殿といえば、以前に殿が、大変評判がよく、見習いたいとおっしゃっていたお方ではありませぬか?」

「それは間違いであったようだ。武芝めは、けしからぬ者である」

「そうでしょうか？」

「そう、らしい」

「私は、武芝殿はまことに民のために尽くしておられると感じます」

「武芝めのことを、よく知らぬのであろう？　会《お》うたこともないはずだ」

「たしかにお会いしてはおりませぬが、わかるのでございます」

桔梗は、誰かが邪《よこしま》なる者か、正しき者かを判断するとき、その者の名を頭で念じながら息を吸ってみる。当の人物が正しければ、息は滞りなく、体内に深く入ってゆく。だが、邪ならば、浅くしか吸えず、ひどいときには咳き込んでしまうのだ。そしていま、「武芝」と念じて息を吸ってみれば、吸気はなめらかに腹のうちに落ちていった。

「いや、そうではあるまい。あれは朝廷を欺き、私腹を肥やして民を苦しめる者だ。権守殿もそう仰せであった」

桔梗はそこで、にわかに噎《む》せた。「権守」と聞いた途端、煙を吸い込んだように喉と胸が苦しくなった。腐った獣の屍《しかばね》のような、嫌な臭いも感じる。桔梗は小袖の袂で鼻と口を覆いながら、咳をつづけた。

「風邪でも引いたのではあるまいか。すぐに休むとよい」

経基は心配そうに言ったが、桔梗にはこの咳が風邪によるものではないことがわかっていた。やがて、桔梗は頭の中央に疼《うず》きをおぼえた。脳内でぽんと音がし、後ろの目が開かれる。

頭の後ろ側を向いた、神霊の目にも、前に座っているのと同じ経基の姿が映っていたが、その周囲には黒い影があった。絵画や彫像の御仏が、金色に輝く光を周囲に放っているように、経基の全身からは闇が放たれていた。その様は、以前に見た、権守・興世王が影をまとう姿に似ていた。経基のまわりの影は、興世王のものよりは薄い色であったが。

「殿、権守殿にはお近づきになってはなりませぬ」

桔梗は悟っていた。経基がまとう闇は、興世王から伝染したものであると。

「お願いでございます、殿。私にはわかるのでございます」

「何を申しておる。さ、休みなさい」

「殿――」

桔梗は経基に近づき、袂を摑もうとしたが、経基はその手を払って立ちあがった。

「私は忙しいのだ。武蔵介としての務めをしっかりと果たさねばならぬ。おことはそのあいだ、しっかりと休むのだぞ」

そう言って、経基は部屋を出ていってしまった。

桔梗は経基を見送りながら、何と世話の焼ける人か、と思った。しかし、世話の焼ける人ほど放っておけなくなるのが、桔梗の生まれつきの病のようなものでもあった。

二

武蔵権守と武蔵介に率いられた兵団は、各地を視察しつつ、足立郡へと入った。その物々しさを見た民は驚き、騒ぎ、郡司のもとへ通報した。異変が出来《しゅったい》したとき、彼らがまず頼るべき相手は、地域の有力な一族の出であり、かつ、これまで長く、民の暮らしのためにまじめに働いてきた郡司・武蔵武芝であった。

武芝はみずから、ただちに国司一行のもとに馳せ向かった。そして、彼らの前に立ちふさがった。

馬を下りた武芝は、こう抗議した。

「お引き取り願います。この武蔵国においては、正任《しょうにん》の国守が決まらぬうちに、国司一行が諸郡に入るという先例はございませぬ」

朝廷は興世王を武蔵権守に任じていたが、まだ新しい武蔵守は決定していなかった。国司の巡検は、武蔵守の人選が正式になされてから行うのが昔からの仕来《しきた》りである、と武芝は主張したのだ。

当時、国守が赴任する前に、その下僚に当たる国司たちが、現地の米穀財貨を不当に取り上げることがしばしばあった。上司が目を光らせているときには、民に対して乱暴はなかなか働けないし、あるいは、その上司があくどい者であれば、「お前たちが民から取り上げたものを俺に寄越《よこ》せ」と命じられるかもしれない。だから正式な国守が赴任する前に、一儲《もう》けしようと企む国司たちがいたのである。

いっぽう、在庁官人たちは地元の利益を守るため、京から赴任してくる者たちに「国例《こくれい》」を楯に抵抗した。国例とは、国ごとの先例や仕来りのことである。京から赴任してくる役人は、在庁官人の協力がなければまともな統治はできない。よって、在庁官人から「国例に反します」と強く言われたことを、押して行うことはなかなかできなかった。

武芝もまた、国例を持ち出して、体を張って現地の慣例や、民の暮らしを守ろうとしたわけだが、その姿に経基は感銘を受けた。武芝は小柄で痩せた、非力そうな男だったが、正しいと信じることを、上役に対しても堂々と主張している。

同時に経基は、八幡神に憑《つ》かれたときの、非常な威厳を備えた桔梗の姿をも思い浮かべていた。その前で経基は、民のための政をすると誓ったのだった。

「やはり武芝という男、なかなか大した者。腹が据わっておりますな」

経基は、馬を並べる興世王に対し言った。

「ここは武蔵国の国例に従い、引き上げましょう」

そこまで笑顔で言った経基だが、興世王と目が合った途端、五体が冷たくなるのを感じた。体の節々に疼痛《とうつう》が走る。

「介殿よ、そばに良からぬ者を置いてはおらぬか？」

「良からぬ？」

「心を惑わす、邪なる力を持った者だ」

興世王は、籠手に覆われた手を鼻に当てた。

「そうだ、それに違いない。どうりで介殿は嫌な臭いがすると思っていた」

経基が驚いて腕を上げ、自分の脇のあたりの臭いを嗅いでみたとき、興世王は武芝に怒鳴った。

「無礼者め。刃向かう者は討伐するまで」

興世王は弓に矢をつがえ、弦《つる》を引いた。すると、彼が従える兵らも、いっせいに鏃《やじり》を武芝に向け、弓を引く。

「罪科を恐れるならば、ただちに立ち返り、我らを迎える支度をいたせ」

武芝の五体が震えた。経基にはその震えは、恐れによるものというよりも、憤りによるものに見えた。やがて武芝は馬に乗ると、従者たちに目配せをし、もと来た道を走り出した。

「身の程も知らぬ振る舞いをするから、吠え面をかいて逃げ出さねばならぬのだ」

興世王はそう言って嘲った。

「介殿、わかったであろう。無礼者には強く出ねばならぬ。甘い心を持てば、つけ上がらせるだけだ。さあ、ゆるゆると参るぞ。武芝も、我らを迎える支度をせねばならぬであろうからな」

興世王は兵らに進軍を命じた。経基もまた、同じく兵を進めざるを得なかった。一行は、足立郡の中心部へと向かった。

だが武芝は、国司一行を迎える支度をするために引き上げたのではなかった。国司のやり方は非道極まりない、許しがたいことと思っていたが、上役と争ったところで勝ち目はないであろうから、一族郎等を連れ、しばらく山野に逃げることにしたのである。隠れて待つうちに、事態に何らかの変化が生じるのを期待した。

武芝は郡内各所に館を構えていたが、国司の兵たちはそれらに次々と押し入り、ほしいままに略奪した。いやその上、周辺の民家をも襲い、穀物や財物をほとんどすべて持ち去ってしまった。押し入りきれなかった館については、門を封印し、差し押さえ処分とした。

経基は興世王の指示に従うままでいたため、略奪こそが権守と介の方針であると見なした兵たちも羽目を外して、夜中に勝手に民家に押し入り、人々を痛めつけては、奪った財貨をみずからの懐に入れるようになった。

これには当然、国衙の役人たちからも反発が起きた。「国司は悔い改めるべきだ」という内容の批判書を認《したた》め、府庁の前に落とす者もあらわれた。これは当時、他国でも行われていた、よくある抗議のやり方であったらしい。

武芝自身もまた、書面をもってしばしば国衙に次のように訴えた。すなわち、「私は昔から郡司の職についていますが、いままで公の物を奪って私腹を肥やしたなどという批判を受けたことはありません。略奪された私物を返していただきたい」と。

しかしもちろん、興世王がこうした訴えを取り上げるはずもなく、かえって「反抗する者どもは力ずくで討伐せねばならぬ」と主張して、合戦の支度を進めた。

この騒動の噂は、武蔵国内だけでなく、坂東中に響き渡った。もちろんのこと、人々は武芝贔屓《びいき》で、国例に反して兵を出し、略奪してまわった国司たちを敵視した。

しかしながら、下々が国司の行動を正すことは難しい。坂東の地から朝廷に訴え出たところで、その訴えがまともに取り上げられるかどうかもわからない。かりに取り上げられたとしても、裁決が下るのがどれほど先になるか予見できず、公正な裁きが行われる見込みも薄かった。

だからこそ、坂東の人々は以前から、暮らしにおいて何か問題が生じたとき、地元の有力武士に解決を依頼した。武士のほうにも、みずからの勢力を維持し、かつ伸張するには、地元の人々の揉め事を解決してやらねばならない、という強い意識があった。

よって、坂東の民は武士たちのもとに「何とかならぬものですか」と相談に行ったが、中でも彼らが頼りにしたのが平将門であった。敵対する親類どもを次々と打ち倒した将門は、坂東で最強の男と見なされていた。

この情勢に、将門もじっとしているわけにはゆかないと思い、従類を集めて言った。

「武芝らは我が近親というわけではないし、また、武蔵権守や武蔵介も我が兄弟の血筋というわけでもない。されども俺は、両者の揉め事を鎮めるべく、武蔵国に行こうと思う」

そして、出兵の支度をせよ、と命じた。

三

将門が来る。

この知らせを受けて、武蔵国府は騒然となった。将門の意図がどこにあるのかをめぐって、人々は喧々囂々《けんけんごうごう》たるありさまとなった。

将門は、単に武芝と国司たちとのあいだを取り持つつもりだろうか。それとも、同じ坂東の者として武芝らと手を組み、興世王や経基を攻めるつもりだろうか。

いやまさか、国司を討つつもりはあるまい、と言う者もいた。そのようなことをすれば、朝廷に対する謀反とみなされ、朝敵となってしまうではないか。しかし、将門という男は、都にまで名が知れ渡るほどの荒くれ者だ。何をしでかすかわからない、と怯《おび》える者もいた。

国府の官人も、民も動揺する中、興世王もじっとしていられなくなった。もともと興世王は、相手の出方を待って行動したり、流れに身を任せたりできる人物ではない。あれこれ先まわりして考え、率先して動かなければ気がすまない男なのだ。このときもまた、興世王は小具足《こぐそく》姿で、みずから経基の館を訪れた。

興世王は案内も待たずに館にあがり、ずかずかと経基の居室へ行った。経基は女の膝を枕として、しどけない恰好で横になっていたが、にわかに権守があらわれたことに気づくや、慌てて上体を起こした。そして、女とともに居住まいを正して床に手を突き、頭を下げた。

興世王の腸は煮えくり返っている。この大事にあって、女と戯れているとは何事か、と。

「なんじか」

興世王は女を睨み、吐き捨てた。経基のそばに侍《はべ》り、彼の心を乱しているのはこの女であろうと思った。痩せっぽっちの、垢抜けない女を見ていると、興世王はますますむかっ腹が立ってきた。

「桔梗と申します」

女はみずから名乗った。興世王は、聞いたことがある名だ、と思った。

「巫《かんなぎ》か」

「はっ」

興世王は経基に視線を移す。

「ただちに兵を率い、ここを離れるぞ。出立の支度をなされ」

「今度はどちらへ？」

「逃げるのだ」

経基は要領を得ない様子でいる。

「介殿は存じておられぬのか？　平将門の軍勢が来る」

「はい、さように承っておりますが……されども、なにゆえでございましょうか？」

「知らぬわ」

「やはり、足立郡へ押し入ったのが間違いであったのではありませぬか。坂東の民に厳しい仕打ちを行ったため、将門が怒ったのでございましょう」

「さようなこと、ここで申してみてもしかたがござるまい。いまは、生きるか死ぬかというとき。ただちに、支度をなされよ」

「国司が国衙を離れるのは、いかがなものでございましょうか。かえって将門や、坂東の民どもに軽く見られることになりましょう」

「ここで将門と戦っても勝ち目はない。険阻《けんそ》の地にて陣を据え、迎え撃つのが兵法というもの。おわかりか？」

「はあ」

「まことに、わかったのか？」

「はい」

興世王は、経基は頼りにならぬ奴だ、と思ってため息をついた。桔梗に目を向ける。

「それから、介殿。その女、一刻も早く追い出すがよろしかろう。臭くてかなわぬ」

言い捨てて、興世王は引き上げた。


武蔵国に入った将門一行は、まずは武芝に会おうと、彼が逃げ隠れたと聞くあたりの野に向かった。

はたして、武芝はみずから隠れ家から出て、将門のもとに馳せ来った。国司たちと対立し、追われる立場となった武芝が生き延びるためには、将門に頼るしかなかった。

「いったい、何があったのか？」

将門に問われた武芝は、事情を述べ、その上でこう訴えた。

「私が公物《くもつ》を着服したなどという話は、まったくの濡れ衣でございます。されども、かの権守殿、および介殿は、私の申し開きなどにはまったく聞く耳をお持ちになりませぬ。ひたすら兵革を調えるばかりです。そして、殿が下総《しもうさ》を発ち、武蔵に参られたと聞くや、国府を離れ、比企《ひき》郡の狭服《さやき》の山に登っております。そこに殿のご軍勢を引きつけ、一戦交えるつもりなのでしょう」

将門はしばらく考え込んでいたが、やがて、

「ともかく、国府までともに参ろう」

と言った。

こうして、将門は武芝を伴って武蔵国府へと向かった。

将門が武芝と合流し、国府に入ったことにより、国司の一団が山に逃げ、国司と対立した郡司が強力な将門の兵団とともに国府を占領したような形勢となった。このあいだまで郡司に対して優勢であった権守と介は、一気に不利な立場に追い込まれたと言っていい。

これには、興世王よりも経基が恐慌を来した。

「どうしたらよいのだ」

経基は桔梗に尋ねた。興世王に、桔梗をそばから追い出せと言われたにもかかわらず、経基はなお、陣中に桔梗を伴っていた。

「おことの力を、いまこそ貸してくれ」

陣の周囲には矢を避ける楯が並べられ、さらに鎧姿の経基のそばは、武具を携えた郎等たちが固めている。それでも、経基が最も頼りにしているのは、巫の桔梗であった。

桔梗としては、軍陣のことについて自分などがでしゃばるべきではないと思っている。しかし頼られると放ってはおけない性分の彼女は、経基のそばにつききりだった。

「殿、まずは落ち着かれませ。さ、深く息を吐いて、吸って——」

経基は荒い呼吸で言い返す。

「吐くとか吸うとか、下らぬことを申しておる場合ではないぞ。もし将門がここへ攻めてきて、我らが負ければ一大事だ。我らは御上のお叱りを受けることになろう」

経基のうろたえぶりは尋常ではなかった。弱みを素直に見せるところが、この男のかわいらしいところだと思ってきた桔梗だが、さすがにうんざりしはじめていた。けれども、みずからの巫としての力をもって、人助けをするのが今生の務めと信じる桔梗は、ここで経基を見放すこともできなかった。

「まずは深い息をお心がけくださいい。息が荒くては、よい考えも浮かばないものでございます」

「一大事が起きているときに、息が荒くなるのはいたしかたがあるまい。それより、将門はここへ攻めてまいるのか？　あの者は何を考えておる？　おことならば、わかるであろう」

「呼吸のことは、私も師に厳しく教えられてまいりました。大事が起きているときこそ、深い、深い呼吸を心がけねばならぬのでございます。さ、まずは大きく、ゆっくり吐いて……さ、今度はゆっくり、ゆっくり吸って」

ようやく経基も、言われた通りに息を吐いたり吸ったりしはじめた。だが、それもすぐに途絶えることになった。一人の郎等が、

「権守殿が参られる」

と告げたからだ。

ほとんど間を置かずに、興世王が忙《せわ》しない足取りであらわれた。

「まだ、その女を追い出していないのか」

興世王は、桔梗を見るなり怒鳴った。

「これは、京でも評判の巫でありまして……」

「目を醒まされよ。こやつは似非《えせ》巫だ」

興世王はさらに、桔梗に命じた。

「介殿と大事な話がある。失《う》せろ」

桔梗はその場から立ち去るしかなかった。

興世王は経基と二人きりになると、顔を近づける。

「将門からの使いが参った」

「あやつめ、我らに投降せよと申すのですか?」

「安心なされよ、介殿。そうではない。将門は、我らと戦うつもりは毛頭ない、と申しておるのだ。武蔵国府に入ったのは、我らと足立郡司との和議をはかるためとのこと」

「にわかには信じられませぬ」

「諸事、私に任せておけばよろしい」

「そもそも、国司たるものが郡司に反抗されて、黙っていてよいものでしょうか。しかも、その仲介をなすのが、朝廷の役人ではなく、無位無官の平将門なのですぞ。国司が下々に舐められてはいかぬとは、権守殿がつねづね申されていたことではありませぬか」

「いや、将門は国司を軽んじておるのではない。朝廷を敬い、国司を敬えばこそ、我らのために率先して仲介の労を取ろうと申し出ておるのだ。それに乗らぬ手はない。さあ、ともに国府へ戻りましょうぞ」

経基は首を横に振った。興世王は、まるで駄々っ子のようだと苛立つあまり、経基の鎧の高紐《たかひも》を摑んだ。

「介殿は、あの女に化かされておるのだな。あれは狐《きつね》だ。あんな者に騙されていかがする」

「桔梗はかかわりなきこと。将門のもとへのこのこ出ていって騙し討ちにあえば、末代までの恥」

「勝手にしろ、愚か者め」

興世王は、経基を突き放した。そして、

「つき合いきれぬ」

と言って去っていった。

やがて、興世王とその配下の兵は山を下り、国府へ向かった。いっぽう、経基とその兵は狭服山中に留《とど》まったままであった。

四

将門は、和議の場として、宿館《しゅくかん》に酒宴の席を設けていた。国府に着いた興世王は、そこへ赴いた。

将門はみずから門まで出向き、

「権守殿、ようこそお越しくださいました」

と、喜びに全身を震わせて歓迎した。

興世王は、これが将門か、と思いながら、彼をまじまじと見る。

将門は、都人が思っているような粗野なばかりの男ではないようだった。同じく皇族の裔《すえ》であり、かつ上京していた時期があるせいか、なかなか礼儀正しい。興世王に会うためであろう、髪や装束はもちろん、口髭と顎鬚の形も剃刀《かみそり》できちんと整えていた。

しかも、さぞや郎等たちに高圧的な態度を取り、彼らを恐怖で支配しているかと思えば、そうではないらしい。興世王に対してだけでなく、自分の郎等たちに対しても、決して横柄な振る舞いはせず、にこやかに、気遣いに満ちた態度を取っていた。郎等も、彼のことをとても慕っているようで、これならば武芝をはじめ、坂東の者が彼を頼りにするのも当然だと思われた。

興世王は、そのような将門に嫉妬し、憎みかけたが、すんでのところでその思いは消えた。やはり将門が真の都人ではないということが理由だった。

将門は努めて都風に振る舞おうとしているのだが、武芸によって鍛えられた、力強く、きびきびと動くその体は、勢いあまって都風を超えてしまうのだ。ちょっとした挨拶にしろ、手足の上げ下ろしにしろ、廷臣《ていしん》のまとう儀礼からははみ出して、坂東人としての地金が顔をのぞかせてしまうときがしばしばあった。それが、かわいらしくも、卑しくも見えて、興世王は優越感に浸ることができた。そして、多くの者に慕われ、朝廷や都人に恭《うやうや》しく接する将門の人のよさは、興世王には「御しやすさ」と感じられた。

興世王は、国府に出てきた判断は正しかったと思った。将門と手を結べばこそ、武蔵権守としての務めもうまくいくことだろう。

やがて将門は、興世王を会見の場に導いた。そこには、すでに憎き武芝がいた。下座についており、少しばかり頭を下げたものの、悪びれた様子はない。出来損ないの牛蒡《ごぼう》のような小男の癖をして、将門がついているからといって強気になっているのだ。そう思うと興世王は癪でたまらなかったが、将門の手前、黙って武芝に対面して座った。

将門は、二人を左右に見る位置に座ると、明るく、力強い声で言った。

「ご両所とも、よくぞこの座についてくださった。権守殿と郡司殿がいがみ合っていては、武蔵国の政はうまくゆくはずもない。朝廷のご威光も翳《かげ》ろうというものであるし、武蔵の民もまた迷い、苦しむばかり。ここはどうか、矛《ほこ》を収め、これまでのわだかまりを捨てていただきたいと存ずる」

言い終えると、将門は瓶子《へいじ》をみずから持って、興世王と武芝の杯に酒を注いだ。

「将門殿のお扱いの労を多とし、深謝いたす」

興世王がそう言って杯を乾《ほ》すと、武芝も杯をあおった。

将門は眉を開き、顔を輝かせる。

「これで、この将門の顔も立ったと申すもの。下総よりこの地にわざわざ参った甲斐《かい》がござった。ご両所に礼を申す」

それから、将門は酒肴《しゅこう》を次々と運び込ませたが、坂東の酒はえぐみが強かった。しかも、干魚にしろ、野菜の煮物にしろ、どれも舌がふやけるほどに塩辛く、歯が折れるかというほどに硬い。それでも、興世王は将門を不快な気持ちにさせてはならぬと思って、笑顔で飲み食いをした。

やがて、将門は興世王に言った。

「ところで、武蔵介殿はいかがいたしておりますか？」

「まだ、山の中に隠れております。いくら説いても、あの者は疑心を晴らそうとはせずにおるようです」

「そうですか……よもや、兵を進めるお腹ではございませぬな？」

「まさか、まさか」

興世王は口をすぼめ、ふふふ、と笑った。

「将門殿の軍に向かって戦いを挑むような腹など、介殿にあるものですか。あの男のことなど、考えなくてよろしい」

「さようでございますか……」

将門は当惑げであったが、興世王に言わせれば、経基は、この和議の場に来なかったことによって、自分は今後の武蔵国の運営において主要な役割を果たすべき存在ではない、と人々に宣言したようなものであった。しかも、坂東の有力者である将門の顔に泥を塗ったことにもなり、その意味でも彼は人望を大いに失ったのである。もはや、経基は顧みる必要のない人間だと、興世王は判断していた。

いっぽう、狭服の山に立てこもりつづける経基である。

そばにいる桔梗は彼に、ここにいてはいけない、和議の場に行くべきだ、と何度も説いていた。

「このままここにおられて、どうするおつもりなのです？　もし権守殿と郡司殿が和を結んだというのに、殿お一人がここにいては、のけ者になってしまいます。誰も、もはや殿のもとでは働こうとしなくなりましょう。武蔵介を振り出しに出世しようとの願いも、民のためのよい政をしようとの願いも、かなわなくなってしまうのでございますよ」

だが、経基は首を横に振った。

「将門は信ずるに足らぬ」

「私は、そうは存じませぬ」

「そもそも、あの権守こそ信ずるに足らぬ。あの仁は、将門と手を結び、この俺を討とうとしているのではあるまいか。いや、きっとそうに決まっておる」

経基の腹中には強い疑心暗鬼が渦巻いているようで、桔梗が何を言っても、まるで聞き入れてくれなかった。

ところが、疑心暗鬼を抱いていたのは経基だけではなかった。対立していた者同士が国府で手打ちを行っているときに、なおも山中に陣を構え、戦闘態勢を解こうとしない者がいれば、彼我に緊張が高じるのは当然だ。武蔵武芝の兵の一部が、警戒態勢を取りながら、少しずつ経基の陣に近づいていたのだ。

やがて、経基の兵たちが、

「敵に取り巻かれている」

と騒ぎ出した。

「やはり、俺が申した通りではないか。権守は将門と組んで、この俺を血祭りに上げようとしている」

狼狽《ろうばい》する経基を、桔梗は何とかなだめようとした。

「いえ、そうではありません。殿が山を下りてゆけば大事にはなりません」

「愚かな。さような危ういことができるものか」

「このまま、ここでじっとしていたほうが危ういことになりましょう」

膝に両手を置き、首を振りつづける経基を見るうち、桔梗の後ろの目が開いた。経基はおのれの体の周囲に、またも黒い影をまとっていた。しかも、興世王のものとまったく同じ、漆黒の影である。経基は興世王を疑いながら、興世王からその影をそっくり受け継いでいた。

いずれにせよ、大将がこのようにうろたえ、緊張していれば、その緊張は、陣中の兵たちにも伝わってゆく。また当然の成り行きとして、それに呼応し、経基の陣を見張る武芝の兵らも緊張を高めてゆくことになった。そして、武装した者同士がおののき、睨み合ううち、とうとう矢が飛び、戦端が開かれるにいたった。

「敵襲でございます。陣を取り囲んでいた敵兵どもが、いっせいに攻めてまいりました」

との注進が、経基のもとに届けられると、彼の周囲は騒然となった。みながああでもない、こうでもないと喚《わめ》くうち、前線から味方の兵たちが逃げてきて、経基に見向きもせず、後方に走り去っていく。それを見ていた、経基の側近の上兵たちも四散しはじめた。

経基自身、もはや逃げるに如《し》かずと走った。

「お待ちください」

桔梗は、経基を追いかけた。

経基は馬に駆け寄り、鐙《あぶみ》に足をかける。そして、鞍《くら》にまたがった。

桔梗が馬上の経基の脚に取りついて、

「逃げるなら、私も連れていってください」

と懇願すると、経基は桔梗を足蹴にした。地面に倒れた桔梗に、経基は言う。

「やはり、似非巫であったな」

「何と――」

「俺の申した通り、将門も、興世王も、俺を騙し討ちにしようとしていたことがはっきりしたではないか。おことは嘘つきだ」

経基は、馬の腹を蹴った。馬は短くいななき、走り出した。

「人でなし」

地面に倒れたまま叫ぶ桔梗を置いて、馬上の経基は、木々のあいだの細い下り坂をおりていった。泣きながら起き上がろうとした桔梗のもとに、敵兵が迫った。桔梗は立ち上がり、とにかく経基が走った方向にみずからも走り、山道を下った。

だがやがて、敵兵二人が追いついて、桔梗の背中や脚を薙刀の柄《え》で叩いた。桔梗は斜面にうつぶせに、ばったりと倒れる。兵らは彼女の体を上から押さえつけた。

「助けて」

殺されずとも、捕まればどのような辱《はずかし》めを受けるかわからない。そう思って、桔梗は、助けて、

助けて、と泣き叫びつつ暴れた。だが、男に二人がかりで押さえつけられれば、抗《あらが》いようもなかった。

返す返すも、経基が憎かった。あのような男について坂東まで来た自分の愚かさが情けなかったが、いまさら後悔したところで後の祭りであった。

ちなみに、坂東における平将門の騒乱について記した基本史料は『将門記』であるが、しかしこの原本は失われており、いくつかの写本が残されているのみであって、かつその冒頭部も欠損している。よって、作者も成立年も、さらには正式な題名もわかっていない。『将門記』というのは、古くからそう呼びならわされてきたまでのことである。

この作者は、当時の都の上流階級が身につけるべき教養の持ち主らしく、それでいて将門周辺の動きになかなか通じていることから、成立年は将門の騒乱の直後ではないかと推察する向きがある。しかし、そのいっぽうで、成立年を将門の時代よりずっと後と考える向きもあるのだが、その論拠の一つが、本書の経基逃走の件《くだり》なのである。

残された『将門記』はこのときのことを、〈介経基は未だ兵の道に練れずして、驚愕し分散すと云ふこと、忽《たちま》ち府下に聞ゆ〉と記している。すなわち、「武蔵介・経基は、まだ兵の道に通じていなかったので、（その軍勢は）驚いて四散してしまったという噂が、たちまちに武蔵国府に広まった」といった意味であろう。

なぜこれが、成立年代は比較的新しいと推定する根拠となるかといえば、経基が武家の本流の一つ、清和源氏の祖とされているからである。つまり、日本で最も武芸や兵の道に長《た》けた系統の一つの始祖と目されているのだ。家柄や血統が重視された時代においては、強い一族の祖は並外れた剛の者でなければならない。それなのに、敵襲に驚愕して逃げたとあっては、辻褄が合わないことになろう。よって、作者は「たしかに経基は強い一族の祖で、彼自身も兵の道に長けた者であるけれども、このときは未熟だったのだ」と書かざるを得なかったのではあるまいか。そしてその推測が正しければ、作者は平将門の時代よりずっとあとの、清和源氏諸流の繁栄を見る時代の人物であるはずだ、というわけである。

　この議論の決着はいまだついていないが、いずれにせよ、このときの経基の振る舞いは、政治的にも、軍事的にも、人々を呆れさせ、困惑させるほどに、不甲斐ないものであったことは間違いないだろう。

五

　将門が仲介し、興世王と武蔵武芝との手打ちが行われている最中に、武芝の兵と、源経基の兵が戦い、経基が逃げたと聞くや、興世王は将門の陣所に面会を求めた。

「武芝めは、和を結ぶように見せかけ、介殿を騙し討ちにしたのでありましょう。介殿が敗走したのちは、この権守を討つつもりに決まっておる」

　激高する興世王に対して、将門は、

「いや、武芝殿はそうではないと申しておるのです」

と、武芝を庇うように言った。

「介殿が狭服の山に籠もったままであるので、何か企んでいるかもしれないと思った武芝殿の郎等が、もしものときに備えていたところ、介殿の兵から矢を放ってきた、とのこと」

「まことかどうか、わからぬではありませぬか」

「されども、まことではないとも申せませぬ」

「いやいや、戦支度をしての和議とは騙し討ちを企んでいたのと同じこと。これは、将門殿の面目をも潰す所業でありますぞ」

将門は困り果てたように顔をしかめ、大きく息をついた。

「なにゆえに、介殿は和議の座につかなかったのでしょうか？　権守殿は何か聞かれてはおりませぬか？　あるいは、介殿は武芝殿の騙し討ちを予期していたのでしょうかね？」

「わかりませぬな。敵襲に備えていたにしては、あっけなく逃げておりますし。あのような者の心中など、わかろうはずもない」

興世王は、経基のことなど考えたくもなかった。

すると、将門は意外なことを言い出した。

「では、ともに尋ねてみようではありませぬか」

「介殿が、このあたりにおるとでも申されるので？」

「いや、介殿のそばに、ずっと侍っていたという女がおりましてな。京を発つときからずっと」

「まさか、巫で？」

「いや、私もしかとしたことはわからぬのですが、捕らえられた後、呪文のようなものを唱えつづけているという話です。もうじき、国衙に連れて来られるとのこと」

「武芝の手の者に捕らえられたのですか？」

「さよう。だからこそ、私は武芝殿を悪くは思えぬのです」

「どういうことです？」

「若い女は、兵に捕まれば辱められるもの。されど、その女を捕まえた兵は、『もしこの女を辱めれば、主の武芝殿の名を汚すことになる』と申して、その身柄を主に差し出したと聞き及びます。長らくよき政を行ってきた武芝殿の徳が、まさに兵どもにも及んでおる。これには、私も感服いたしました」

興世王は機嫌を損ねた。武芝の徳の話など聞きたくもない。

「とにかく、その女を問いただしましょう」

興世王はそう言ってから、将門に、

「詰問が終わりましたならば、その者の身、私に預けてはくださらぬか」

と求めた。

「どうなさるおつもりですかな？」

「斬る」

興世王は言い放った。

「おそらくそれは、介殿を惑わしていた巫に相違ない。野狐《やこ》のような者であって、生かしておけば世に禍《わざわい》をもたらすばかり」

「なるほど。では、その件については、私から武芝殿に話しておきましょう」

やがて、女を連れてきた、という注進があった。

将門と興世王は、ともに国衙へと向かった。

桔梗は兵らに囲まれ、国衙の中庭に引き据えられていた。全身泥まみれで、寒さと恐怖に震えながら、祝詞《のりと》や真言《しんごん》を唱えつづけている。

そのうちに、知っている顔の男が、大股に歩きながら目の前に来た。興世王だった。

「やはり、この女だ」

興世王は、毒蛇でも見るような顔つきで言った。

「介殿のそばをさっさと去っていれば、このような惨めな思いはしなかっただろうにな。介殿を呪いにかけ、乱心させるとは許し難き女だ」

「違います。私は呪いになどかけておりません」

桔梗は震えながらも言い返した。

「何が違うか、この野狐めが。首を刎《は》ねてくれるから覚悟しろ」

すると、兵たちのあいだから、小具足姿の武士があらわれ、興世王の隣に立った。

「まあ権守殿、お待ちあれ。まずは、介殿の真意について問わねばなりませぬ」

それから武士は微笑を浮かべ、桔梗を見下ろした。桔梗がはじめて見る人物だが、とても懐かしく感じられる。

「介殿のそばにずっといた女とは、なんじのことか？　名は何と申す？」

「桔梗でございます」

「巫であるのか？」

「はい」

「介殿はなにゆえに、和議の場に参られなかったのか、なんじにわかるか？」

桔梗が答える前に、興世王がまた言った。

「なんじが唆《そそのか》したに決まっておる。この女、何を企んでおるのか？」

「違います。私はあの殿に、『和議の場へお出ましになるべきです』とずっと申し上げていたのです。でも、お聞き入れくださいませんでした。恐れているばかりで」

「介殿は何を恐れておいでであったのか？」

武士が問うた。桔梗はそのときには、名は聞かずとも、この武士が後ろの目で見てきた平将門であろうと確信していた。

背はそれほど高くはないものの、胴や脚、腕などにはしっかりと肉がついていた。顔はよく陽に焼け、太い眉に口髭、顎鬚を蓄えているから、いかにも豪傑という印象ではあるが、どこか控えめな雰囲気があった。都人の興世王に遠慮しているということだろうか。

桔梗が将門を見つめるだけで何も答えないでいると、興世王が怒りをにじませて言った。

「答えられまい。みずからが唆し、介殿の心を乱しておったのだから」

「介殿は、将門殿と権守殿、そして郡司殿が手を結び、みずからを討ちに来ると思われていたようです。とりわけ、権守殿を恐れておられました」

「愚かな。なにゆえに、この私がさようなことを企まねばならぬ」

将門は、興世王と桔梗のやり取りを微笑みながら聞いていたが、やがて桔梗に尋ねた。

「なんじは介殿に『和議の場へ参られよ』とすすめたと申したが、それはなにゆえか？」

「将門殿を、ご信頼申し上げられるお方と感じたからでございます」

「感じた？」

「はい。和議の場に出座される他の方が、かりに邪な思いを持たれていたとしても、将門殿は悪い意図はお持ちではないと感じておりました」

桔梗はそう言いながら、興世王に目を向けてしまっていた。興世王は目を剝き、身を固くしたが、将門はそれをなだめるかのように、大きな声で笑った。

「なんじは、目の前にいるこの私が何者かわかっておるのか?」

「平将門殿」

「どうしてわかる?」

「わかるのでございます」

「将門が胸に悪巧みを抱いておらぬなどと、何をもって思うのだ? 将門といえば、むさくるしい東夷《あずまえびす》であると、都にまで噂が轟《とどろ》いているらしい」

「それが噂に過ぎぬということも、わかるのでございます。それに、相国様《しょうこく》も仰せでありました」

「相国様? なんじは、相国様にお目にかかったことがあるのか?」

たしかに自分のような下賤な者が、摂政・太政大臣の藤原忠平に会ったことがあるとは、にわかには信じられないだろう。桔梗はそう思った。

「お召しを受けたことがございます。相国様は、将門殿をうらやましく思うと仰せでありました。好いておられるとも。将門殿を人として認めておられました」

将門と興世王の目が、信じられない、というように大きく見開かれた。

「でも、私自身も、将門殿に邪心がないことをわかっておりました」

将門は目を見開いたまま問うた。

「それが巫というものか?」

「さように、私は存じております」

そうなのだ。私は師のもとで修行をした巫なのだ、とあらためて思ったとき、桔梗は自分の中に筋が通ったような気分になった。まるで根が地中深くに張り、太い幹を天高く伸ばしている大木になったような気分と言うべきだろうか。そして、どれほど恐ろしい思いをしても、どれほど力量を疑われても、よき巫として、自分が信じることを述べなければならないと思った。

「すがすがしい女だ」

将門は言いながら、大きな笑顔になった。

「何がすがすがしいものですか」

と、興世王はすかさず反発する。

「この女の臭い、ひどいものではありませぬか。内側の卑しさが、臭いにあらわれておる」

興世王は鼻を摘みながら言ったが、桔梗は興世王のほうがよほど臭いと思っていた。これは、おおかたの人にはわからないことかもしれないが、霊的な嗅覚を持つ者ならわかることだった。興世王は桔梗を口先で罵っているだけではなく、本当に臭いと思っているのだろう。だが、臭いと嫌う相手は、あべこべに自分のことを臭いと思っているのである。

将門は首を傾げながら、興世王を見た。

「私には、この女の臭いがまるでわかりませぬ。都人には、東夷であるこの将門も、臭く感じるのかもしれませぬな」

「いや、そうではない」

興世王は否定したが、その声は将門の大きな笑い声でかき消された。

「それではこの臭い女、私が連れていってよろしゅうございますな」

「いや、この女は私にお預けくださる約束。この手で斬ってしまわなければ、心安くいられませぬ」

「臭い者を扱うのは難儀でございましょう。臭い役目は、東夷にお任せあれ」

「きっと、首を刎ねましょうな?」

「ああ、刎ねますとも」
と言いながらも、将門は桔梗に優しい笑顔を向けていた。その目が、自分に任せておけばよい、悪いようにはしない、と言っているように思えた。

「介殿がどこかへ行ってしまえば、もはやいたしかたなし。私は、下総国に帰り申す。武蔵権守殿は武蔵国府で、よき政を行ってくだされ。臭い女は下総へ連れてまいり、そこで斬り申す」

興世王は不満そうではあったが、それ以上は何も言わなかった。桔梗が武蔵国の外に行くのであれば、どうなろうとかまわないと思っていたのかもしれない。

「よろしいか権守殿、片田舎の坂東の者どもにも、その仕来りがござり、また、誇りもござる。いかに国司とはいえ、権柄《けんぺい》ずくで物事を執《と》り行おうとしても、うまくはまいりませぬぞ」

将門は、興世王を直視して言った。そこには、都人に遠慮するような態度は微塵《みじん》も見られなかった。かえって、今回は穏便に収めてやったが、次に国司の乱暴によって揉め事が起きた場合には、私は何をするかわからないぞ、と脅しているようにも見えた。実際、興世王も色を失っていた。

さて、将門は桔梗を下総へ同道させたが、縛ることはせず、しかも馬に乗せてくれた。だから、楽々と旅をすることができた。やはり、自分を斬るつもりはないらしい、と桔梗は安堵した。

武蔵国から、将門の本拠である石井営所《いわいえいしょ》への道すがら、桔梗はあらためて、坂東という地をまじまじと観察した。

広々とした平地が見渡すかぎりに開けている様は、五畿内では見られないものであった。そして、その平原を無数の川が縦横に流れ、湖沼が多く、春とはいえ陽が照るとむっとするような湿気があたりを覆った。いっぽう、夕方になると北方の山々から吹き下ろす風が、平らな叢《くさむら》や水面を渡り、馬上の桔梗に吹きつけて、五体の熱を奪った。

将門に従う兵たちの坂東の言葉は、桔梗には聞き取れないことも多かった。都のまわりの言葉とは違って、響きがごつごつとしており、まるで喧嘩をしているように聞こえる。しかし、語り合う者同士はたいてい笑顔だった。彼らはよく笑う人たちである。大きな身振り手振りを交え、体全体を使って笑う姿を見ていると、何を話しているのかがわからなくても、桔梗までつられて笑ってしまうのだった。

石井営所もまた、思っていたよりも広々とした場所であった。郎等たちの家屋が並ぶほか、馬の放牧地や馬場があり、また、煙がもくもくと上がっている棟もあった。あれは何かと兵の一人に尋ねてみると、鉄を熱して打ち、刀を作るところだと説明してくれた。

兵らは自分たちの家や兵営に帰っていく。将門もどこかへ行ってしまったようで、とくに身柄を拘束されているわけでもない桔梗は、ほったらかしにされた。兵らをつかまえて、私はどうすればよいのですか、と尋ねても誰も知らないと言う。

そのため、無為にあたりをぶらついていたところ、やがて、

「おい、おい」

と呼ぶ者がいる。

手を振って呼んでいるのは、肉置《ししお》きのよい体つきの、桔梗よりずっと年上に見える女であった。坂東の野を思わせる、萌葱色《もえぎいろ》の小袖の裾を端折《はしょ》り、牛馬のようなしっかりとした肉づきの脚を大胆にむき出している。

桔梗が近づいていくと、女は、

「手を貸してくれ」

と言った。

「何をすれば？」

「よいから、来よ」

桔梗が連れていかれたのは、営所で最も大きな館であった。おそらくは、将門その人の館である。そこでは、多くの男女が水瓶《みずがめ》や俵などを担いで歩きまわっていた。誰もが、忙しそうにしながらも、嬉しげである。

桔梗を連れてきた女が、

「酒盛りの支度だ」

と教えてくれた。

今宵、兵らを慰労するための酒宴が開かれるが、手が足りないから、桔梗にも手伝ってもらいたいというのだ。よって、桔梗もまた、川から水を酌《く》んできたり、竈《かまど》の火を大きくしたり、米を蒸したり、野菜を切ったり、煮込んだりと、せっせと働いた。

さて、夕方になると、館に人が集まってきた。屋内には将門や側近たちがあらわれ、座についたが、庭にも一般の兵らがぎっしりと地べたに座り、飲み食いをはじめた。いや、兵たちだけでなく、彼らの妻や姉妹、娘などの女たち、さらには父母ら年寄りも交えての大宴会である。

武蔵介・源経基は逃げ去ってしまったが、武蔵権守・興世王と足立郡司・武蔵武芝との和睦《わぼく》はいちおう成立させた。これで、武蔵国の政はひとまずは正常な状態に戻すことができたのであり、このたびの出兵はそれなりの成果をあげたと言えるだろう。そのように思っているから、みな上機嫌で、「さすがは我が殿だ」と将門を讃《たた》えながら、飲み、騒いだ。

桔梗は瓶子を持ち、酌をしてまわったが、男も女も、見知らぬ彼女に親しげに声を掛けてくる。

わかる言葉もあれば、わからない言葉もあるが、そのうちの多くが、どうも卑猥《ひわい》な内容らしいとは窺われた。男女を問わず、喋りながら、桔梗の胸や尻、股間などを触ってくる者すらいる。何とい う野卑《やひ》で下品な連中かと呆れつつも、桔梗自身、酔いがまわり、野卑で荒々しい気分になっていった。そして、自分の体を触る相手がそれなりの身分の者のようであっても、頬や頭を平気でひっぱたいてやったりした。

宴が酣《たけなわ》となると、人々はあちらでもこちらでも、桔梗が聞いたこともないような歌を歌い出し、また見たこともないようなけったいな身振りの踊りをはじめた。

やがて、誰だかわからない、ずいぶん年嵩の男に尻をぴしゃりと叩かれて、

「おことも踊らぬか」

と言われた。

また、周囲の者たちにも踊れ、踊れ、と囃し立てられるうち、桔梗はじっとしていられなくなった。瓶子から直接、ぐびぐびと酒を飲むと、踊りの輪に走り込む。はじめは、まわりの者の身振りを真似して踊っていたが、そのうちに面倒になり、歌声や手拍子に合わせて、いい加減に踊るようになった。

歌舞の輪に加わる者はどんどん増えていった。もう老若男女も、身分の上下もかかわりなく、みな、手拍子をし、歌い、もみくちゃになって踊りに興じる。桔梗も楽しくてしかたがなく、喉が渇いては酒を飲み、踊った。やはり自分には、坂東の風が合っているのかもしれないとも思う。

やがて、ひときわ大きく、力強い身振りで踊っている男が隣にいることに気づいた。人々の踊りを屋内で見物していたはずの、将門その人であった。

目と目が合うと、将門は踊りながら桔梗を抱き寄せた。将門はぐるりと回転する。桔梗も抱かれ

ながら回転した。将門はまわりながら、ずっと笑顔だった。

将門の腕が力強く、目もまわってしまったため、桔梗はぐったりとして、抱かれたままでいた。すると、将門はさらに笑みを強めた。と思ったら、彼は桔梗を抱いたまま、踊りの輪を抜け、縁上にあがり、奥の間に入っていった。

二人きりになったとき、桔梗は自分もだが、将門もかなり酔っていることに気づいた。将門は分厚い体を左右に揺らしながら、

「都人の癖に、無礼な奴だ」

と言った。

「何を仰せですか。私は都人ではありませぬ。あちこちへ流れて生きる巫に過ぎませぬ」

「おことのことではないわい。武蔵権守よ。何が臭い女だ……」

そこでまた、将門はふらりと揺れた。桔梗から目をそらし、恥ずかしげに言う。

「おことは、少しも臭くないぞ。いや、いい匂いがする」

「有り難きお言葉」

「おことは、いい女だ」

もぞもぞと言ったかと思うと、また、将門はまっすぐに桔梗を見て、彼女を抱き寄せた。踊っていたときとはまったく違う、柔らかく包み込むような抱き方であった。桔梗もそれが意外で、つい抱き寄せられるままにした。

桔梗の胸には、いささかの躊躇いがあった。このままゆけば、自分は将門と情を交わすことになってしまう。姐貴分の笹笛の顔が目に浮かぶ。きっと彼女は、怒ることだろう。なぜ、経基で痛い目に遭って懲りないのか、またも男に振りまわされ、ろくでもない運命に陥るつもりか、と。

だが将門は、桔梗がこれまでにひっかかった男たちとはまるで違っていた。笹笛は、桔梗のことを「男の涙に弱い」と責めてきた。けれども将門は、経基のようにめそめそしたり、恐れおののいて我を失ったりする男ではなかった。坂東中どころか、京においてまで豪傑として知られ、武蔵国で揉め事があると聞けば、下総国から駆けつけて和議の仲介を買って出る男気に溢れた者だった。酒宴においても、太刀を振りまわすがごとく、荒々しく、力強く踊る。それでいて、恥ずかしげに物を言い、優しく、柔らかく女を抱くのだった。その落差に、酔っていた桔梗はさらに酔った。

桔梗は舞い上がった気分で、将門に裾を割られ、その愛撫を受け入れながら、思っていた。私はこの男に惚れたのだ。いや、坂東という地に惚れたのかもしれない、と。

六

将門に追われ、また将門を恐れて、東国から京に逃げた者が二人いる。一人は源経基だが、もう一人は平貞盛である。貞盛は坂東で将門に敗れ、さらに千曲川で追撃されたが、それをかいくぐり、命からがら京にのぼった。

二人とも、何とか将門の非を鳴らさんと、様々な伝手《つて》を頼り、朝廷の上層部に訴えかけていた。貞盛は繰り返し太政官に訴えていたし、かなりの高官のうちにも「たしかに将門はけしからぬ男だ」と同意してくれる者もいたにはいた。しかしながら、朝廷の意思として、将門を懲らしめようとの決定が下されるところまでにはいたらなかった。

一つには、朝廷の政治状況が関係していた。時の最高権力者、藤原忠平が将門を庇っていたのだ。忠平は将門と主従関係を結んでいただけでなく、将門を息子のようにかわいがっている様子であったから、廷臣たちは将門追討を強く主張することはできなかった。

もう一つには、天災が関係している。この年の四月十五日に、五畿内に大地震が起きた。戌《いぬ》の刻（剋）というから午後八時頃（史料によっては亥《い》の刻、すなわち午後十時頃）、雷のような音を立てて地震が起こり、京では御所の築垣の多くが崩れ、また内膳司《ないぜんし》の屋《おく》が潰れて四人が死んだ。もちろん、朝廷の百官の家も、一般庶民の家も、また、寺社の堂舎や仏像等もおびただしく倒壊した。

この地震は終夜つづいたというが、それにとどまらなかった。たとえば忠平の日記『貞信公記《ていしんこうき》』には、翌十六日、十七日、十八日、十九日、二十日（廿日）と、連続して〈地震不止〉の文字がつづられている。いや、大小の余震はその後も絶えず、翌年の一月までつづいたという。

大きな自然災害が起これば、当時の人は「これは何かもっと悪いことの前兆ではないか」と考える。たとえば、悪しき者が天下を揺るがす悪巧みをしており、その禍々《まがまが》しい情動が、地震という形で噴き出したのではあるまいか等々。このときも朝廷は、陰陽寮《おんようりよう》の陰陽師（陰陽助《おんようのすけ》・出雲惟香《いずもゆいか》）に地震がはらむ意味を占わせた。すると彼は、「東西に兵乱のことあらん」と奏上したという。

朝廷は地震と兵乱を鎮めるべく、五月には「天慶」に改元した。凶事が起きたとき、その流れを断つ目的で改元が行われるのは常のことである。また寺社に、禍を鎮めるための祈禱を行うよう命じた。

このような中では、廷臣たちは坂東で何か大きな騒ぎが起きているようだとは察しつつも、それを詳しく調べ、対応策を打ち出す余裕は持てなかった。畿内で地震が次々と起き、人々が恐れ、苦しんでいるというのに、地の果てとも言うべき坂東のことになどかまっていられなかった。

さて、天慶二年（九三九）が明けて間もなくのことである。経基は、御室《おむろ》の仁和寺を訪れていた。彼が向かったのは、一品《いっぽん》の宮、敦実親王が内々の宴に使う舎屋であった。

経基が参上してみると、彼が京に発つ前と同様に、親王は不満そうな顔で杯をあおっていた。周囲にいるのも同じような人々で、すぐ隣には、父宮と同様に大柄な体つきの子息、寛朝がいた。彼は、

「飲み過ぎでございますよ」

と、父を諫めている。

新年の行事が多々ある時期で、酒宴の数も多い。その中、敦実親王が毎日のように酒を飲み、ままならぬ世について憂さを晴らすどころか、ますます憂さを募らせていることは想像に難《かた》くなかった。

親王の取り巻きの中には新顔も交じっていた。身なりからして、経基と同じように身分はさして高くない武士と思われた。その男と経基とを交互に見ながら、親王は言った。

「まったく、二人とも……」

だらしがない連中だと言いたげな声に、新顔の武士が弁解した。

「この貞盛めがいくらお訴え申し上げても、御上が取り上げてくださらないのでございます。中納言様を通じてのお訴えも、何らの音沙汰もいただけませぬ」

もちろんこの男は、平貞盛である。

朝廷は将門に、貞盛を追捕せよとの官符を授けていた。すなわち、貞盛は朝廷のお尋ね者であったのだが、京にのぼった後も捕まらないでいた。将門が忠平との関係で身の安全を図っていたのと同様に、貞盛も上流公卿とのつながりをいろいろ持っていた。たとえば、貞盛の弟、繁盛《しげもり》は、忠平

の次男、中納言・藤原師輔《もろすけ》を私君と仰いでおり、それが身の安全の保証となっていたのだ。

経基も負けじと言上した。

「私も、何度もお訴え申し上げておりますが、やはりお取り上げいただけません」

すると、親王は声を荒らげた。

「だいたい二人とも、逃げ帰ってくるからいかんのであろう。将門を捕まえるなり、殺すなりして、その身柄を京に運べばすんだ話よ」

経基は、親王の顔を見られなくなった。ちらりと横を見ると、貞盛も悔しげな顔で床を見つめている。

あの坂東における敗走以来、経基は、とにかく自分の評判が落ちに落ちたと感じていた。もはや、官職に就くことは難しいであろうとも思う。

「私は、騙し討ちにあったのでございます」

経基は蚊の鳴くような声で抗弁したが、すぐさま親王に、

「騙されるということが、武人として迂闊《うかつ》であるということではないか。情けない」

と怒鳴りつけられた。

何も言い返せなくなった経基は、それにしても、坂東の地に置いてきてしまった桔梗は今頃どうしているだろうかと案じた。引くことも兵の道であり、あの火急の場合には、おのれの身を逃れさせることで精いっぱいであったと思う。それでも、経基はいまさらながら罪悪感をおぼえていた。

「だが安堵いたせ。潮目は変わりつつある」

親王は、猫が欠伸《あくび》をしたように口をゆがめ、にやっと笑った。

「わしもいろいろと手をまわしたが、他にも動いている者たちがいる。多くが、もはや忠平めの専

横に我慢がならなくなっておるのだ。貞盛の訴えは、取り上げられようとしておる」

「まことでございますか？」

貞盛ははっとして声を上げたが、親王は彼を見ようともせず、経基を睨んだ。

「なんじも、もう一度、訴えを起こせ」

「私のような者のお訴えを、お取り上げいただけましょうか」

みずからの評判がひどく悪いことを知る経基は、世間からまともに扱ってもらえる自信がなかった。

「なんじは、訴え方がわかっておらぬのだ。将門は謀反を企んでおる、と訴え出よ」

父の言葉に、寛朝が驚きの声を上げた。

「私が聞き及ぶところによれば、経基殿と、武蔵国の者とのあいだで行き違いがあって戦がはじまり、経基殿が敗走したまでとのことでございます。別段、将門が御上に対して謀反を企んでいるというわけではありますまい」

そこまで言って、寛朝は経基に、

「そうでありましょう？」

と同意を求めた。

「私には何とも……」

経基が恥じ入って、はっきりとした答えができないでいると、親王は杯をあおってから言った。

「それでもよいから、謀反だと訴え出るのだ」

「御上に偽りを申し出よと仰せですか？」

なおも言う寛朝に、親王は顔をしかめる。

「これだから、坊主はいかん。香《こう》をただよわせ、経文を誦《ず》しておる者はそのような甘い考えでよいかもしれぬが、我ら生臭い者どもはそうはゆかぬのだ。それでは、忠平めには勝てぬ。よいか、経基、将門が謀反を企んでおると訴えるのだ。とにかく、あることないことをあげつらい、将門を極悪の叛逆者、大罪人に仕立て上げよ。御上を恐れぬ叛逆者を放っておけば、忠平もまた、叛逆者ということになろうからな」

「はっ、承知仕《つかまつ》りました」

経基はそう返事をし、平伏した。

実際、記録上も天慶二年二月頃から、潮目が変わりつつあったことがわかる。貞盛の運動が段々と実を結びはじめていたようで、忠平のもとに大納言《だいなごん》・平伊望《これもち》が来て、将門を京に召喚する使いを派遣すべきか否かについて相談している。

また、同年三月三日には、源経基が太政官に、「平将門と興世王が謀反を企んでいる」と訴えたこともわかっている。この訴えはかなりの衝撃をもって百官に受け取られた。坂東における将門陣営と反将門陣営のどちらが義であるかの裁定を求めているのではなく、はっきりと「将門謀反」と訴えたからだ。すなわち前年、「兵乱が起こる」とした陰陽師の見立ては、見事に当たったことになったのである。

第四章　常陸進軍

一

平将門が、天皇に対して謀反を企てている――。

そのような訴えが、天慶二年（九三九）三月にもなると、朝廷の百官のあいだでさかんに取り沙汰されるようになった。いや、そのような噂は、京に暮らす地下の人々の心をも脅かすにいたっている。にもかかわらず、朝廷はいまだ、正式に将門を罪人と見なし、討伐する動きを取ろうとはしなかった。

もちろん、当時は通信に時間がかかったから、決断に時間を要した面はある。中央から坂東諸国の国府に将門や興世王の動きを問い合わせ、それに対する国府からの報告書が中央に届くまでには、相当の時日を要した。さらに、刻々と変化する事情をつぶさに把握しようとすれば、書状や使者の往来を何度も繰り返さなければならない。よって、朝廷の決定は、どんどん先延ばしにされることになった。

また、中央に暮らす平安貴族たちの暮らしぶりも、後代に比べればずいぶんのんびりしており、官庁の組織や手続きも煩雑で、もともと意思決定に時間がかかるようにできていた。とりわけ、事が起きている地が、都とは遥かに隔たった坂東ということもあって、貴族たちはそれほど差し迫った危機意識を抱けず、朝廷はなかなか鮮明な態度を示すことができなかった。

しかしながら、やはり最も大きく影響を及ぼしていたのは、藤原北家の長者、藤原忠平の意向であろう。当時の天皇（朱雀天皇）はいまだ若く、その生母は忠平の妹、穏子《おんし》であったため、忠平は摂政を務めていた。すなわちそれは、天皇に成り代わって「政を摂《と》る」役職であって、朝廷の意思とは事実上、忠平の意思と言っても過言ではない状況であったわけだ。その彼が、将門を謀反人と見なし、実力行使をすることを良しとしなかった。よって、この坂東の不穏な情勢に対して、朝廷はもっぱら寺社に平定を祈禱させたり、陰陽師に占わせたりするばかりであった。

この忠平の姿勢を、彼に近侍《きんじ》する者たちや、すでに朝廷の高位高官を占める実頼《さねより》、師輔ら息子たちは、不思議に思っていた。

たしかに、忠平と将門は主従関係を結んでいる。将門に悪い噂が立ったからといって、忠平がすぐに将門との関係を断ち切るような態度を取れば、「忠平は頼るに足らざる人物だ」という評判が広まり、彼の政治力の低下につながるかもしれなかった。しかしながら、もし将門が本当に謀反人だと判明した場合には、彼を庇いつづけた忠平にとって、かえって大きな政治的汚点となりかねないだろう。将門など無位無官の、坂東の田舎者に過ぎないのだから、それほど温情をかけてやる必要もないのではないか。そのような不満や不安を、周囲は抱いていたのだ。

だが、忠平とて、坂東の騒動に対して、まったく無策であったわけではない。彼は御教書《みぎょうしょ》を将門のもとに送らせている。御教書とは、三位《さんみ》以上の貴人の手紙のことだが、本人が書くのではなく、その意向を、家政《かせい》を司る家司《けいし》に書き取らせるものである。

忠平は、家司・多治真人助真《たじのまひとすけまさ》（助縄《すけただ》）を通じて、将門に「お前が謀反を起こしているとの訴えがなされているが、実際のところどうなのか、ただちに知らせよ」という趣旨の書状を送った（三月下旬のことか）。忠平は内々に坂東の実情を探り、なお事をできるだけ穏便にすませる道を探ろうとしていた。

これに対して将門は、常陸、下総《しもうさ》、下毛野《しもつけの》（下野《しもつけ》）、武蔵、上毛野《かみつけの》（上野《こうずけ》）五箇国の解文《げもん》を集めて、謀反などまったくの無実である、と言上した。解文とは、下級の官庁から上級の官庁に奉る文書である。将門は、疑いをかけられた当人だけが「無実です」と言っても説得力は弱いであろうと考え、坂東の五箇国の国府に、「将門は謀反など起こしておりません」という旨の公式文書を作成してもらい、それらをまとめて中央に送ったのだ。これが五月二日のことである。

忠平は、「将門謀反」の噂はやはり、坂東での私闘が高じ、こじれた結果、将門を憎む者たちが事を大袈裟に述べたものに過ぎないと思った。あるいは、それをさらに政治的な思惑から、都においても大袈裟に吹聴《ふいちょう》してまわる者がいるだけのことであって、取るに足らない讒言《ざんげん》だと判断した。けれども、事が次第に大きく取り沙汰され、重い官職の者たちも問題視するようになる中、忠平としても祈禱や占術以上のことを命じないわけにはゆかなくなってきた。

五月五日、朝廷は坂東諸国に対して、不粛正を責める官符を下した。国内の取り締まりをもっとしっかりやれ、と命じたのである。

その上で、それまで決定していなかった武蔵守に、百済王《くだらのこにきし》貞連《さだつら》を任じた。ちなみに百済王氏は、かつて朝鮮半島に存在した百済国の王家の血筋を引く者である。百済は唐《とう》と新羅《しらぎ》の連合軍によって圧迫され、七世紀に滅んだが、その王族や遺臣たちは友好国であった日本に移り住んでいた。

百済王貞連の前任は、従五位下・上総介《かずさのすけ》であった。上総国は親王任国で、上総介が事実上、国府の長であるが、朝廷は彼の行政手腕を高く買っていた。また、貞連は、問題人物である武蔵権守・興世王と姻戚関係にあった（妻が姉妹同士）。よって、彼を武蔵国の長に横滑りさせれば、同国のごたごたをうまく鎮めてくれるだろうと期待したのだ。

ところが、この人事が裏目に出た。親戚同士というのは、お互いに甘えがあるせいで、かえって対立したり、関係がこじれたりすることがあるものだ。

貞連ははじめから、興世王に激しく腹を立てていた。武蔵国で揉め事が起こり、将門の介入を招いたことについても、源経基が武蔵武芝の兵と交戦し、役職を放棄して逃亡したことについても、元凶は興世王だと断じていた。だから、赴任するや、

「国例に反し、下僚ばかりか、民百姓に乱暴を働いた罪は重い」

と、興世王を厳しく叱責した。

しかし、興世王はまったく反省の色を見せなかった。かえって、他の役人たちがいる前で、真っ向から武蔵守・貞連に対し、

「私は朝廷に任命された権守《ごんのかみ》として、なすべきことをなしたまで。恥じるところなど一つもなし」

と反抗した。

貞連は、守としての面目を潰されたと感じ、ますます立腹した。そして、このまま興世王を権守に留めておけば、その強欲、傲慢のゆえに政に悪しき影響を与えるばかりだと思い、彼が国府の会議に出座するのを拒んだ。興世王が当然のごとく出座しようとしたところで、

「その儀に及ばず」

と言って追い返したのだ。

興世王も面目を潰されたと思い、貞連を激しく憎んだ。彼は武蔵権守の地位によって蓄財もし、またこの地位を足がかりに、さらに官職を高めてもいきたいと思ってきたのだが、貞連のせいで夢がすべて断たれたと思った。しかも貞連が自分を悪し様に評価する報告を中央に奉った場合、罪を

受けることにもなりかねないと恐れもした。

何とか貞連に対抗し、貴族としての尊厳を保つ道はないものかと思案した興世王がたどり着いた方法は、平将門を頼ることであった。

このまま武蔵国にいれば、捕縛され、入獄せねばならなくなるかもしれない。しかし、下総国に逃げれば、人のよい将門はきっと自分を匿《かくま》ってくれるだろうし、将門のもとにいるとなれば、武蔵守も、おいそれと捕縛の兵を差し向けることはできないはずだ。勝ち気で自信家の貞連とて、将門との全面対決など望むまい。

坂東における将門の人気もまた、興世王にとっては頼もしかった。将門に謀反の疑いが持ち上がっても、坂東各国は、それが濡れ衣であるという解文を揃って上程《じょうてい》しているのだ。庶民にも、国《こく》衙《が》の役人にも人望が厚い将門の助けを得て、都に対して弁疏《べんそ》をつづければ、自分の名誉回復の道も開けるかもしれない。

そのように考えて、興世王はひそかに武蔵国府を出発し、下総国へと向かった。

二

目を醒ましたとき、桔梗は汗みずくであった。陽はだいぶ高くなっている。

眠っているあいだ、京の都の路地で蝶を追いかける夢を見ていたが、下総国猿島《さしま》郡は石井営所《いわいえいしょ》の、将門の邸宅にいることを思い出した。坂東においても、夏はまことに暑いものだ。

「いつまで寝ておる。朝餉《あさげ》は喰わなくてよいのか?」

窘められて、桔梗ははっとする。目の前に、ふっくらとした女の顔があった。藤色の小袖を着て、髪に綺麗な朱色の櫛《くし》を差している。

「あれ、御前様《ごぜん》」

桔梗は起き上がったが、麻の掻巻《かいまき》を羽織っているばかりで、小袖の前ははだけていた。慌てて、両手で掻巻をかき集めるように引き寄せる。

目の前にいたのは、将門の正妻であった。同じく坂東の豪族で、しばしば将門に味方して戦った平真樹《まき》の娘と伝えられている。

彼女は、いつもはこの邸《やしき》とは別の場所に暮らしているようだが、将門のもとに客人が大勢集まるようなときにはあらわれ、応接の支度などをせっせと行った。彼女自身、働き者だが、まわりにいる奉公人たちにもよく目配りをし、尻を叩いて働かせた。また、郎等であれ、下働きの者であれ、元気がなさそうな者のところへ行っては、元気か、飯は喰ったか、と声を掛けてやるような、面倒見のよい女性でもあった。この石井営所にはじめて来て、所在なげにしていた桔梗に「仕事を手伝え」と声を掛け、宴に招いてくれたのもこの御前である。桔梗が、彼女が将門の妻だと認識したのは、初対面からだいぶ日がたってからであったが。

「今日は、どうして御前様がおいでで?」

「いたらいかんか?」

「いえ、そんな……」

この頃は、力のある男は何人もの妻を持って当たり前だった。都にまで名を知られた豪傑の将門のそばに、多くの女がいないほうがおかしい。だがそうは言っても、桔梗は御前に対しては、顔もまともに見られないような引け目をおぼえていた。

しかし、御前のほうには、とくに桔梗を恨む様子もなく、このときも、彼女はあっけらかんと、

重ねて、

「朝餉を喰えよ」

と言った。

桔梗は、朝餉など食べたくなかった。疲れていた。将門の相手をするのは疲れるものだ。

昨夜も、将門の夜伽《よとぎ》をつとめたが、まぐわい自体はさしたることもないのだ。源経基のそばにいたときは、あの太った体にのしかかられると、翌日には体の節々が痛かったものだ。だが、将門の場合はいつも、桔梗を生まれたての犬や猫を抱くように柔らかく抱き、そして、吸い寄せるような温かい目で見つめるものだから、かえって疲れが吹き飛ぶようにすら思えた。

しかし、桔梗が精力を抜き取られたと感じるほどに疲れるのは、将門との情交の後のことなのだ。将門は同衾《どうきん》しながら、桔梗に様々なことを尋ねた。その年の作物の実りのことや、明日の天気のこと、知人の病のこと、敵対する者の動きのことなどなど。それらに対する桔梗の予見が当たると、将門はますます巫《かんなぎ》としての桔梗の力量を信頼して、さらに多くのことを尋ねた。

とりわけ、藤原忠平から将門に「謀反の心ありやなしや」という問い合わせがあってからというもの、将門の関心は、京の人々の自分に対する評判はどうかとか、御上は自分のことをどう思し召しか、今後、朝廷において自分の申し開きは通るか、などに向けられた。そうした質問を、深更《しんこう》に及ぶまで、場合によっては鶏が鳴く頃までつづけるものだから、「後ろの目」を酷使することになった桔梗はくたびれきってしまうのだ。

「朝餉、喰うたら、殿のところへ参れ。お待ちだ」

「またですか?」

と言ってから、桔梗は口を押さえた。正妻の前で要らざることを述べてしまったと思ったのだ。

けれども御前には、とくに気にした様子もなかった。

「殿はいま、岐路に立っておられるようだ。どうか、おことの忠言によって、殿をよきように導いてたもれ」

桔梗の胸には、はたして自分は本当に将門の役に立てるのだろうか、という思いが湧いた。将門が頼ってくれることは嬉しいが、昨夜、「後ろの目に、西方に雲がかかるのが見える」と言ったとき、彼はひどく不服そうな顔をしたからだ。

桔梗が黙っていると、御前は、

「頼んだぞ」

とあらためて言った。

桔梗は播巻で肌を隠しながら、

「はい。ただいま支度をいたします」

と応じた。

「殿のところへ参るのは、朝餉を喰うてからでよいぞ」

御前はそう言うと、忙しそうに去っていった。


桔梗が将門のもとに顔を出すと、彼は文屋好立《ふんやのよしたつ》、伊和員経《いわのかずつね》とともに何やら深刻そうに話している最中であった。好立は上兵で、員経は古くから小姓《こしょう》として仕えてきた者であって、二人とも将門の無二の側近である。桔梗は彼らの談合の邪魔をしてはならぬと思って、入り口の縁に座ったままでいた。

するとも将門が、

「何用か、桔梗」

と問うてきた。

「お呼びと承りましたもので」

「俺が、か？」

「あの、御前様が――」

「あれが、か」

将門は戸惑った顔で言ったが、すぐに納得したように頷き、微笑んだ。

「あれがそう申していたなら、入れ」

殿が呼んでいるというのは真実ではなかったのかと気づいた桔梗は、縁から動けなかった。

すると、将門がふたたび促す。

「おことも談議に加わるべきだと、あれは思ったのであろう。さ、ここへ参れ」

員経も言う。

「殿がここへ参れと申されておるのだ。入るがよい」

桔梗は部屋のうちに進み、側近の二人より下座についた。

「おことの考えも聞いておこう」

と将門は言ってから、二人の側近に目をやる。側近たちも、異存はない様子である。

桔梗は緊張した。いったい、何について聞かれるのだろうか。

「思いも寄らぬことが持ち上がってな。俺に会いたい、という人が訪ねてきておるのだが、会うべきか、会わずにお帰りいただくべきか、判じかねておる」

将門はそれから、自分の右手の男へ目をやった。

「ここなる文屋好立は、とりあえず会って話を聞けと申す」

将門はつづいて、左手の男へ目をやる。

「ところが、この伊和員経は、会いもせず、すぐに引き取ってもらえと申すのだ」

最後に、将門は桔梗を見た。

「おことは、どう思うか？」

「それは、どなたでいらっしゃいますか？」

「武蔵権守殿だ」

暑さゆえに、桔梗はそれまで汗まみれであったにもかかわらず、一瞬にして全身に寒気が走るのをおぼえた。興世王の冷たい目つきが脳裏に浮かぶ。

「あのお方が、どうしてこちらへ参られたのでございましょう？」

「武蔵守殿が決まり、武蔵国府に入られた。ところが、守殿と権守殿との折り合いが悪いようでな。権守殿は、この将門に助けを求めに参られた。困ったものよ」

困ったものよ、とは言いながら、将門の顔つきはどこか得意げにも見えた。人々が自分を頼ってくれるのは、面倒ながら嬉しいらしい。これが坂東のもののふというものなのだろうか、と桔梗は思った。

「俺は、どうしたらよい？」

「私の存念《ぞんねん》を申し上げてよろしいので？」

将門が頷き、他の二人も異存はないという顔つきであったので、桔梗は、そのときに脳裏に降ってきたことを述べた。

「お会いにならぬがよいかと存じます」

「そう思うか……」

将門の声は残念そうだ。

「俺も、一度は武蔵国の揉め事の扱いに参った身。ここで武蔵権守殿を突き放すというのも、いかがかと思うのだがな」

好立も頷いた。

「さよう。殿の名にかかわることにござる。お帰りいただくにしても、とりあえずは一度お会いになり、権守殿の話を聞かれるべきでありましょう」

「お会いになるだけで、御名に傷がつくことになるかもしれませぬ」

桔梗が言うと、将門は目を剝いた。

「それが、『西方の雲』なのか？　武蔵権守殿に会うと、この俺が朝敵と目されるということか？」

「ゆくゆくは、そのような恐れもあるかと」

桔梗は、胸に圧迫されたような感覚をおぼえていた。興世王のことを考えただけで、気分が悪くなるのだ。彼は、将門とはできるだけ離しておくべき人物だと思った。

「俺は、天子様や朝廷を心から敬い奉っておる。天子様に対し奉り、弓を引こうなどとは毛頭思っておらぬのだ。武蔵国の揉め事を案じ、それを少しでも和らげようとするのは、国家を思えばこそだぞ。忠節から出でたことにほかならぬ」

桔梗は、この将門の言葉に嘘偽りはないだろうと思った。だが、かつて藤原忠平が言っていたように、将門は自分で気づかぬうちに、朝廷の律令の網目からはずれて生きているのだ。彼が坂東武者としての気骨を発揮し、動くほどに、網に囚われ、あるいは網にしがみついて生きている人々の心はかき乱されてゆく。

それに加えて、あの興世王だ。彼は人の心を乱し、正気を失わせる男なのだ。

「御上に対する忠心を疑われないようにするためにも、武蔵権守殿は遠ざけられるべきかと存じます。かつて、武蔵介殿が迷い、悩み、逃げ去ったのも……」

桔梗はそこで口をつぐんでしまった。

「武蔵権守殿の感化のゆえと申すのか？」

「権守殿は、おのれの利欲のため、人の心を惑わすお方」

そもそも、武蔵介・源経基は将門のような豪傑ではなく、涙もろい、心がくじけがちな男であった。しかしそれにしても、あのような醜態を晒してしまったのは、興世王の影響のせいだと桔梗は信じている。そして、興世王がそばに来れば、豪傑・将門とて、あるいは道を誤るかもしれないと恐れた。

「権守殿は、おことのことを同じく申されていた。人の心を惑わす野狐だと」

将門は笑顔で言った。

桔梗は訴える。

「もし、殿が権守殿に会われ、また、この営所にかのお方をお匿いになると仰せられるならば、私はここより罷《まか》り出でねばなりませぬ。あのお方は、私を憎んでおられますから」

「おことの申すことはわかった。下がってよいぞ」

将門に言われ、桔梗は部屋を出た。廊下を歩き、角を曲がったとき、目の前に突っ立っている者に出くわし、驚く。

「あっ、御前様」

立っていたのは、将門の正妻であった。

「殿は、私をお呼びではなかったようですが」

「さようなことより、おこと、殿のところで武蔵権守殿の話をしたか?」

「はい」

「殿に何と申し上げたか?」

「お会いにならず、そのまま帰っていただくのがよいと」

「そう申し上げたか」

「はい」

御前は、それでよいと言いたげに頷いてから、また問うた。

「で、殿は何と?」

「おことの申すことはわかった、下がってよい、とだけ」

「そうか」

御前はそう言ったのち、しばらくじっと、将門と側近たちが詰めるほうを睨んでいた。


将門は結局、興世王と会った。そして、饗応の宴を開いた。宴の後、営所に泊まった興世王は、翌日以降もずっと留まりつづけることになった。

将門は周囲に、興世王をここに逗留《とうりゅう》させるのは、武蔵守・百済王貞連との和解がなされるまでのことだ、と言ったが、はたしてそれがいつになるのかは、誰にもわからなかった。

桔梗は、将門の居館を出る決意をした。将門に恋し、坂東に恋した桔梗ではあったが、もはや将門が自分の言葉を取り上げず、興世王を大事にする以上、京へ帰ろうと思った。

みずからを、宿業《しゅくごう》のせいで親とも離れ、遊行《ゆぎょう》の巫として生きる身と信じる桔梗にとって、旅に出ることは少しも苦ではない。京に帰ればまた、姐貴分の笹笛にきつく叱られることになろうが、それもまた業のゆえとあきらめるしかないだろう。

ところが、出立の支度をはじめようとした夜、将門が前触れもなく桔梗のもとを訪れた。

将門はいつものように、桔梗の体に触れようとしたが、彼女はその手を払い、拒んだ。

「どうした？　何を恥ずかしがっておる」

将門は微笑みながら、桔梗を抱きしめようとした。だがまた、彼女は後ずさり、距離をとった。

「どうしたのだ？」

将門はそれ以上、無理に桔梗を捕まえようとはしなかった。

「俺は何か、おことを怒らせるようなことをしたか？」

「武蔵権守殿は、何と仰せです？」

「俺とおこととのことに、どうして権守殿が関わるのだ？」

「あのお方はきっと、『野狐が近くにいる。臭くてたまらぬ』などと仰せでございましょう」

「いや、さようなことは申されぬぞ」

「謀《はかりごと》に巧みなお方ゆえ、殿のご機嫌を損ねてはならぬと考えて、何も申されぬまでです。きっと、殿のそばに私がいることに気づいておられます」

「気づいているから、何だ？」

「権守殿をお迎えであれば、私はここを出てゆかねばなりませぬ」

灯に浮かぶ将門の顔は、呆れ返っている。

「大袈裟な。権守殿とおことはまるで別だ。おことは俺のそばにおればよい」

また、将門は桔梗に手を伸ばしてきたが、桔梗はそのときも後ずさり、触れられるのを拒んだ。

「どうしたと申すのだ……おことには、権守殿が俺によほどの悪運をもたらすと思えるのか？　そのような運命が見えておるのか？」

桔梗は黙っていた。もはや、将門に何を言っても意味があるようには思えなかった。

「おことには、わからぬかもしれぬ。わからなくてもしかたがないわな……たしかに都の人々は、権守殿をここに置くことを、あまりよく思わぬかもしれぬ。されど、坂東の者には、坂東の者の生き方があるのだ。権守殿は、以前に俺が足立郡司との和議を取り持ったことを恩義に思っておられる。そしてだからこそ、武蔵守殿と揉めたのちには、また俺を頼ってくれた。そのような相手を、むげに扱い、受け入れないなどということは、坂東の者にはできぬものなのだ」

それだけ言うと、将門はがばと立ち上がり、桔梗のもとを去っていった。

桔梗は、ますます坂東人というものがわからなくなった。そして、その夜のうちにも旅立とうと思い、荷造りをはじめた。

ところが、着物などを平包《ひらづつみ》で包もうとしているとき、桔梗はそばに人影があるのに気づいた。将門が戻ってきたのかと思ったが、その影は彼よりずっと小柄で、ふくよかであった。よく見れば、御前であった。

「ここにおってくれ」

そばまで来ると御前は座り、真剣な面持ちで、桔梗の手を取った。

「出ていってはならぬ。殿をお諫めできるのは、そなたしかおらぬのだ」

「いや、もう私にもお諫め申し上げることはできないものと存じます」

「まだあきらめるときではない。出ていくなよ」

桔梗が返事をしないでいると、御前は、

「わかったか」

と語気を強めて言った。

灯を映して輝く御前の目が、じっと桔梗に向けられている。桔梗は、まるでその光に五体を貫かれ、釘付けにされたように感じていた。

三

坂東情勢に対して、それほど積極的な対応をとってこなかった朝廷だが、六月になると潮目が変わる。

まずは六月七日、源経基の訴えに基づき、内裏の近衛府《このえ》の陣座《じんのざ》に、大臣以下、四位の参議以上の高官が集まって「陣定《じんのさだめ》」が行われた。陣座とは本来、天皇に謁見《えつけん》する公卿の控室のことだが、この頃はすでに天皇は政務を直接にはとらなかったので、陣座での会議、すなわち陣定において朝廷の意思決定がなされていた。そしてこのときの陣定で、坂東へ派遣する問密告使《もんみつこくし》（推問使《すいもんし》）が決められた。

問密告使とは、密告（謀反以上の犯罪の告発。この場合は経基によるもの）の内容について調査するため、関係者から事情聴取を行う使者のことである。問密告使長官に源俊《みなもとのすぐる》、次官に高階良臣《たかしなのよしおみ》を任命することとなったのだが、その後、彼らは将門を恐れ、また将門のような荒くれ者たちがいる坂東の地を恐れて、なかなか出発しようとしなかった。出発するに当たり、兵を伴わせてくれ、医者をつけてくれなどと、いろいろな訴えを起こして都に留まりつづけたため、翌年には解任されることになる。

また、この陣定の翌々日の九日、藤原忠平が大納言・平伊望に対し、「源経基を左衛門府《さえもんふ》に禁固すべし」と指示している。この当時の律令では、密告を受理した場合、密告者はただちに身柄を拘束され、取り調べを受けることになっていた。すなわち、経基の禁固は、将門が謀反を行っているという彼の訴えが、正式に朝廷に取り上げられたことを意味した。

さらに朝廷は、新たに任命された相模権介《さがみごんのすけ》、武蔵権介、上野権介に追捕官符を下した。これは東国に出没する「群盗《ぐんとう》」を追捕せよとのものであって、将門を名指ししてはいないが、坂東での騒乱を鎮める態勢を、朝廷がようやく取りはじめたことは間違いなかった。

そのいっぽうで忠平は、将門と因縁を持ちつつ、京に帰っていたもう一人の男、すなわち平貞盛に、将門に対する召喚状を下した。やはり、忠平は腹中では、上洛の上できちんと申し開きをする機会を将門に与えたいと思っていたのではなかろうか。そうすれば、彼の謀反は真実ではないということをはっきりさせられるからである。

ところが坂東では、騒乱をさらに大きくしかねない、新たな火種が生じていた。それは、常陸国に住む、藤原玄明《はるあき》という人物であった。

玄明は、私営田領主と考えられるが、「藤原」を名乗るからには、彼もまた中央の公家の血を引く者であった可能性が高い。すなわち、先祖の誰かが国司として坂東に赴任し、任期が終わったあとも引き上げず、そのまま土着したと思われるのだ。

玄明はその一族のうちでも傍系の者らしく、土地を経営するほか、馬を使った輸送業にもたずさわって、税として集めた物など、官物《かんもつ》を運ぶ役割を担っていたようである。この玄明がまた、常陸国衙と対立したのだ。

常陸国も親王任国で、国衙の長は常陸介・藤原維幾《これちか》であった。維幾に言わせれば、玄明はそれなりの土地を持ちながら、税としての稲を少しも納めず、取り立てのために役人を派遣すると、彼らに対して乱暴を働く始末である。そればかりか、一般庶民から財物を巻き上げたり、官物を運搬中に懐に入れたりする不届き者であった。維幾は何度も「早く納めるべきものを納めよ」と督促状を送ったが、玄明は拒絶してばかりで、国衙に出向こうともしなかった。

業を煮やした維幾は、証拠を揃えて「玄明は公に背くばかりか、周囲の人々から物を奪う極悪人である」と太政官に訴えた。それに対して、太政官からは追捕官符が下された。すなわち、玄明に対する正式な逮捕状が発せられたのである。

しかし、玄明には玄明なりの言い分があった。玄明は、維幾だけでなく、それ以上に彼の息子・藤原為憲《ためのり》に対して強い憤怒を抱いていた。受領《ずりょう》が一族を引き連れて任地に下向《げこう》し、現地の民から搾れるだけ搾るというのは全国的に見られたことだが、玄明に言わせれば、為憲は父の力をたのみ、民から不当に米穀財物を取り上げる鬼畜生であった。

どちらの言い分が正しいかを判断するのはなかなか難しいが、おそらくは、どちらにもそれなりの理があったのだろう。しかしながら、一つはっきりと言えるのは、維幾は朝廷に任命された常陸介であり、かつ、玄明を追捕せよという公の命令書を授けられているということだ。すなわち、常陸介父子のほうが、玄明よりも圧倒的に強い立場にあったわけである。

追いつめられた玄明が頼ろうとした相手が、これまた将門であった。すでに記してきたように、将門は、足立郡司・武蔵武芝が武蔵権守・興世王や武蔵介・源経基と対立し、追いつめられていると聞くや、わざわざ下総国猿島郡から兵を引き連れて武芝を庇い、つづいて興世王が武蔵守・百済王貞連と対立し、辛い立場に陥って助けを求めるや、その身をみずからの営所に匿ってやった。その将門ならば、自分が頼っていっても助けてくれるのではないか、と玄明は思った。そもそも彼は、非は自分にはなく、悪辣《あくらつ》、強欲な常陸介父子のほうにあると思っている。事情をよくよく聞いてもらえれば、将門は決して自分に悪いようにはしないだろうと期待したのだ。

玄明は妻子らを引き連れ、下総国を目指して逃走したが、その途次、行方《なめがた》・河内《かわち》両郡の不動倉《ふどうそう》を襲い、略奪している。不動倉とは、百姓たちに税として納めさせた作物のうちの一部を、飢饉《ききん》や災害などに備えて保存しておく倉のことである。玄明には「不動倉の米も、どうせ常陸介父子が、常陸の民から不当に取り上げたものであって、常陸の者が持ち去って何が悪い」という思いがあった。

玄明一行が下総国豊田《とよだ》郡にまで逃げおおせると、当然のことながら、将門の周囲では、彼らをどう遇するかが大きな問題となった。興世王を匿ったときでさえ、反対する者がいたが、今回の玄明にいたっては、朝廷のお尋ね者である上に、逃亡中に不動倉を襲うという罪まで犯しているのだ。もしこの男を匿えば、将門もまた、朝廷に追われる身となりかねないと考えて、拒絶反応を示す者が多かった。

さて、将門がいかなる判断を下すのかについて、最も気を揉んでいた一人は興世王であった。もし、将門の側近たちが、「頼ってきた者は誰でも彼でも匿っていてはきりがないし、殿にとって危ういことになりかねない。だから、玄明は助けるべきではない」という結論に達した場合、下手をすれば興世王もこの営所を追い出されるかもしれなかったからだ。かと言って、石井営所に玄明を匿うことになったとしても、中央から討伐のための大軍が派遣され、将門が敗北すれば、興世王もまたよりどころを失い、追われる立場になる可能性があった。

あれこれと思案にふける興世王のもとに、将門の最側近、伊和員経が来て、告げた。

「殿は、藤原玄明殿とお会いになります」

「はあ、さようか」

「そこに、権守殿にもご同座いただきたいと、殿は申されております」

「私などに、いかなるわけで？」

「玄明殿の人体《にんてい》を、権守殿にも見定めていただきたいとのこと」

「なるほど、さようで。承り申した」

さて、将門や、他の彼の側近たちとともに玄明と対面したとき、興世王はそのむさくるしさに呆れ果てた。玄明は厳《いか》つい体つきの大男であったが、逃避行を経て、髷《まげ》は乱れ放題、鬚は伸び放題だ。そして、顔も、首も垢まみれで、ひどく汗臭かった。

しかも、さらに呆れざるを得なかったのは、その大男が将門の前でしおらしく挨拶するや、大きな目からぼろぼろと涙をこぼしたことであった。玄明は泣きながらこう訴えた。

「私が官物を懐に入れているなどというのは、まったくの濡れ衣でございます。私がこのような惨めな境遇に陥ったのは、常陸介父子が悪辣であるからにほかならず。あの父子は、民の苦しみも顧みず、苛斂誅求《かれんちゅうきゅう》を平気で行う者ども」

興世王は、玄明の弁明を白けた気分で聞いた。だが、下座でこの会見を見守る将門の郎等のうちには、もらい泣きをする者もいた。また、刺々《とげとげ》しい視線を興世王に向ける者すらいる。興世王は武蔵守・百済王貞連に、「私利私欲のために民から厳しい取り立てを行っている」と叱責され、武蔵国から逃げてきたのだ。玄明に同情する者たちの目には、興世王も常陸介父子と同じく、京から来て、坂東の民に苛斂誅求を行う憎き者と映っているのだろう。

将門は、玄明の泣き言を長々と聞いたのち、誰の意見を徴することもなく言った。

「さようか。貴殿のその訴え、将門からも常陸国府に申し伝えようぞ。まずは、ここにてゆるりと過ごされ、疲れた体を休ませられるがよい」

玄明は感激して、おいおいと泣いた。

興世王は扇を掌に打ちつけ、

「それでこそ」

と言って、将門に笑顔を向けた。

「失意の者を助け、励まし、頼りなき者を見捨てずに力を貸す。これこそが、まさに貴殿のご人徳。私も、あらためて感服仕った」

興世王は、ここは玄明を助けることに賛成すべきだと判断したのだ。それが、将門軍団のうちで、安定的な地位を保つ道であると。

将門も興世王に笑顔を向け、

「今宵は、宴を開きましょうぞ」

と言った。

その夜、玄明をもてなすための宴が開かれたが、興世王はいつものように、坂東の酒や肴《さかな》は何とまずいものかと思っていた。けれども、その内心を気取《けど》られぬよう、上機嫌を装い、杯を重ね、肴を喉の奥に落とし込んでいった。

いっぽう、玄明は、

「うまい、うまい」

とさかんに言って、馬か鯨《くじら》かというほどに飲み、喰った。そして酔いがまわると、常陸介父子の非道ぶりを語って怒声をあげたり、将門の温かさを語っては笑ったり、また泣いたりした。

こんな下品な奴と、今後もつき合っていかなければならないと思うと、興世王は癪であった。けれども自分がこの坂東の地で安全を保つには、将門の力を借りるしかないのだと自分に言い聞かせ、努めて笑顔を作りつづけた。

四

玄明が将門のもとに身を寄せたことは、すぐに周囲に知れ渡り、今度は常陸国と将門とのあいだが険悪になってきた。そして、その険悪さがいや増す要因となったのが、将門に対する召喚状を帯びて坂東へ舞い戻ってきた平貞盛であった。

将門のうちに、朝廷に対する畏怖がいくばくかでもあれば、召喚の官符を持って行った場合、とりあえず冷静な対面に応じてくれるものと貞盛は思っていた。ところが将門は、「貞盛めが舞い戻ってきた」という報に接しただけで、彼を成敗するための兵を派した。そのため、貞盛は朝廷に託された任務を果たせず、坂東各地で潜伏生活を余儀なくされることになったのである。

その間に貞盛は、知り合いの平維扶《これすけ》が陸奥守として赴任すべく、下野国府まで下ってきていることを知った。彼はひそかに維扶に使者を送り、

「奥州《おうしゆう》へ同行させてはいただけないか」

と依頼した。

国司一行とともに行動すれば、坂東から奥州へ逃げられるのではないかと考えたのだ。

維扶は承諾したものの、将門の兵がそれを察知し、山狩りを行うなどしたため、貞盛は維扶のもとにたどり着けなかった。維扶は結局、貞盛を捨てて陸奥国に下向することになった。貞盛はその

後も、将門の兵の追跡をかわし、最終的に常陸国の国府に身を寄せる。

常陸介・藤原維幾はすでに、下総国の国衙にはもちろん、将門のもとにも、玄明を引き渡せ、という書状を再三にわたって送っていた。それに対して忌々《いまいま》しいことに、将門は「玄明はすでに逃げてしまってここにはいない」との返事をするばかりであった。

そこへ、将門召喚の官符を帯びた貞盛が助けを求めて来たため、維幾は「将門は官符をも恐れぬ不届きな奴だ」と憎しみを強めた。そして、将門に向けて「玄明を引き渡すだけでなく、貞盛が携える官符の趣にも服すべきではないか」と書き送った。

将門にすれば、常陸介のもとに貞盛がいるというだけで、憤懣《ふんまん》やる方なかった。貞盛はもともと、朝廷から追われる立場であったはずなのに、京の高官たちに将門について讒訴し、それによって将門召喚の官符を得た後は、したり顔で、将門の悪口を、今度は常陸介の耳に入れている。

そう思うと、将門は決して、常陸介に対して態度を軟化させたくなかった。だが、この常陸介の申し入れにどう対処すべきかをめぐって、将門の幕僚たちの意見は対立し、侃々諤々《かんかんがくがく》の議論がつづけられた。

一度庇護した玄明をここで引き渡せば、平将門の名折れとなるから、武蔵国の騒動のときと同じように、玄明と常陸介との和議仲介に当たるべきだ、と主張する者もいた。また、貞盛に対する憎しみから、常陸介の要求にやすやすと応じるべきでない、と主張する者ももちろんいた。

しかし、そうした意見に反対する者も当然いる。中でも昔から将門に仕えてきた伊和員経は、側近たちが列座する中、声を大にして異議を唱えた。

「武蔵国の騒動のときとは、わけが違います。すでに、玄明殿には追捕官符が下されておりますが、その上、かの仁は不動倉を破るという罪を犯した。せっかく、坂東各国の国府より、『殿に謀反の志なし』との解文を奉っていただいておるのでございます。それなのに玄明殿を庇いつづければ、すべては水の泡。朝廷よりいかなるご裁定が下るかわかりませぬぞ」

　昔から、みなに一目も二目も置かれている員経の、熱のこもった弁舌に接すると、「玄明をあくまでも庇うべきだ」と主張してきた者たちも、なかなか真っ向からは反論しづらくなった。よって、評議は員経の意見でまとまるかに見えた。

　だが、この席には、最近になって将門のそばにあらわれたため、員経のことなど少しも憚らない男がいた。興世王である。彼は石井営所で暮らすうち、次第次第に発言力を増してゆき、いまでは将門の政治顧問のように振る舞っていた。

　興世王は、列座の衆の中でただ一人、朝廷から「従五位下」「武蔵権守」の官位・官職を授かっていたし、「王」の称号を帯びつつ坂東に下ってきた者であった。坂東の者たちからすれば、興世王は都人らしい都人で、何とはなしに都や朝廷の事情に通じた者のように見なされていたのだ。

　みなが黙る中、興世王は檜扇を持った手をゆったりとあげ、一同の注目を引きつけた。その上で、口を開く。

「員経殿の申されよう、たしかにもっともに存ずる。されど……」

　そう言ったところで、興世王は口をつぐんだ。先をなかなか言い出さないものだから、みなの意識がいっそう彼に吸い寄せられる。

　やがて将門自身が痺れを切らし、

「されど、何でござるか？」

　と促した。

興世王は、満を持して話し出した。

「されど、ご一同、悔しゅうはござらぬか？　私は都よりこの坂東に参って、平将門殿という御仁の人柄に触れ、まことに感服仕った。その腹中には、御上に対する叛逆心など毛頭ござらぬ。ただただ、御上に仕え奉り、御世を安寧にせんとの純真なる忠心あるのみ。私が足立郡司と対立したときに、わざわざ下総より武蔵に参られ、和睦仲介の労をお取りくださったのも、御上のご威光を曇らせてはならぬとの忠節からでござりましょう。にもかかわらず、都の官人たちはそのことをまったくわきまえず、この忠義の御仁を叛逆者のように噂しているという。そして、その噂のせいで、いま玄明殿と常陸介殿のあいだを和ませようとされても、それがかなわずにおるのでござる。このような愚かなことが世にあってよいものでござろうか。この御仁の真の人柄を存ずる者として、これほど悔しいことがござろうか」

切々と訴える興世王の言葉に、同座する面々のうちには目を潤ませる者もあらわれた。

興世王は、とりあえず自分の目先の安全をはかるには、民の側に立ち、官に反抗する玄明に同情する姿勢を見せるべきだと考えていた。坂東の者たちとは、何と単純素朴な連中かと思いながら、興世王はわざと声を震わせて、演説をつづけた。

「本来ならば、何の事情も知らず、ただおのれの栄達のみを考える都の官人どもに成り代わり、殿のようなお方が政をとられるべきなのでござる。そうであれば、世に何かわだかまりが生じても、すぐに平らかとなり、人々は心安く暮らすことができようというもの」

一同のうちから、

「殿、玄明殿とともに、常陸へ参りましょう」

「いかにも。殿よりほかに、この騒ぎを収められるお方はおられませぬ」

という涙声が湧きあがった。

「いや、待たれよ。ご一同」

と、員経が再反論しようとしたが、その声は、常陸へ参りましょう、という人々の訴えにかき消された。

将門は郎等たちの声を、目をつぶり、腕組みをして聞いていた。彼の心には、これまで感じてきた悔しさが、一気に沸き立っていた。

都にのぼっていたときも、坂東者というだけで、多くの公家たちに見下されたものだ。きっとこちらを化外の者と馬鹿にしていたのだろう。言葉遣いにしろ、振る舞いにしろ、とにかく自分のあらを見つけて、彼らは笑いものにした。そして父・良将の死をうけ、坂東に帰った後も、都の役人たちは自分に辛く当たってきた。自分が伯父たちと戦わなければならなかったのは、父から受け継いだ土地を守るためだった。土地に身命をかけなければ、坂東では生きていかれないことなど、都人にはまったくわからないに違いない。

そのような坂東の事情に疎い都人が国司となっているからこそ、彼らと坂東の者との対立が起きるのであり、それを解消するために自分は力を尽くしてきたのだ。けれども、朝廷は平貞盛や源経基のような、高官に媚《こ》び諂《へつら》うばかりの者の言を取り上げ、功労者の自分を謀反人であるかのように取り沙汰している。

将門が瞑目して悔しさを嚙みしめているとき、興世王がひときわ大きな声で、

「殿」

と呼びかけた。

「ここはもう一度、平将門とはどのような男であるかを、天下にお示しになるのがよいのではござらぬか。藤原玄明殿とともに、常陸国府に向かわれるべきと存ずる。それは決して、常陸介殿と争

うためではありませぬ。武蔵国のときと同様、常陸国においても、対立する者同士、胸襟を開かせ、和をもたらすため」

目を開いた将門は、興世王の説を採る、と言おうとした。いや、ほとんど彼の説を採ることに腹を決めていたが、わずかばかりの迷いがあった。そのため、

「ここにいる者以外の者の話も聞いてみたいのだが」

と言った。

「どなたで?」

不審そうに尋ねる興世王をよそに、将門は員経を手招きした。命じられるままにそばに進んだ員経に、将門はひそひそと耳打ちした。員経は頷くと、その場から去った。

しばらくして、ふたたびあらわれた員経が伴っていたのは、鉦《かね》を首から下げた桔梗であった。

興世王は激高した。

「やはり思った通りだ。この営所全体に、ひどい臭いが漂っておるものだから」

かつて、将門ははっきりと興世王に「桔梗を斬る」と約束した。にもかかわらず、彼女を生かしておいたばかりか、自分のそば近くに住まわせていたとなれば、興世王はまったくもって虚仮《こけ》にされたことになる。

だが、将門がとぼけて、

「どうかなさいましたか?」

と問いかけてきたとき、興世王は口をつぐむしかなかった。客分に過ぎぬ者には、不満をあからさまに述べることは憚られた。

「よく窘められるのですがな、私は頼ってきた者を拒めぬたちでありまして」

将門はそう言って、おおどかに笑う。

「この者は桔梗と申し、京ではなかなか名を知られた巫とのこと。神仏を身に降ろし、その善き導きを人々に伝えると評判らしゅうござる。されども、さるお方に恨まれ、斬られそうになったため、私のもとに逃げてまいりました。向後、お見知り置きを」

将門は笑いながら、しゃあしゃあと言ってのけた。

興世王はいたしかたなく、不満の矛先を桔梗に向けることにした。

「それは面白うござるな。玄明殿の処し方につき、この桔梗なる巫に占わせてみようとのご趣向でございますな?」

「いかにも」

「では、私から名うての巫殿に尋ねる。殿は玄明殿を常陸国衙に引き渡されるべきか、それとも、常陸国衙まで兵らとともに同道し、常陸介殿との和議の道を探られるべきか。早々、神慮・仏慮を聞かせてたもれ」

興世王や将門だけでなく、そこに居合わせた者たちが、いっせいに桔梗に目を向けた。桔梗は自分の鼓動が高鳴るのを感じる。

すでに、この玄明と常陸介とのあいだの揉め事への対応が、将門の周囲での大きな議題であることは桔梗も知っていた。そして、議論の中身について詳しく聞かなくても、興世王が、将門は常陸国に出兵すべきであると考えていることも、巫の勘のようなものでわかっていた。

桔梗自身は、神霊に伺いを立てるまでもなく、将門は下総国を動いてはいけないと思った。もし常陸介と将門が事を構えることになれば、将門が悪運に見舞われることは火を見るより明らかだと思われる。

「さあ、巫よ、神仏に伺ってたもれ」

興世王は意地の悪い雰囲気で迫る。

桔梗は、ここで神仏を降ろしたくなかった。神仏のお導きを得たところで、興世王と見解が対立し、彼に似非巫だと罵倒されるに決まっているからだ。だが、それでも求められれば、神霊の依《よ》り代《しろ》となろうとするのが巫というものでもある。

「どうして黙っておるのだ？　そうか、まずは一杯でござったな」

「なるほど、たしかに。巫に酒を持て」

将門は命じたが、桔梗は、

「いえ、結構にございます」

と断った。

「遠慮はいらぬぞ」

と興世王が言い、将門も、

「まことにその通り」

と言ったが、それでも桔梗は酒を断った。

心中が動揺しているときに酒に酔うと、悪しき霊を呼び寄せてしまうことがままあったからだ。人々を正しき道に導く高位の神霊ではなく、死後、地上をさ迷う人霊や、動物霊など、人々の心を迷わし、悩ます低位の霊が憑きかねないのだ。

「どうした？　何を躊躇っておる？　そなたは名うての巫とのことであったはずだが……それも、人に命を狙われるほどのな」

興世王は嘲笑《あざわら》うように言った後、将門へ目を向けた。

「どうもこの巫、肝心なところでは役に立たぬようでございますな。せっかく首から下げている鉦すら叩こうとはせぬ。はたして、お匿いになり、その身を助けてよきことがございますかどうか」

桔梗は焦った。焦れば焦るほど、澄んだ心で神慮・仏慮を伝えることは難しくなる。桔梗は深い呼吸に努めたが、なかなか暴れる心を鎮めることができなかった。

桔梗は感じるのだ。将門もまた、興世王と同じく、常陸国府に出向きたいと思っているのではないかと。それこそが正しい答えだと巫の口から聞き、意を強くしたいのではないかと。いっぽうで桔梗には、正しい神が、そのような答えを出すとは思えなかった。しかしそれもまた、巫の我《が》の思いに過ぎず、正しき神を降ろす上での障りとなるものであることもわかっていた。

「いかがしたのだ?」

将門も心配げに問うにいたった。

「神慮を尋ねることはできぬのか?」

「では、これより、神仏にお尋ね申し上げましょう」

いたしかたなく、桔梗はいつものように祝詞《のりと》を唱え、また、鉦を叩きながら祭文や経文を唱えはじめた。おのれの小さな我を脇へ押しやり、心を落ち着けて、清真なる神気に浸ろうと努めた。

しかし、いくら心を鎮めようとしても、興世王への憤りや、将門の期待に応えたいという焦り、将門を危険から遠ざけたいという思いなど、雑念が次々と湧きあがる。

これではいけないと思って、桔梗はいっそう大きな声で祭文を唱え、無我夢中で鉦を強く打った。するとやがて、桔梗のつむった瞼の裏側に白く輝くものが見えた。

それははじめ、小さな真珠の粒のように見えたが、だんだんと近づき、形を大きくしていった。鞠《まり》のように膨らみ、やがてその鞠は形を崩して、いびつに広がっていった。風になびく絹布のようにも、波に漂う海月《くらげ》のようにも見える。それはまさに天女の羽衣かというほどに眩しく輝きながら、広がったり、縮んだり、波打ったりしつつ、どんどん近くに迫ってきた。桔梗はその美しさに見とれ、まさに茫然《ぼうぜん》自失たる状態になった。

白い羽衣は、すぐそばまで来ると、踊るように桔梗のまわりをくるくると回った。やがて桔梗は、うっすらとではあるが、後ろに向いた霊の目が開いたのを感じた。それを待っていたかのように、羽衣は彼女のその目の前を漂い出した。

桔梗は、恍惚《こうこつ》とした意識状態となっていた。地上のものではないものが桔梗の身に取り憑くときの感覚だった。桔梗は、羽衣が後ろの目に入り込むのを待った。

ところがそのとき、羽衣のあいだから、黒く、丸いものがあらわれた。目玉であった。それも、ほとんどが黒目で、白目はわずかしかない。桔梗はぞっとした。白目は血走り、黒目は恐ろしいほどに冷たい光を放っている。

にわかにあらわれた目玉は、桔梗の後ろの目の表面に、おのれを押しつける。後ろの目の中に強引に突き入ろうとしているのだろう。ねっとりとした目の表面同士が、べたべたと押し合ううち、二つの瞳がぴたりと向き合った。血走った目玉の瞳が蔵す光を、後ろの目がまっすぐ受け止めたとき、桔梗ははっきりと悟った。これは低位の邪霊だと。

桔梗は絶叫し、急いで後ろの霊の目を閉じた。前を向いた肉の目を開く。そこには、将門や興世王の、ぎょっとした顔があった。いや、居並ぶ人たちみなが白い顔で、大口を開けていたり、扇で口元を覆ったりしながら、桔梗を見ていた。

「何事か?」

将門に問われても、桔梗は寒気がやまず、物を言えなかった。やはり、正しくない心の状態で神霊と交信しようとしたから、邪悪な霊を呼び寄せてしまったのだ。

危ういところであった。あのまま後ろの目に入り込ませていたら、ひょっとすると自分は命を取られていたかもしれない。桔梗は自分を恥じ、責める気持ちによって打ちひしがれ、なかなか言葉を発することができなかった。

「何が見えたのか？　遠慮せず、すべてを申すがよい」

将門は桔梗に、そのように促した。おそらくは、桔梗が自分の未来に、よほどの凶事を見たと思ったのだろう。

だが、桔梗は首を横に振った。

「いえ……」

「いえ、何だ？」

「何も見えませんでした」

「まことか？」

「本当に何も……お役に立てず、申し訳ありません」

すると、興世王が檜扇を振り上げ、哄笑《こうしょう》を響かせた。

「これが、京で名うての巫でございますか。何とも頼もしい」

桔梗は恥ずかしさに顔を上げられないでいる。

「巫殿に考えがないとなれば、道は決まりましたな。常陸国府に兵とともに出向くまで。それにしても、臭い、臭い」

興世王はそう言い残すと、ひとり座を立ち、去っていった。

五

天慶二年十一月二十一日、平将門は、藤原玄明や興世王らとともに、千余の兵を率いて常陸国に入った。

もちろん、常陸国においても、将門の動きを察知し、警戒態勢を取っていた。常陸介・藤原維幾は、もし将門が武力に訴えてきた場合には、迎え撃つ覚悟であった。

将門は国府へ向かう途次において、「玄明は常陸国に住まわせるべきであって、追捕すべきではありません」という書状を常陸国衙に送っている。自分には戦うつもりはなく、あくまでも常陸介父子と玄明との和解を促すために常陸国府へ赴くのだ、という態度を保っていた。

けれども、この書状の内容に、常陸国側が納得できるはずもなかった。とりわけ、維幾の子・為憲は激怒し、父に対して、将門と玄明両名の討伐を強く主張した。

「あのような者を許すことなどできるはずがありませぬ。国庁の命に再三、違反し、朝廷からの追捕官符が下るや、不動倉に略奪を加えて将門のもとに逃げたのですぞ」

また、別の者も維幾に、

「将門の専横をもはや許してはなりませぬ。あれは、御上を蔑ろにする者。常陸介殿のお力によって、どうか将門めを捕らえていただきたい」

と意見具申した。平貞盛であった。

「わかっておる」

と維幾も言った。

「すでに追捕官符が下っている者を許すことになれば、我らが朝命に違反したことになる。また、将門があくまでも兵を引かぬとなれば、御上への謀反は明白と言えよう」

維幾はこう断言し、いよいよ出陣の命令を下した。また、彼は将門に対して、

「そちらの申し出を承引することはできない。もし、玄明を引き渡しもせず、下総国に引き上げもしないのであれば、合戦するほかはない」

との返書を送った。

こうして、常陸国の軍三千と将門の軍千余とが激突することになったが、敗北したのは常陸国軍側であった。『将門記』の記述では、〈国の軍三千人、員《かず》の如くに討ち取らるるなり〉となっており、三千人全員が討ち取られたように読める。それはいくら何でも大袈裟であるにしても、兵の多くが討ち取られ、あるいは降伏したり、逃亡したりして、常陸国軍は壊滅状態に陥ったのであろう。戦勝の勢いに乗った将門軍は府下に押し寄せ、一帯を包囲した。

すでに麾下《きか》の兵を一切失った常陸介・維幾らはなすすべもなく、降伏を申し出た。また、維幾の常陸介着任に伴い、国司の事務引き継ぎを担当すべく、京から派遣されていた検交替使《けんこうたいし》・藤原定遠《さだとお》も、将門に詫びを入れ、その軍門に降った。

貞盛はここでもまた、敵の囲みを逃れている。彼は『将門記』の別の箇所において〈天力ありて風の如くに徹《とお》り、雲の如くに隠る〉と評されているが、捜索をくぐり抜けて逃げたり、身を隠したりする才能に非常に長《た》けていたものと思われる。

それはともかく、戦争後に勝者が街に進軍した場合、人々に濫妨狼藉《らんぼうろうぜき》を働くことは古今、珍しくもないが、このときもまた、同じことが起きた。そもそもが、将門に率いられた兵たちは、強く統制されておらず、農閑期に一儲けしてやろうといった程度の考えで軍列に加わった者が多かっただ

ろう。そういう連中がなだれ込んできたのだから、常陸国府は目も当てられぬほどの惨状を呈した。兵たちは当然のごとく、国衙にあった珍材を略奪した。また、上級役人の妻女を捕まえて凌辱《りょうじょく》してまわるばかりか、民家にも押し入って、略奪、暴行、放火をほしいままにした。国府の空は、家々が燃える煙で黒く染まった。

翌朝、維幾は将門の前にひれ伏し、印鎰《いんやく》を差し出した。印鎰の〈印〉は、国府が発する公式文書に押される印のことであり、〈鎰〉は国衙の重要物を納めておく倉（正倉）の鍵のことである。つまり、印鎰を引き渡すことは、国府が持つ政治的権限を譲り渡すことを意味した。

将門は、常陸介と検交替使の身柄を引き連れて、常陸国から引き上げた。そして、下総国豊田郡鎌輪《かまわ》の宿（茨城県下妻市《しもつま》）に入り、そこに彼らを監禁した。

六

将門とともに常陸へ進軍し、下総へと凱旋《がいせん》した者たちはみな、勝利の美酒に酔った。兵らは、京から赴任してきた役人どもは坂東の風習や慣例を無視して政を行い、また、坂東の民など虫けらのように見て、重税を課してきたと思っている。それを、地元の英雄・平将門とともに打ち負かし、降伏させたのだ。それを思うと気味がよく、浮かれ騒がないではいられなかった。

しかし、当の将門は、それほど浮かれてはいなかった。表で兵たちが歌い、舞い踊る騒ぎを聞きながら、伊和員経と二人きりで居室に籠《こ》もり、物思いにふけった。

ゆきがかり上のこととは言え、常陸国の軍勢と戦い、同国衙を占領して印鎰を受け取ってしまった。また、常陸介らの役人たちを捕虜とすることにもなった。これは国法に照らせば、いままで将門にかけられてきた嫌疑などとは比べものにならないほどの、明らかな重罪であった。

将門も黙っていたが、そばに控える員経も重苦しい様子で何も言わない。彼もまた、深い煩悶《はんもん》を抱いているのだろう。自分に仕えてくれた年月が、員経の鬢《びん》の白いものにあらわれていた。それを見るにつけ、将門は申し訳ない気持ちになった。

やがて二人のもとに、

「殿、殿」

と激しく呼ばわる声と、板廊下を踏みしめる忙しない足音が近づいてきた。興世王のものだとすぐにわかった。

「殿」

興世王はひときわ大声をあげて室内に入ると、ずかずかと将門の前に進み、対座した。そして顔を近づけるや、打って変わって声を低めた。

「進言いたしたきことがござる。前例からして、一国を討っただけであったとしても、殿に対する朝廷の責めは軽いものではありますまい。ならばいっそ、坂東全体を掠《かす》め取ってはいかがかと存ずる」

それまで黙っていた員経が、たまりかねたように声を発した。

「何を申される。それでは、殿はまことの謀反人、叛逆者と見なされましょう」

しかし、興世王は員経など、まるでそこにいないかのように進言をつづけた。

「一つの国衙の印鎰を手にしただけでとどまれば、京の者どもは殿のことを、『追捕使を派すればすぐに捕縛できる小悪人に過ぎぬ』と見下すでありましょう。されども、坂東すべてをその手中に収めたとなれば、『さような大悪人には、軽々には手出しができぬ』と恐れるやもしれませぬ。そしてそうなれば、あるいは殿上人たちとのうまい取引の道が開くかもしれませぬぞ。よって、まずは坂東を手中にした上で、天下の情勢を窺うのが良策と心得ます」

「お言葉ながら――」

と員経が反論しようとしたとき、将門が、

「私も、それを考えていた」

と言った。

「謀反人め、朝敵め、と言われようが、この将門も帝の裔《すえ》である。まずは坂東八箇国を手に入れ、やがては王城を掠め取ってくれてもよいのだ。坂東諸国の印鎰を奪い取り、受領どもをことごとく都へ追い返してやろう」

将門が自分のことを「帝の裔」と言ったとき、この坂東の騒乱の性質は大きく変わった。それまでは、将門は都の朝廷を恐れ、いかに自分が帝の忠実な僕であるかを証明しようとしてきた。それによって、みずからが営むわずかばかりの土地の領主としての地位を守ろうとしてきたのだ。しかしここで、将門はほとんど「都の帝など何者だ。俺も帝の血筋の者だぞ」と言い、坂東から朝廷の役人たちを追い出すばかりか、場合によっては都に攻めのぼり、占領してくれるとすら言ったのだ。すなわち、みずからを天皇に並び立つ存在であると宣言したわけだ。

これには、員経はおののいた。

「殿、お待ちを……さようなことをなされば、人心は殿より離れることになりましょう」

員経とて、坂東を十分に顧みぬ都の者たちを憎々しく思ってきた。けれども、将門が真っ向から朝廷や天皇を敵にまわすと言うのを聞いた途端、とてつもない恐怖をおぼえたのだ。彼は、この日の本で朝敵に付き従う者などいるはずもないと思った。そして、主君・将門は惨めな最期を遂げることになるに違いない、とも。

けれども、将門は首を縦には振らなかった。

「俺が坂東を手に入れれば、坂東の民は俺を慕うはずだ。俺は坂東の者であり、坂東の民のための政をする」

「よくぞ、申された」

興世王は嬉しそうに言い、頭を垂れた。将門は、これ以上の評定は必要ないとばかりに座を立った。興世王も立ち、去った。

一人残された員経は、事の重大さにおののきつづけた。何とか主君に、坂東平定などという暴挙をやめさせる方法はないものかと考え、将門の弟たちを頼ろうと思い立った。将門軍団には、将頼《まさより》、将平《まさひら》、将為《まさたり》、将武《まさたけ》ら、多くの弟たちが属していたが、血を分けた弟に諫められれば、あるいは将門も考えを変えるかもしれないと思ったのだ。

員経は彼ら一人一人のもとを訪れて、

「どうか、殿をお諫めください」

と懇願した。

だが彼らは、

「兄者の決定に従うまで」

と言うばかりである。

ただ一人、将門に歳《とし》が近い将平だけは、

「そなたの心配はもっともだ」

と言ってくれた。けれども、

「残念だが、もはや止められぬ」

と悄気《しょげ》た体《てい》でつづけた。

実は将平自身、すでに将門に坂東制圧などやめるよう進言していたのだが、彼にはまったく聞き入れる様子がなかったというのだ。

「小次郎《こじろう》兄は、ひとたび決意すれば、冬のからっ風のようにひた走る男だからな」

と将平は言って、肩を落とした。

弟たちを説いても話にならぬとわかると、員経は今度は、石井にいる将門の正妻に話を持っていった。

鎌輪から一人で来た員経が、

「殿は坂東八箇国すべてを掠め取り、朝廷に対抗するおつもりでござる」

と言うのを聞いて、正妻の御前は、

「そのような、つまらぬ戯《ざ》れ言《ごと》を申しにわざわざ来たのか」

と叱りつけるように言った。

「戯れ言ではないゆえに、急ぎ参ったのでござる」

員経が怒鳴り返したのを見て、御前はこれは本当の話らしいと察した。

「それがまことのことであれば、いったい、どうすればよいのか？」

あえぐような荒い息で言う御前に、員経は、

「御前がお諫め申し上げるよりほかに手立てはないかと存じます」

と進言した。

しかし、御前は頭を振る。

「殿は、私が戦のことに口を出したところでお聞きくださるまいよ」

「それでも、どうかお諫めいただきたい」

「いや、無駄であろう」

「一度だけでも、お試しいただきたく」

と員経が食い下がると、御前は、

「あれの話なら、殿も耳をお傾けになるかもしれぬな」

と呟いた。

「あれ、とは？」

「桔梗よ」

「巫のことで？」

「恨めしいことに、男どもは若い女に弱いと来ておる」

員経は、はたして桔梗に将門を抑える力があるかどうかは疑わしいと思った。以前に、彼女は評定の場に呼ばれ、神を降ろせと言われたとき、結局、降ろせなかった。絶叫しただけで、これといった意見を述べることすらできなかったのだ。

だが御前は、員経の疑念をよそに、侍女に桔梗を呼んでくるよう命じた。

第五章

新皇誕生

一

「お呼びでございましょうか？」

御前と伊和員経《いわのかずつね》が待つ部屋にあらわれた桔梗は、何事かと戸惑っている。

「頼みがある」

と員経が言うと、御前があとを引き取った。

「このままでは、えらいことになるぞ」

ところがそれから、員経も、御前も先を言わないものだから、桔梗はやきもきした。

やがて御前に目配せされて、員経が暗い表情で話し出した。

「殿は、常陸国だけでは飽き足らず、坂東中の国府を掠め取り、印鎰をことごとく奪い取ろうとしておられる。このままでは、殿は朝敵として追討されることになろう。さようなことは、何としても思いとどまっていただかねばならぬのだ」

桔梗も、将門が常陸国の印鎰を手にしたことや、常陸介《ひたちのすけ》らを捕虜としたことは聞き知っていた。それすら天下の大罪だが、さらに坂東すべてを領することになどなれば、もはや朝廷の軍勢との合戦は免れないであろう。それくらいのことは、遊女《あそびめ》の身の桔梗にもわからないはずがなかった。

「どうして、私にそのようなお話を？」

「殿をお諫め申し上げてくれぬか」

「そりゃ、私も思いとどまっていただきたいとは存じますが、私のような者が何を申し上げたところで……」

「御前は、おことなら、それができるのではないかと申されておる」

「お待ちください。私などより、御前様こそがお諫めなさるのがよいと存じます」

御前は言った。

「いや、私ではだめだ。殿はおのれを、畏れ多くも帝と肩を並べ得る者とお思いのようだ。それほどに思い上がっておられれば、もはや妻はもちろん、世の人の言葉に耳を貸そうとはなされまい」

「では、私などが何を申し上げても無駄でございましょう」

「人の言葉はお聞きにならぬとしても、神仏のお言葉ならばお聞きになるやもしれぬ」

するとと、員経がはたと膝を叩いた。

「そうだ。神仏としてお諫め申し上げればよいのだ」

それから員経は、責めるような口調で桔梗に言った。

「以前に殿や武蔵権守《むさしのごんのかみ》殿の前に呼ばれたとき、どうしておことは、『常陸へ参られてはなりませぬ』と申し上げてくれなかったのだ？」

「あのときは、神霊を降ろすことができなかったのです」

「なにゆえだ？」

「申し訳もありませぬ。それは、私が未熟ゆえ」

「未熟でも何でも、『兵らとともに常陸へなど、決して参ってはなりませぬ』と申し上げればよかった」

「偽りを申せと仰せですか？　神仏を騙《かた》れと？」

「偽りでも、芝居でも、おことがそう申し上げてくれていれば、いま頃、このようなことになっておらなかったかもしれぬ」

「殿をお諫めするのは、伊和殿の役目ではありませぬか。巫《かんなぎ》ごときに、大事な役目を押しつけて言い訳をするなど、武人らしくもない」

桔梗は納得がいかなくて、言い返した。

すると、御前も、

「それはまあ、もっともな申し様だがな」

と言って、くすくすと笑った。

員経は真っ赤な顔でうつむいた。膝の上の両の拳にぎゅっと力がこもっている。

「お願いだ。何とか、何とか、殿に説いてもらいたい。坂東虜掠《りょりゃく》など、思いとどまっていただくよう説いてもらいたい。頼む」

員経の目からは、涙がこぼれ、それが床板を叩いた。

「私は、殿のおそばに仕えてまいったおのれを、幸せ者だと思うておる。殿は、まことに雅量《がりょう》の御仁。それはもう、広い、広い、広すぎるほどのお心をお持ちだ。よって、私のような粗忽者《そこつもの》も、長きにわたり召し使ってくださった。また、武蔵権守殿のことも、玄明殿のこともお見捨てにならず、お助けになられた。されど、その美徳のゆえに、殿はいまや、御身を滅ぼしかねぬ境涯に陥っておられる。それが悲しゅうてならぬのだ……お願いだ。どうか、お諫め申し上げてくれ。頼む……」

床を叩く涙の数は、ますます増えた。男の涙に弱い桔梗の心は、平静ではいられなくなった。

員経の手の者に導かれて、桔梗は鎌輪の宿に移動した。桔梗が来たと聞いた将門はその夜、すぐに彼女のもとに渡ってきて、酒の酌をさせた。

員経の依頼を実行する絶好の機会がめぐってきたわけだが、桔梗は、どう切り出したものかと迷った。

すると、将門のほうから、

「さっきから、あまり物を言わぬな。何かが心にわだかまっておるのではないか？」

と問うてきた。

大弓を携えて馬に乗り、戦場を疾駆する豪傑ながら、将門は女の心の動きに敏なる男でもあった。桔梗が心中に悩みや傷を抱えていると、すぐに察し、そこを優しく撫で、慰めるような態度を取り、言葉をかけてくれる。きっと将門は、征旅《せいりょ》の先々でも、多くの女たちに慕われているに違いなかった。悔しくも、憎たらしくも思えるが、それでもやはり桔梗は、自分が将門に惚れていることを認めざるを得ない。

「殿、僭越《せんえつ》をお許しくださいますか？」

桔梗が意を決して口を開くと、将門は笑い出した。

「申したいことがあるならば、遠慮のう申せばよかろう」

「では……殿は常陸国だけでなく、坂東八箇国すべての印鎰を奪わんとお考えである、と承っておりますが」

「そうか。もう聞いておるか」

「それにつき、大変ご心配なさっている方々もおられるようです」

将門は何も言わずに聞いている。

「畏れながら殿、私もそのことについては、お考え直されたほうがよいと存じます。さようなことをなされば、殿と都の御上との大きな戦となりましょうから」

「戦は、もとより覚悟の上だ。おことは俺が負け、死ぬと思っておるのか？」

「いいえ、そうではありませぬが……では、殿は、御上との戦に必ず勝つとお考えなのでしょうか？」

桔梗は、将門が「巫として未来を占え」と命じてくれるのを期待していた。そうすれば、神仏として将門を諫めることができるかもしれないと思った。ところが、将門はあっさりと、次のように言った。

「戦えば、負けるときもあるものだ。それが、戦というものである。されど、負けて死んだとて、怖いとは思わぬぞ。それも、もののふとしてすでに覚悟の上だ」

「私がご案じ申し上げているのは、殿の御身のことばかりではありませぬ。この坂東のことでございます」

「坂東、とな？」

「大きな戦になれば、坂東の多くの民が傷つきましょう。そして、坂東の国々そのものが、朝敵の棲《す》む地として、今後長く憎まれ、蔑まれることになるかもしれませぬ。私は、坂東が好きでございます。好きな坂東がそのように成り行くのは、悲しくてしかたがありませぬ」

「おことが、坂東を好いてくれるのは嬉しい。おことすら好いておるのだから、この地に生まれ育った俺が、好いていないはずはあるまい」

「ならば――」

「その坂東は、戦わずとも、すでにして蔑まれておる」

将門は、桔梗の言葉を遮って言った。

「朝廷は、坂東の民の声など聞こうとはせぬ。朝廷から遣わされた国司たちは、坂東の民どもを、ただ富と力を得るためのよすがとしか考えておらぬ。我らはこのまま、大人しくしておればよいと申すか？　どれほど蔑まれ、見下されても、ただ黙っておればよいのか？　坂東の民にも声があり、暮らしがあり、誇りがあるということを、都人に知らしめたほうがよくはないか？」

桔梗は、返す言葉を失った。将門の力強い声には、並々ならぬ決意が感じられた。

「俺は、これまでの生を振り返り、謀反人などと言われる覚えはない。俺は、ずっとずっと都の御上を敬いながら、ただ坂東の者として、坂東の者らしく生きてきただけだ。俺と同じ坂東の者を庇い、その声を御上に届けようとしたまでだ。されども、それは謀反だと言われる。この悔しさは、おことにはわからぬのだろうか？　わからぬとすればやはり、おことは坂東に生まれ育った者ではないからだ」

そこまで言われると、桔梗は手を突いて低頭し、詫びるよりほかになかった。

「出過ぎたことを申しました。どうか、お許しください」

しかし、将門は桔梗の詫びを受け入れるつもりはないようで、

「今宵の酒は、あまり旨くない」

と言い捨て、彼女のもとを去ってしまった。

結局その夜、桔梗は将門の前で、巫としての役目を果たすことはできなかった。

天慶二年（九三九）十二月十一日、将門は数千の兵を率いて下野国《しもつけのくに》（栃木県と、桐生川《きりゅうがわ》以東の

群馬県）に入った。

その国衙《こくが》（栃木市国府町《こうまち》）には、新たに下野守に任じられたばかりの藤原弘雅《ひろまさ》と、退任した前守の大中臣全行《おおなかとみまたゆき》（完行）とがいたが、彼らは将門の軍勢が迫ると聞くと、早々に降伏を決めた。

常陸介が将門との合戦を決意した結果、常陸国の軍勢は蹴散らされ、国司の妻女らが兵らに凌辱されてしまったことは、坂東各国に知れ渡っていた。とてもではないが、そのような危険を冒《おか》してまで、朝廷の面目のために将門と戦おうという思いは、下野守や前下野守にはさらさらなかった。

将門が国衙にやってきたとき、彼らは迎えに出て、地に跪《ひざまず》いて拝礼した。そして、みずから印鎰を将門に奉呈した。

将門軍は、府庁はもちろん、その一帯を占領した。そして、使者をつけて、国司たちを都に追い返した。国司たちは泣きながら東山道をのぼっていったと伝えられる。

つづいて同月十五日には、将門とその兵は上野国《こうずけのくに》（桐生市のうち桐生川以東をのぞく群馬県）に入った。国衙の長は上野介・藤原尚範《ひさのり》であったが、彼もまともな抵抗はせず、印鎰を将門に渡したのち、都へと追われた。

二

冬の空が茜《あかね》色を帯びはじめる中、将門軍の手中に落ちた上野国の国府（群馬県前橋市《まえばし》）に向けて、三匹の馬が走っていた。乗り手は、男二人と、女一人である。

遠くのほうで、どこかの百姓家が燃えているらしく、田のうちから煙が上がっていた。しかし、国司が戦わずして降伏を決めたため、常陸国の国府が占領されたときのようには、家々が燃やされたり、略奪されたりすることはなかったと見える。ただ、住民は将門の兵たちに睨まれるのを恐れ、家の中に閉じこもっているようで、あたりは気味が悪いほどひっそりしていた。

その静けさは、国府に入り、人家が多くなっても変わらなかった。やがて、馬を走らせる者たちの行く手に、馬場であろうか、馬が群れてつながれているのが見えてきた。まだ空には光が残っているものの、すでに陽は落ち、松明を持つ者の姿もいくつかある。彼らのもとにいたると、一行は止まり、馬を下りた。

松明を持った男たちの中心に、鎧姿の武者が立っていた。伊和員経だった。馬を下りた女は、彼の前で膝を折り、頭を下げた。

「よく来てくれたな、桔梗」

と員経は言った。

「もはや、我が殿という暴れ馬の手綱を引けるのは、おことしかおらぬと思われる」

「殿は私に腹を立てておいででしょう。もはや、私にはお会いにならぬのではないかと」

「いや、そうではない」

「私をここへお呼びになったのは、殿ではなく、伊和殿でございましょうに」

「私の進言によって、殿みずから、おことを呼べとお命じになったのだ。今後のことを占わせるためにだ。殿はまだ、おことの言をいささかなりとも頼りにしておられる」

「何を占えと申されるのでしょう?」

「何を占おうとも、殿に申し上げてもらいたいのだ。もはや、この大騒ぎのすべてをやめてくださるように。兵を撤し、下総《しもうさ》に引き上げてくださるように。興世王や藤原玄明をそばから追い出してくださるように。そうすれば、御上は殿をお許しくだされる。そうでなければ、殿は悲運に見まわれる。そのように申し上げてくれ」

「それは、私にはできませぬ」

「以前にも申したように、おことがするのでなくてよいのだ。おことが降ろす神仏が、殿をお諫めくだされればよい」

「私にいずれかの神仏が降り、憑いてくださったとして、伊和殿がお望みのようなことを仰せられるかはわかりませぬ。私は、神仏を騙ることはできませぬ」

「それでも、『兵を撤せよ』と申し上げるのだ」

「巫である私が、さようなことを承るわけにはまいりませぬ。それは神仏に仕える者が、決してなしてはならぬことでございます」

するとと、員経はしゃがみ、桔梗の肩を摑んで顔を寄せた。

「枉《ま》げて頼む。この通りだ」

員経はさらに桔梗の前で膝を突き、頭を垂れた。員経とともにいた松明を持った兵たちも、桔梗をここまで連れてきた二人の兵も、みな目を剝いた。将門の側近である員経が、遊女たる巫の前で土下座するなど、あり得べからざる光景であった。

これにはもちろん、桔梗自身も面食らった。

「何をしておられるのです、伊和殿？　おやめください。皆様が見ておられます」

「殿の運命が、いや、坂東の運命がかかっておるのだ。もし神慮を偽って述べれば御罰が下ると申すのならば、それはすべてこの伊和員経が引き受けよう」

「そうはまいりませぬ」

「いや、まいるはずだ。おことは、この私の言葉に従って神仏を騙ったまでだ。すべての責めはこの員経にあろう。私は、御罰を受けて死んでもかまわぬのだ。だから、頼む」

ほとんど正気を失ってしまったかのように、員経はいつまでも土下座をやめない。やがて、従者の一人がたまりかね、員経の脇に手を入れて、彼を力ずくで立たせた。そして、桔梗の前から引きずって連れ去った。

桔梗はふたたび馬に乗せられた。二人の兵とともに、また国府の中心へと進む。

国衙につき、門から中庭に入ると、そこは将門軍の兵たちで埋め尽くされていた。あちこちで車座になって酒に酔い、歌い、踊っている。そのあいだを桔梗が歩くと、兵らは酒臭い息を吐きながら近づいてきて、ちょっかいを出そうとした。それを、桔梗を連れてきた兵たちが、薙刀を振りまわして追い払う。

本殿にいたると、桔梗は屋内にあがるよう促された。殿中にも上兵たちなど、身分の高いもののふが集まって飲んでいた。身分は違えども、酔って騒ぐさまに変わりはなかった。

上座の中央には将門が、そのすぐそばには興世王が座っていた。付き添いの兵たちは、桔梗を彼らの前へと連れていった。

桔梗は、将門はきっとまだ自分に腹を立てていると思っていたが、対座したとき、彼は上機嫌に笑いかけてきた。そのため、桔梗はいささかほっとした。

お流れをいただく形で、桔梗も杯を干した。

すると、周囲から、

「よい飲みっぷりよ」

という声が湧き上がる。

ここにいる誰もが、下野国、上野国の印鎰を手に入れた勢いに乗って、本当に坂東八箇国を掠め取るつもりでいるのだろう。それを思うと、桔梗の心は時化《しけ》の海のように荒れ、乱れた。

桔梗は本当は、二人きりで将門に問いたかった。これから、どうするつもりなのですか、と。坂東すべてを手中に収められたとして、それからどうするつもりなのですか。本当に朝廷の追討軍と戦って、京の都まで攻めのぼるつもりなのですか。かりに都まで攻めたとして、それからどうするつもりなのですか、と。

かなり顔を赤らめた興世王が、声を上げた。

「面白し。都で名うての巫に、殿の向後の栄華の様を占わせるとは」

面白し、とは言いながら、興世王は檜扇で鼻を覆った。桔梗を臭いと思っているのだろう。

いっぽう、桔梗もまた、興世王から嫌な臭気が漂っているのを感じていた。そしていつものごとく、彼の全身から黒い影が放たれているのも感得した。そればかりかこの日は、彼の眠たげな瞼の下の黒目すら、驚くほど大きく見えていた。

将門に目を移した桔梗は、にわかに強い違和感をおぼえた。そこに、二人の人物が重なり合って座っているように思えたのだ。もちろん、将門は一人きりなのだが、ときどき別人と入れ替わったように、雰囲気が大きく変わる。いつもの、おおどかでにこやかな将門がいるかと思えば、恐ろしくも、冷酷にも見える姿に変わった。そして、恐ろしい顔になったときには、黒目も、白目がほとんどなくなるほどに大きく見え、彼の五体からは、何やら獣じみた臭いが漂ってくるようにも感じられた。

酒宴の座に、遅れて入ってきた者があったため、桔梗は我に返った。それは貞経であった。彼は桔梗から見て、将門の右側の隅に座るや、目配せをするような視線を送ってきた。よろしく頼む、と言いたげである。

将門が言った。

「さて桔梗、神霊に問いたきことがある。いや、俺がというより、ここに居並ぶみなが、神霊に問うてくれと願っておるのだ。坂東をよき国にしようとの志よりはじめた、この将門の挙を神霊は嘉《よみ》しておるや、否や」

桔梗はふたたび、員経の強い視線を感じた。彼は、この征旅をやめよと言ってくれ、と念じているのだろう。

そこへ、興世王の嫌みたらしい声が響く。

「名うての巫らしく、殿も、殿のおそばの方々も、信頼を寄せておる……されども、先日は神霊を降ろせなかったようであった。ささ、今日はどうであろうかのう」

追いつめられた気分ながら、桔梗は手を合わせ、祝詞《のりと》を唱えざるを得なかった。撞木《しゅもく》を手にし、鉦《かね》を叩き、ぶつぶつと祭文を唱えてゆく。

ここで、神が取り憑いたように振る舞うこともできた。員経が求めているように、「この征旅を神は忌々しく思っており、将門に兵を撤せよと命じている」と言うことも、もちろん可能だろう。けれども、ほかならぬ桔梗自身が、神慮を知りたかった。神はいま、将門をどう思っているのだろうか。将門の将来に、どのような運命を用意しているのだろうか。それを知りたいがゆえに、彼女はまじめに、巫としての業に取り組んだ。

だが、いくら祭文を唱え、待っても、神は姿をあらわさなかった。このまま神が降りなければ、興世王は侮り、きっとまた嫌みな言葉をぶつけてくるだろう。

桔梗は焦った。員経の期待にも応えたい。また、将門に何とか神慮を届けたいとも思う。良き神を降ろすには、心を鎮め、呼吸を深くし、集中しなければならないのだが、どうしても、息は荒くなり、雑念が次々と浮かんだ。

「まだかのう」

興世王が、嘲笑混じりに言うのが聞こえる。将門も、じれったそうに息をついていた。いや、周囲のほかの者たちまでもが、この女はいったい何をしているのか、と怪訝そうに見つめていることだろう。

やがて、桔梗は瞼の裏に白い光を見た。以前にも見た、天女の羽衣のようなものが大きく広がったり、小さく畳まれたりしながら、ゆらゆらと迫ってくる。

美しかったが、以前にはそのうちに邪悪なものが隠れていた。今度も、邪霊ではなかろうか。そうであれば、遠ざかってくれ。そして、真に高位の神霊にこそお出ましいただきたい。そのように、桔梗は念じた。

だが、桔梗のそばに来たのは、その羽衣だけだ。これ以上待っても、ほかの光はあらわれないものと思われた。この白い衣が、善良で、高位の神霊であってくれ、と桔梗は切に願う。

白く光る衣は、広がったり、縮んだり、形を変える。それを見るうち、桔梗はうっとりとしてきた。やがて、後ろの目が開きはじめるのを感じる。

羽衣は、桔梗の後ろの目に、躊躇うように揺れながら、ゆっくりと近づいてきた。やがて、帯がほどかれたように、その衣が開いたとき、中から大きな目玉があらわれた。例の白目がほとんどない、黒目ばかりの目玉だった。わずかばかりの白目は、血走っている。

桔梗は、これは低位の、邪悪なる目だと悟り、ただちに後ろの目を閉じようとした。けれども、血走った目玉は、後ろの目の瞳にぶち当たった。後ろの目の表面が裂け、破れた衝撃をおぼえる。と思ったら、血走った目玉は一瞬にして、後ろの目の中にどろりと入り込んでしまった。

桔梗はばったりと、前のめりに倒れた。首から紐で吊るしていた鉦が床に当たってけたたましい音を響かせ、撞木が手を離れて、床を転がった。居合わせた者たちが、何事が起きたかと驚き、どっとどよめいた。それでも、桔梗は動かなかった。すっかり意識を失っていた。

やがてまた、殿中にどよめきが響き渡った。死んだように倒れていた桔梗が、目をつぶったまま、むくりとその上体を起こしたからだ。彼女は眉間に鋭い皺を作り、背筋をまっすぐに伸ばした。その姿は、人を人とも思わぬ態度に見えた。みずからを将門と同等と見なしているか、かえって彼を下に見るような様子だ。

みなが固唾を呑んで見守る中、桔梗は喋り出した。

「我は八幡大菩薩の使いである」

いつもの桔梗のものとはまるで違った、低く、唸るような声だった。その異様さに呑まれて、人々は静まり返っている。

「朕《ちん》が位《くらい》を、蔭子《おんし》・平将門に授け奉る」

はじめ誰もが、桔梗が何を言っているのかわからなかった。それほどに、奇妙な言葉だった。〈朕〉というのは、天子の自称（私、我）である。以前にも記したが、八幡神（八幡大菩薩）は応神天皇の神霊とされ、皇祖神の一柱と目されていた。よって、桔梗の言葉の意味は、天皇の祖先が「将門に皇位を授けよう」と言っており、その意思を八幡神の使いが述べている、ということであろうか。

また、これもすでに記したが、将門の父・良将は従四位下、鎮守府将軍であったと伝わるから、たしかに将門は、それなりの官位を授けられる資格を持つ〈蔭子〉であったとは言える。けれども、皇位を授けようというときに、わざわざ蔭子云々などと言う必要があるとも思えなかった。

桔梗の異様な言葉は、さらにつづく。

「その位記《いき》は、左大臣正二位菅原朝臣《すがわらのあそん》の霊魂が伝宣する」

〈菅原朝臣〉とは、当時、怨霊として大いに恐れられた菅原道真《みちざね》のことと思われる。彼は昌泰《しょうたい》二年（八九九）に右大臣に昇り、昌泰四年に従二位に叙せられたが、直後に大宰権帥《だざいごんのそち》に左遷され、延喜《えんぎ》三年（九〇三）に筑前国《ちくぜんのくに》大宰府《だざいふ》（福岡県太宰府市）で死去した。その後、藤原忠平の兄で、当時、左大臣として道真とともに朝政を切り盛りしていた藤原時平ら、多くの有力者が次々と死んだ。そしてこれを、人々は「道真の祟《たた》りだ」と噂した。時平らが道真の左遷にどのように関わっていたのかは、実際のところ定かではないのだが、「道真は、藤原氏の覇権を脅かす者として睨まれ、追い落とされたのではないか」と勘ぐる向きは少なくなかった。

その後も、皇族や高位高官が亡くなったり、御所の清涼殿《せいりょうでん》が落雷によって炎上したりしたことをもって、道真怨霊説はますます信憑性を強めていく。朝廷においても、道真に贈位するなど、彼の御霊を慰め、その怒りを解こうとする動きが進んでいった。しかしながら、この天慶二年の時点では、道真は右大臣に復し、正二位を贈位されていたに過ぎない。ところが桔梗に憑いた八幡大菩薩の使いは、「左大臣正二位」と言っている。それすら奇妙であるのだが、そもそもが、将門を皇位につけるのに、どうして怨霊・道真が登場しなければならないのだろうか。

しかし、桔梗に取り憑いた「使い」は、異様で奇妙なことがらをいかめしい態度でまくし立てていく。

「右八幡大菩薩、八万の軍を起こして、朕の位を授け奉らん。いますべからく、三十二相《さんじゅうにそう》の音楽をもって、はやくこれを迎え奉るべし」

八幡大菩薩が八万という大軍勢を催して、皇位を将門に授けるためにやってくるから、これを

「三十二相の音楽」を奏でて早く迎えなさい、と言うのだ。

「三十二相」とは通常、釈迦《しやか》のような優れた人物が備える三十二の身体的特徴のことである。よって、「三十二相の音楽」とはこれまた異様な言葉だが、神仏を讃えるような、神々しい音楽のことを指すのだろうか。

興世王もまた、桔梗の言葉は相当におかしなものだと思っていた。桔梗が芝居を打っているのでなければ、あるいは変なものが憑いたのかもしれず、気持ち悪くも感じていた。ところが、将門に目をやったとき、興世王はさらにぞっとした。

将門は全身を小刻みに震わせながら、潤んだ目で桔梗を見つめ、その言葉に聞き入っていた。道真が落雷によって多くの者の命を奪ったように、あるいは、将門の身にも雷が落ち、そして彼はこのまま卒倒し、身まかるのではないか。そのようにすら、興世王は案じた。

だが、将門は倒れはしなかった。やがて、瞑目する桔梗の前へ進み出て平伏するや、感激に上ずった声で、

「慎んで、御位を践《ふ》みまいらせん」

と言った。

将門の五体の震えが、興世王をはじめ、そばで見守っていた者たちに伝わった。彼らもまた震えながら言葉にならぬ声を上げ、その声が次第に大きくなっていった。感激のどよめきは、殿中から中庭に広がり、やがて国衙の四門を固める兵たちにも広がった。

最初は人々は何が起きたのかわからず、ただ喜ぶ者の姿を見て、きっと目出度《めでた》いことがあったに違いないと感じて騒いでいただけであった。だがやがて、「この坂東で、新たに帝が誕生したのだ」という噂が、波のように人々の口から口へと伝わっていった。それによって、感激の波濤《はとう》はさらに

大きく膨れ上がり、人々を飲み込んだ。

ひれ伏していた将門が上体を起こしたとき、それまで居丈高に振る舞っていた桔梗の体からは力が抜けていた。やがて彼女はぐったりと、横向きに倒れ込んでしまった。だが、人々はもはや桔梗には目もくれず、新たに帝位についた将門を仰ぎ、それから、深々と拝礼した。

将門は、やおら立ち上がった。彼もまた、桔梗をそのままに、群臣のあいだを抜け、御殿の濡れ縁に出た。中庭で立ち騒いでいた兵たちが、新しい帝がお出ましになったと気づき、おお、と声を上げて拝跪《はいき》した。それに応じて、門外の兵たちもまた、地にひれ伏した。

坂東の地で、京の帝とは別に、新たに帝を称する人物が出現したことがいったいどういうことなのか、そのときにわかっている者はほとんどいなかった。けれども、京の朝廷や、その役人に蔑まれ、虐げられてきたという思いを持つ者たちは、自分たちは喜ばしい新時代の幕開けに立ち会っているのだという興奮に、ただただ浸っていたのだ。

しかし、その中で一人だけ、悲憤に浸る者がいた。伊和員経である。彼は、みなにほったらかしにされている桔梗に近づくと、抱き起こし、

「何ということをしてくれたのだ」

と怒鳴りつけた。

桔梗はなお、寝ぼけたような様子で、その五体は骨がなくなったようだった。

員経は桔梗を担ぎ上げ、別室に連れて行くと、彼女の肩を摑んで、さらに揺すった。

「おい、起きろ。おこと、殿に何を申し上げたか、わかっておるのか?」

「何のことでございます?」

欠伸交じりに、桔梗は言った。

「目を醒ませ、桔梗」

桔梗は目は開けていたが、その焦点は定まっていない。

「何があったか、おことはまるで覚えておらぬか？」

「はて……」

「殿が、殿が……えい、まったく愚かなことだ」

「殿が、どうしたのです？」

「帝の位につかれたのだよ」

そう言っても、桔梗は眠たげな目で、床の上に仰臥《ぎようが》するばかりである。

「殿が帝に……何ということだ。なにゆえに、このようなことになってしまったのだ……」

悔しがる員経は、周囲になお、歓呼の声が響き渡るのを聞いていた。

三

将門はその後、坂東各国の国府を次々と陥れ、印鎰を手にしていった。

と同時に、将門を新たな天子とする坂東政権の体制も、慌ただしく整えられていった。そこで中心的な役割を果たしたのは、興世王である。彼は人々に、将門を「新皇《しんのう》」と呼ばせた。そして、みずからはその宰相として下僚に新皇の勅《ちよく》を伝え、また下僚の奏上を新皇に伝える役割を担った。

それまで興世王は、「従五位下武蔵権守」という低い地位の官人であった。いや、それすらも、在地の者と対立し、また上役とも対立して、まともにこなせておらず、ほとんど「落第状態」であったと言ってよいであろう。それが、新皇の朝廷においては宰相となったのだから、彼は得意満面であった。お人よしの将門と、田舎者の坂東人とのあいだに立って、これから新たな朝廷を、好き勝手に切りまわしてやろうと意気込んでいた。

もちろん、伊和員経はこれを苦々しく思っている。とにかく、将門には目を醒ましてもらいたいのだが、かりに臣下のうちに諫言《かんげん》しようという者があっても、いつも興世王がそばにいて、彼らの言葉を伝えなかったり、曲げて伝えたりしてしまう。

員経が頼れるのは、将門の弟たちの中で唯一、気脈の通じる将平であった。員経はしばしば将平と、どうすれば将門に正気を取り戻してもらえるかを語り合ったが、ある日、いよいよ彼に強く迫った。

「殿をお諫めするのは、御血《おんち》を分けたお方のお役目でございます。躊躇しておられる暇はありませぬぞ。このままでは、取り返しのつかぬことになり申す」

将平は、将門の父・良将の四男（一説に五男）で、下総国豊田郡大葦原《おおあしはら》に住んでいたことから、大葦原四郎《しろう》と呼ばれていたという。彼は新皇の実弟であるため、興世王を通さず、将門と二人きりで会うことができた。

将平は覚悟を決め、将門に会いに行った。そして、対面するや、いつも興世王が行っているような、天子に対する恭しい拝礼をして見せた。だが、馬鹿馬鹿しくなってきて、顔を上げたとき、

「兄者、堅苦しい挨拶はもうよろしいか？」

と砕けた調子で言ってみた。

新皇もにっと笑う。その顔が、子供の頃から慣れ親しんだ兄のものであったので、将平は安堵した。

「四郎よ、何の用事で参った？　困りごとでもあるのか？」

　その言い方がまた、昔に戻ったようで、将平には懐かしかった。将門は幼い頃から義侠心《ぎきょうしん》が強く、自分より年少の者が助けを求めれば、親身になって面倒を見てくれたものだ。

「兄者、どうかよく聞いてもらいたい。人が帝になるか、ならぬかというのは、智慧《ちえ》があるかないかで決めるべきものでも、力をもって争って決めるべきものでもないのだ。これは昔から今にいたるまで、天の与えるところ。新皇などと称するのはおやめください。そのようなことをすれば、後代の譏《そし》りを受けることになりますぞ」

　将門の面《おもて》から、たちまちに優しい笑顔が消えた。

「俺は武名を都はおろか全国にまで轟かせておるが、今の世の人々は必ずや、戦いに勝った者を君主と仰ぐであろう。いや、四郎の言わんとするところはわかる。たしかに日の本においては、古今そのような例《ためし》はないかもしれぬ。だが、他国にはそのような例はいくらでもあるのだ。俺は武力をもって土地を領し、帝位につくことに何らの憚りもおぼえぬ」

「いまに都より、朝敵討伐の大軍が攻めてまいりましょうぞ」

「臆病風に吹かれたか、四郎。こちらは坂東八箇国を領しておるのだぞ。都から軍勢が攻めてきたならば、足柄と碓氷の関所を固めて防いでくれる。そのほうの申すことは、聞くに値せぬものだ」

　将門にこのように突っぱねられて、将平は虚しく引き上げねばならなかった。

　員経が、将門との談判の首尾を尋ねようと飛んできたとき、将平は、

「もはや、何を申しても無駄だ。兄者は変わってしまったのだから」

と言った。

　弟に批判された将門は、しばらく憤慨の体であったが、ようやく気持ちが落ち着いたように見えたとき、員経は意を決し、将門に、

「新皇様」

と声を掛けた。

もちろん員経も、身のまわりの世話をすべき者として、将門に直に接し得る立場にあった。

「いかがした？」

「諫め争う臣あればこそ、君は不義に落ちぬと申します。もし臣がお諫め申し上げることができなくなれば、国家は危ういことになりましょう」

員経は、諫言してくれる将平のような者をこそ大事にすべきであって、むげに扱えば滅亡を招くことになると言ったのだ。将門はまた、むっとした表情になりながらも、

「わかっておるわ」

と応じた。

そこで、員経は将門に躙り寄った。

「では、この員経めも、ご諫言申し上げまする。『天命に違《たが》わば、すなわち災いあり。王に背かば、すなわち責めをこうむる』と申します。どうか新皇様、四郎殿のお諫めをお容《い》れになり、賢慮《けんりょ》をお示しください」

員経は将門に向かって、新皇様、新皇様、と呼びかけながらも、その実、新皇などと称することは天道《てんどう》・人倫《じんりん》にはずれたことであるから金輪際やめてください、と頼んでいた。

将門はかなりのあいだ黙っていたが、さらにむっとした顔つきでようやく物を言った。

「員経は弁が立つのう」

「いえ、滅相も……」

「いや、なかなかの能才《のうさい》よ」

「恐れ入ります」

「だがな、人の能才というものは、ある者にとっては咎《とが》となり、ある者にとっては喜びとなるものだ。そのほうにとっては、咎となっておる」

すでに、将門は怒鳴り声になっていた。顔は真っ赤で、目も剝いている。員経は、将門はかつてとは違ってしまったと思った。彼はもちろん、戦場において敵には容赦しなかったが、そば近くに仕える者にはこのような怒りのぶつけ方はしなかったものだ。

「員経、そのほうは知らぬのか？　言の葉には力がある。古来、言霊《ことだま》などと申す。言の葉は一度、口より出せば、取り返しがつかぬものだ。馬で追いかけたところで、その言の葉には追いつけぬ。すでに朝議において決めたことに反することを申すとは、慮外にもほどがあろう」

員経は引き下がると閉じこもり、以後、将門のもとに出仕しなくなった。もはや自分は、将門にとって無用の者となったと思ったからだ。将門のほうも、員経をそばに呼びはしなくなった。

こうして、坂東に新しい朝廷を打ち立て、みずから新皇として治世を行おうとする将門を諫める者は、親族や臣のうちには誰もいなくなった。


興世王は、自分が「都人」であり、皇室の血を引く「王」であるということを、みずからの権威づけに巧みに用い、新朝廷の制度の整備をどんどん進めていった。

まず彼は、新皇の名において、坂東諸国の除目《じもく》を行った。すなわち、役人の任命を行ったのである。これは天皇の専権事項であって、都の朝廷からすれば大罪に当たる行為であった。

新皇に任命された面々は、『将門記』の記述によれば以下である。すなわち、下野守には平将頼、上野守には多治経明《つねあきら》、常陸介には藤原玄茂《はるもち》、上総介《かずさのすけ》には興世王、安房守《あわのかみ》には文屋好立《ふんやのよしたつ》、相模守には平将文、伊豆守《いずのかみ》には平将武、下総守には平将為であった。

このうち、平将頼、将文、将武、将為は将門の弟たちだが、この中に、将門の新皇即位に反対した将平は含まれていない。また、多治経明は、将門の馬牧、常羽御厩《いくはのみまや》の別当《べっとう》（管理者）であったとされる人物で、文屋好立は将門側近の上兵だ。もちろん、興世王の名もこの中にあがっているが、ただ一人、藤原玄茂という人物だけは、元は常陸掾《ひたちのじょう》と伝わるほか、素性が明らかではない。藤原玄明と名前が似ていることから、その一族ではないかとも推測されている。『将門記』の記述では、彼は新皇の名による除目の文書（宣旨《せんじ》）を人々に伝える役割を担っているから、興世王とともに新皇の朝廷において、中心的な役割を担っていたのかもしれない。

しかしそれにしても、おかしな除目と言わざるを得ない。京の朝廷において、国司の長が「守」でなく次官を意味する「介」となっている場合、それは親王任国だからである。それなのに、京の朝廷の支配から脱し、坂東に新しく朝廷を興した新皇が、どうして京に暮らす親王たちを憚って、国主に守ではなく介を任命しなければならないのだろうか。宰相たる興世王がいかにも都の知識人ぶって、「昔から常陸や上総は介を任じるのが王朝の習わしだ」と主張したのだろうか。あるいは、将門や興世王は、常陸や上総にわざと介を任じることによって、京の朝廷との手打ちの道を模索していたのだろうか。しかしだとすれば、親王任国であるはずの上野国には、なぜ上野介ではなく上野守を置いたのかがわからない。それらしい体裁を整えようとして、かえって田舎者ぶりを露呈しただけなのかもしれない。

いずれにせよ、王城を下総国に建設しようとの議もなされ、また、左右大臣、納言、参議をはじめ、文武の百官も定められた。そのほか、内印《ないいん》・外印《げいん》の寸法や文字も決められている。内印とは皇帝の御璽《ぎょじ》のことで、外印とは太政官の印のことである。ただ、暦を作成する暦日博士の任命だけはうまくゆかなかったとされる。暦の作成、頒布は朝廷の専権事項だが、それには高い技術が要求され、まともに扱える者がいなかったということらしい。

京から赴任してきた国司たちは、新皇の誕生や、独自の除目の実施、諸制度の設置などが矢継ぎ早に行われる様に接し、肝を潰した。そして、印鎰を放り出して都へと逃げ帰ってしまったため、将門はほとんど戦うこともなく、瞬く間に坂東全域の主《あるじ》となった。

四

平将門および、彼を頭目《とうもく》と仰ぐ坂東のもののふたちが謀反を起こしたという知らせによって、もちろんのこと、京都は大騒ぎとなった。

とりわけ、坂東を追い出された国司たちが帰ってきて状況を報告したことによって、将門が精強な坂東の兵を率い、いまにも攻めのぼってくるという恐怖が人々を覆うにいたった。とにかく、天皇をさしおいて新皇などと称し、独立宣言をなすなど前代未聞のことである。

そこへ輪をかけたのが、今度は西方から、前伊予掾《いよのじょう》・藤原純友《すみとも》の謀反の知らせが届けられたことであった。

もともと純友は伊予掾であった承平六年（九三六）に、海賊追捕の宣旨を受けていた。すなわち、当時、瀬戸内海《せとないかい》に出没していた海賊を取り締まる任に当たる立場であった。ところが、この天慶二年十二月二十一日、伊予守・紀淑人《きのよしひと》の制止を無視して、随兵を率い、海原に出ていってしまった。そして、あべこべに各地を荒らしまわるようになったのだ。純友は海賊の取り締まりを行ううち、彼らと気脈を通じ、かえってその頭目として朝廷に反旗を翻《ひるがえ》したらしい。

純友が乱を起こした理由については、海賊の取り締まりを熱心に行ってきたにもかかわらず、満足のいく褒賞が得られないことに不満を抱いていたからなど、いろいろに論じられている。しかし、少なくとも言えるのは、純友は、東国で将門が反乱したという情報に接して好機到来と判断し、みずからも反乱を決意したのであろうということだ。

このような状況では、もはや国家は滅亡するかもしれない。そのような恐れが、京畿《けいき》一帯を震動させ、禁中《きんちゅう》にも及んだ。

天皇（朱雀天皇）はこのとき、数えで十七歳であるが、『将門記』によれば、次のように詔《みことのり》した。

「朕は忝《かたじけな》くも天皇の位を受け、幸いに国家の大業を継いだ。しかしながら、将門は濫悪を力として、この位を奪おうとしているという。昨日、その報告を聞いたが、将門はいまにもここへ攻めのぼってくると思われる。早々に名神に幣帛《へいはく》を捧げてこの邪悪をとどめ、速やかに仏力を仰いでこの賊難を払わねばならぬ」

そして、天皇は玉座から降るや、神仏の前でひれ伏すように祈ったという。

太政大臣にして摂政の藤原忠平もまた、それまで将門を信頼していただけに、大いに衝撃を受けた。

彼は将門から、今度の挙について記した一通の書状を受け取っていた。それは、将門がまだ新皇として即位したり、除目を行ったりする前の、十二月十五日付のものではあるが。

文面は〈将門謹《つつし》みて言《もう》す（将門謹言）〉という言葉からはじまる丁重なもので、

「あなたのお導きを得られないままに、長い年月がたってしまいました。お目にかかりたいという願いが高じているいま、にわかに何を申し上げればよいのかわかりません。ご高察をたまわれば幸いです」

とつづけられていた。

これだけを読めば、将門は忠平に対する敬意をなお、保っているように思われる。

しかしその後は、朝廷に対する恨み節がつづく。自分は本来、罪を問われるような立場ではなく、朝廷は私に平貞盛らを追捕せよと命じられたはずである。それならば、貞盛をこそ捕らえ、尋問すべきであるのに、その貞盛が将門を都に召すべき官符を手にして常陸国にいたとは納得がいかない。さらには源経基の訴えによって将門を尋問しろとの官符が出されたというのが納得がいかない云々。

常陸国での揉め事については、将門は次のように訴えていた。

「常陸介・藤原維幾朝臣の子・為憲は、もっぱら父の威をかりて、無実の者を冤罪《えんざい》に陥れることを好んでいました。将門の従兵となった藤原玄明の訴えにより、将門はそのことを問いただそうと思って常陸国に赴きました。ところが、為憲や貞盛らは同心して三千余の精兵を率い、勝手に国府の蔵の武器を持ち出し、戦いを挑んできました。そのため、将門は自分が率いる士卒を励まし、士気を高めて為憲たちの軍勢を打ち負かしました」

その上で将門は、維幾が「息子・為憲にきちんとした教えを垂れなかったので兵乱に及んでしまった」という、みずからの過ちを認める、一種の降伏文書（伏弁《ふくべん》ノ《の》過状《かじょう》）を書いたと述べている。戦いの責任は将門ではなく、常陸介父子にあるのであり、そのことを、常陸介自身も認めているのだ、と弁明したいのだろう。

坂東全域を陥れた理由については、こう述べていた。

「心ならずも一国を討滅してしまいましたが、その罪は軽くはなく、百の国を滅ぼしたのと同じでありましょう。そのため、朝廷の議決を待つあいだに、坂東諸国を占領してしまいました」

盗人《ぬすっと》猛々《たけだけ》しい言い方だが、しかし、将門はその正当性を以下のようにも言う。

「よくよく先祖について考えますに、将門は桓武天皇五代の子孫であります。たとえ日本の半分を領したとしても不当なことではありますまい。昔から兵威をふるって天下を取る者の例は史書にも見られます。そして、天が将門に与えた才能は武芸であって、思いはかるに、同輩の中で将門に比肩できる者がどこにおりましょうか。けれども、朝廷はそのことを褒賞するどころか、かえってしばしば譴責《けんせき》する官符を下された。これは我が身を顧みてはなはだ恥ずかしいことであり、どのように面目を施せばよいと言うのでしょうか。この思いを推し量っていただければ、はなはだ幸いです」

そして、書状はこう締めくくられている。

「そもそも将門は少年の日、名簿を太政大臣殿に奉じ（忠平と主従関係を結んで）数十年たち、今に至っています。太政大臣・摂政殿の世（忠平の治世下）に、はからずもこの挙に及びました。嘆き悲しむ思いは、言葉にできません。将門は国を傾ける謀《はかりごと》を持ちはじめましたが、どうして旧《きゅう》主《しゅ》であるあなたのことを忘れましょう。この私の思いを察して下さいましたら、はなはだ幸いです」

読み終えた忠平は、怒りに震えた。とりわけ許し難いと思ったのは、「自分は皇室の血を引くものであるから、日本の半分を領したとてかまわないのだ。だから坂東八箇国くらいを領したとて勘弁してもらいたい」とでも言いたげな将門の主張であった。不遜極まりないと思った。

だが、もっと許し難かったのは、将門ほどの男が、これほど大胆な挙に出ながら、その文面に甘えた雰囲気が漂っていることであった。長らく私君として慕い、また可愛がってもらってきた相手だからといって、この期に及んでも、また庇い、事態を穏便に収めてくれるとでも思っているのだろうか。

「愚かな奴だ」

と忠平は言った。

こうした媚びるような文面に接したところで、自分がもはやお前を庇えるはずもないではないか、と思った。

さらに、

「わからぬか、将門。わしは摂政なのだぞ。御上の律令の投網を世に広げ、支えておる者なのだ」

「叛逆者は叛逆者らしくするがよい」

と言うと、忠平は将門の書状を握りつぶした。

五

その朝、京の内裏のうちでも、天皇の住まいである清涼殿に、一人の僧侶が呼ばれた。寛朝であった。

一品《いっぽん》の宮、敦実親王の子であるとはいえ、仏門に入り、修行の日々を送っているから、内裏へなど、めったに呼ばれはしない。いったい、何事だろうかと不審に思いながら、大柄な体軀《たいく》の寛朝は、床板をずしずしと踏みしめて、御殿の奥へ、奥へと進んだ。

玉座の間には、天皇のほかに、もう一人、男が座っていた。藤原忠平だった。

「ここでの問答については、口外無用に願いたい」

玉座のそばの忠平が、重々しく言った。

「はっ」

と寛朝は承ったものの、もとより叡慮《えいりよ》の趣を軽々しく口外するつもりなどなかった。

天皇は御簾《みす》もおろさずにいたが、その面には、直視できないほどの深い憂いが漂って見えた。彼はみずから、

「坂東へ参ってはくれぬか」

と言った。

寛朝は、坂東というからには、用命は将門の乱と関わりがあるのだろうとは思った。けれども、自分が坂東などへ行って、何の役に立てるのかはわからなかった。

「なんじの法力の強さは、朕が耳にも届いておる」

「恐れ入りますが、いまだ未熟者にございます」

すると、忠平が口を開いた。

「寺社に将門調伏《ちようぶく》の呪詛《じゆそ》をなさしめても、どうもなかなか明らかな効き目があらわれぬようでござってな。そこで、貴僧が坂東へ下向《げこう》し、祈禱を行ってはいかがか、というのが御上の思し召しにござる」

忠平は傍《かたわ》らにあった三方《さんぼう》を持ち、立ちあがった。寛朝のそばまで来て、また座り、三方を彼の目の前に据えた。その上には、金襴《きんらん》の袋に納められた刀が載っていた。

「天国《あまくに》の宝剣《ほうけん》にござる」

と忠平は言った。

天国の宝剣とは、伝説の刀工・大原左衛門尉《おおはらさえもんのじよう》藤原《ふじわらの》天国の作と伝えられ、常に歴代天皇のそば

に置かれていたものである。天国は大宝年間《たいほう》（八世紀初頭）に大和国《やまとのくに》に暮らしていたとか、一説には三種の神器の一つ、天叢雲剣《あまのむらくものつるぎ》を拵《こしら》えたとも言われているが、いずれにせよ、彼の手になる刀は、その切れ味ゆえに悪霊・変化《へんげ》の類いも斬ると言われるほど、呪術的な力を帯びると信じられていた。

実際、天国の宝剣は刀袋に包まれていながらも、寛朝にはじっと直視するのさえ辛いように思われる。内側から放たれた光が袋を突き抜け、眉間に突き刺さるようで、頭の中央に疼痛すらおぼえた。

「それを持し、坂東へ下って、将門めを調伏せよ」

と天皇はみずから命じた。

「拙僧でよろしいので？」

この世には、もっと長年修行を積んでいる高僧はいくらでもいるはずだ。自分が、主上《しゅじょう》の思うような効果を上げられるかどうか、寛朝はいささか不安であった。

「そなたを推挙したのは、摂政だ。そなたなら、きっとやるだろうと」

忠平もまた、この時代に生きる人物であって、呪詛の効力を信じていた。彼は以前から、寛朝の力量を買っていた。

天皇に頼むと言われて、寛朝は畏まって頭を下げた。勅命とあらば、未熟ではあっても謹んで受けるほかはなかった。

「これは、密勅とお心得あれ」

と忠平が言う。

「御上がいま、諸寺社にさまざまな祈禱をお命じになっているとき、それとは別に貴僧を坂東に派すとなれば、いろいろと差し障りがござろう」

忠平が少しだけ笑みを浮かべたのを見て、寛朝も納得した。高僧たちは、「御上は自分たちを信じておられぬ」と気分を害するかもしれない。

さらに、忠平はこうも言った。

「また、ご宝剣を持して坂東に赴いたことを知られれば、将門は貴僧に討っ手を差し向けるやもしれず」

「なるほど、あいわかりました」

と返事をしたとき、寛朝の頭に一つの考えが浮かんだ。彼は天皇に対して、

「畏れながら、お願いの儀がございます」

と言上《ごんじょう》した。

「何であるか？　遠慮のう申してみよ」

「いま一つ、勅命をいただきたく」

「何と？」

天皇と忠平がちらりと目を合わせた。それをよそに、寛朝は言った。

「坂東に下向するに当たり、高雄山《たかおさん》の不動明王《ふどうみようおう》像を捧持《ほうじ》いたしたく存じます」

高雄山神護寺《じんごじ》には、弘法大師《こうぼうだいし》空海《くうかい》がみずから彫ったと伝わる不動明王像があった。火炎を背負った四尺三、四寸（約一三〇センチメートル）ほどの座像であるが、かつて寛朝はその前で手を合わせたとき、背筋がぴりぴりと痺れたものだ。覚悟をもって接しなければ恐ろしくも感じられるが、それでいて、正しい道を進めと背中を押してくれるような温かさも感じられる。まさに、そこに弘法大師の魂が宿り、息づいているようにも思える不動明王像なのだ。その像と、天国の宝剣とをも

って加持祈禱を行えば、いかに将門が豪傑であり、いかに自分が若輩といえども、強い法力を発揮し、呪詛できるかもしれない。そのように、寛朝は思ったのであった。

天皇はなかなか返事をしなかった。寺宝《じほう》を移すとあっては、僧侶とのあいだで波風が立つかもしれないと心配しているのかもしれない。

声明《しょうみょう》の名人として世に知られていた寛朝は、そこで自慢の声を張り上げた。

「この日の本に、王土でないところがありましょうや。御仏に仕える寺僧とはいえ、王臣でない者がありましょうや。勅命あらば、高雄山の不動明王を坂東へお移し申し上げることも、否める者はおらぬはず」

天皇の頰が紅に染まった。もう一度、忠平と目を合わせ、それからはっきりと、

「許す」

と言った。

こうして寛朝は、神護寺の不動明王像を伴い、難波《なにわ》から海路、坂東へと向かうことになった。

六

東西の乱を受けて、緊張状態に置かれた天慶三年（九四〇）正月の京では、宮中においても、権門勢家《けんもんせいか》においても、宴会、音楽など、年始の多くの行事が行われなかった。

三日には、朝廷は宮城の四方の諸門に矢倉を築かせている。東西の凶賊の一味が、ひょっとすると乗り込んでくるかもしれないと恐れたからだ。

九日には、武蔵介・源経基が獄から解放された。彼は将門の謀反を密告し、その取り調べのため

に獄につながれていたが、もはや将門の謀反が明らかになった以上、調査は不要と判断されたからである。すなわち、経基の正しさが証明されたのだ。経基は密告の功績により、従五位下に叙された。

人間の運命は不思議なもので、武蔵国で武蔵権守・興世王、武蔵介・経基と、足立郡司・武蔵武芝との和睦が将門の仲介で行われようとしていたとき、経基一人は疑心と恐怖から、その場に顔を出さなかった。その上、武芝の郎等との交戦がはじまり、一目散に逃げるという醜態を天下に晒した。ところが結果として、経基は将門や興世王との関係を深めることなく、かえって彼らの謀反の告発者となって、朝臣として立身する道を摑んだのである。

いっぽう、将門や東国の兵を恐れ、いろいろと注文をつけては出発を引き延ばしていた源俊、高階良臣らの武蔵国問密告使は解任され、官位を剝奪されるなどの処罰を受けた。すでに記したように問密告使は、経基の密告について関係者に当たって調査する役職だが、これも将門の謀反が明らかになり、調査が不要となったところで、一気に処分が行われたものと思われる。

また、朝廷は十一日、東海道、東山道に〈応《まさ》に殊功有る者を抜きんじて、不次の賞を加ふべき事〉という布告をなした。優れた武功を持つものを抜擢《ばってき》して、破格の賞を与えようという、将門討伐兵募集の官符を発したのである。

「平将門は長きにわたって多くの悪事を重ね、みだりに烏合《うごう》の衆を集めて狼藉を働いてきた。そして、国司を屈服させて印鎰を奪い、県邑《けんゆう》を占領して略奪を行った。……将門はみずからの身分を顧みず、朝廷の法律を忘れ、ついに叛逆の意をほしいままにして、隙をついて国家を転覆させようとの謀を企てた」

官符はこのように将門の罪状を並べた上で、

〈開闢《かいびやく》以来、本朝の間、叛逆の甚だしき、未だ此《こ》れに比する有らず〉と弾劾している。すなわち、日本の朝廷がはじまって以来、これほど甚だしい叛逆はかつて例がないというのだ。

その上で、この布告は次のように呼びかける。

〈抑《そもそも》一天《いつてん》の下、寧《いずくん》ぞ王土に非《あら》ざらん。九州（日本全国）の内、誰か公民に非ざらん。官軍・黠虜《かつりよ》（悪賢い野蛮人）の間、豈《あ》に憂国の士無からんや。田夫《でんぷ》・野叟《やそう》（田舎の年寄り）の中、豈に忘身《ぼうしん》の民無からんや。……〉

天《あめ》が下《した》はすべて天皇の土地であり、そこに暮らす民はすべて天皇の民である。よって身分の上下や、官人として直接天皇に仕えているか、遠く離れた田舎で暮らしているかなどにかかわらず、国を憂い、身命を顧みずに立ちあがる者がいるはずだ、と発破をかけているのである。

もちろん、恩賞として次のような条件も付されていた。

〈若《も》し魁帥《かいすい》を殺さば、募るに朱紫の品を以てし、賜ふに田地の賞を以て永く子孫に及ぼし、之《これ》を不朽に伝へん。又次将を斬る者は、其《そ》の勲功に随《したが》ひて官爵を賜はらん〉

以前にも触れたが、〈朱紫〉とは身分ある者に許された衣の色のことである。〈朱〉（緋）は五位と四位、〈紫〉はそれより上位の者が着ることを許されていた。すなわち、今度の乱の首魁《しゆかい》（魁帥）である将門を殺した者には、そのような身分を与え、また田地を与えて、それを子孫代々に伝えることを許すというのである。次将を斬った者にも、その勲功に応じて官爵を賜うとしている。

いよいよ、朝廷は本格的に将門討伐の軍を組織する動きに出たのであった。

この募兵の布告に、下野の唐沢山《からさわやま》（栃木県佐野《さの》市）にて接し、興奮に浸る男がいた。

いや、内には激しくたぎるものがあるのだが、長らく苦労し、この当時としては老齢にさしかかっていたこの男は、もはやそれを軽々に面にあらわしはしなかった。ただ、侘《わ》び住まいの縁に立ち、狭い庭の向こうに見える、新春の午後の陽を受けつつ棚引く雲に、おのれの胸のたぎりを託すばかりだった。

この男の名は、藤原秀郷といった。延喜十六年（九一六）といえば、それより二十四年前、上野国に反抗した廉《かど》で罪を受けた。以来、父祖の縁《ゆかり》の地に、隠れるように暮らしている。

かつて、秀郷も坂東のもののふとして、朝廷や、その役人に対して強い反感をおぼえ、上野国の国司たちと対立したわけだが、いまや平将門という男が、そのときより遥かにあからさまに、遥かに大きな規模で、朝廷に反旗を翻していた。

秀郷には、将門のもとに馳せ参じて、ともに坂東朝廷の確立に尽力するという選択肢もあったかもしれない。彼を不遇に落とした京の朝廷に復讐を遂げるべく、再度立ちあがる道である。だが、そのような選択をするつもりは、秀郷にはなかった。

大それた賭けに身を投ずるには、俺は老い過ぎた。秀郷はそう思っている。

山々の上に、龍のように細長く横たわる雲に向かって、鳶《とんび》が飛ぶ姿を認めたとき、客人の声を聞いた。

「お聞きになられましたか？　いよいよでございますぞ」

屋内にあがり、縁にたたずむ秀郷のもとに来たのは、彼よりずっと若い男であった。

「官符のことですかな？」

「ええ。我らの名誉を挽回するときがまいりました」

顔を輝かせながらそう言ったのは、平貞盛であった。将門軍に襲撃された常陸国府を逃れたあとも、貞盛は追っ手をかわしつづけ、いまは下野国の秀郷のもとに身を寄せていたのだ。

秀郷やその一族が貞盛を匿ったのは、中央政府とのつながりをつくり、名誉を回復する機会を探っていたからだった。将門召喚の官符を携える貞盛は、ひょっとすると何かの幸運をもたらすかもしれないと思ったのである。

「無論、御上の召募の官符には応じ奉りますが、まだまだ慌ててはなりませぬぞ」

秀郷は、若い貞盛を窘めた。

「将門は一筋縄ではゆかぬ剛の者。十分な支度をなさなければ、打ち負かすことはできませぬぞ」

貞盛は頷いてから、秀郷に尋ねた。

「ところで、ご存じでありましょうか？　将門のそばに侍る女のことなのですが……」

秀郷は戸惑った。将門を討ち果たす相談に来たならば、将門のまわりを固める男たちの話をすべきであるのに、どうして貞盛は女の話などを持ち出したのだろうか。

「京から坂東に参った巫とのことなのですが……実は、京にて源経基という仁からうかがいまして」

「それは例の、将門の謀反を密告なされた方ですな」

「そうです。その経基殿が武蔵介を拝命し、武蔵へ下向するにあたり、連れてまいった巫で、名を桔梗と申すそうな」

秀郷は、黙り込んだ。何かに思いをいたしているのか、ただ目をきょろきょろと動かしている。

「これも、経基殿からうかがったのですが、桔梗はかつて、生き別れた父君のことを……」

貞盛がそこまで言ったとき、秀郷の顔からさっと血の気が引いた。

「やはり、心当たりがおありなのですか？」

秀郷はそれには答えず、空の雲に目を移した。

「その巫、まだ将門のもとに？」

「そのようです。将門が新皇に即位するなどという大それたことをなしたのも、その巫の入れ知恵だと申す者がおりまして」

秀郷は、ただ棚引く雲を眺めていた。すでにそこには、鳶の姿はなくなっていた。

七

桔梗は眠れぬ夜を過ごしていた。

新皇即位以後、将門はまたしばしば桔梗のもとに来て彼女を抱いたが、巫としての力を頼ることはなくなった。神を降ろせと言われることも、未来を占えと言われることもない。新皇たるもの、すでにして特別な力を得ており、神仏といえどももはや頼る必要などないと思うにいたっているのかもしれなかった。

巫として役に立てなくなった以上、将門のもとは離れるべきだ、と桔梗は何度も思った。それでもここに留まりつづけているのは、一つには、御前がしばしば来て、「出ていってはならぬ」と言うからであった。彼女は、「殿がおことを頼りにせずとも、私が頼りにしておる。だから、今後とも、私のためにここにいてくれ」と言った。

けれども桔梗が、将門のそばに留まっている一番の理由は、彼が新皇を称するというとんでもない事態を招いたのは自分らしいという罪悪感のせいであった。

「八幡大菩薩の使い」の言葉によって、将門が「皇位」についたときのことを、桔梗はまったく覚えていなかった。しかし、もし自分が邪霊を招き寄せ、この事態を生じさせてしまったならば、討伐されるべきは将門ではなく、自分ではないだろうか。それなのに、将門をほったらかしにして、自分だけ逃げ出すことは後ろめたくてならなかった。

　桔梗は、かつて太政大臣・藤原忠平が、将門は律令の網目から外れて生きている、と言ったのをまた思い出していた。そして、だから将門は、とうとうこのような挙に出たのだろうか、とも思う。けれども桔梗には、興世王らに祭り上げられ、新皇などと称して舞い上がっている将門のあり方は、彼らしいものには思えなかった。

　独り寝の床で、そのようなことをいつまでも思って眠れずにいるうち、すぐそばに立てられた几帳が揺れた。将門が来たのかと思った直後、几帳の向こうの闇から声がした。

「桔梗殿か？」

　それは、将門の声ではなかった。童のような、細く、甲高い声だ。

「何奴」

と桔梗が声を上げたとき、几帳の陰から、静かにしてくれと窘めるような、

「しっ」

という声が返ってきた。何者かが、ひそかにここへ忍び込んできたようだ。

「ここを、どこだとお思いか？」

　相手は返事をしなかった。桔梗は呆れた。新皇の邸宅に、しかもその女のもとに忍んでくるとは、大胆な者だ。

　桔梗は上体を起こし、叫んで人を呼ぶか、ここから駆け出すか、と思案した。

　するとまた、闇から声がする。

「害意はございませぬから、静かにお聞きください。これより、ご同道をお願いしたい」

「この夜中に？」

「馬を用意してござる」

「馬？　どちらへ？」

「京より参られたお方が、そなたに会いたがっておられる」

藪から棒な申し出に、桔梗は少し腹を立てた。

「会いたければ、そのお方がここへお出でになればよいではありませぬか」

「それができぬから、こうしてお迎えにあがっているのですよ」

「用向きは？」

「いま子細は申せませぬが、そのお方が申されることには、桔梗殿であれば、こちらが怪しい者でないことはすぐにわかるはずだと」

「なにゆえに？」

桔梗が鋭い声で言うと、甲高い声の主は、やや怯えたようにこう答えた。

「桔梗殿には、そのようなお力があるとのこと。後ろの目がお使いになれるとかで」

そのとき、桔梗は自分を呼んでいる相手が何者かわかった気がした。

「支度をいたします。しばしお待ちを」

と言うと、桔梗は起き上がった。

あるいは、これが将門やこの邸宅との今生の別れになるかもしれない、と桔梗は思っていた。

第六章

呪詛返し

一

夜空には、うっすらと雲がかかっていた。強い風が吹いており、その雲が、煌めく星や細い月の上を滑って動いていく。それを、桔梗は馬に乗りながら見上げていた。

桔梗は両足を左側に斜めに垂らし、馬の鞍に腰掛けている。彼女を背後から抱きしめるように鞍にまたがり、手綱を持っているのは、まだ大人にはなり切っていない体つきの、法体《ほったい》の男であった。

衛士たちの目をかいくぐり、平将門の「御所」のうちの、桔梗の臥所にまで忍び入ったのは、この男であった。細い体ながら、野猿《やえん》を思わせるほどに動きは機敏で、桔梗を石井営所《いわいえいしょ》から連れ出した。夜目《よめ》も利くようで、御所の垣根の破れた場所や、土塁の隙間から桔梗を営所の外に導いた。さらに夜道を行くと、枚《ばい》を銜《ふく》ませた馬が一匹、木につながれていたのだ。

星明かりだけではやはり、馬も時折、足を竦ませるほど暗かった。けれども、頭を丸めた少年は手綱捌きや足捌きでうまく馬を操って、川や沼のあいだを縫うように進ませる。

「いったい、どこへ連れてゆくのです?」

「しっ」

僧は話し声を、将門の兵に聞かれることを恐れているようで、桔梗が何を問うても、とにかく

「しっ」と言うばかりだ。

「御名は？」

と問うても、

「しっ」

という声が返ってきたとき、桔梗は我慢がならなくなった。

「名乗りもせぬというのなら、ここで下り、叫びを上げますぞ」

するとようやく、

「念観《ねんかん》と申します。念仏の念に、観るの観」

と、幼さの感じられる声で教えてくれた。

半里（約二キロメートル）ほども進んだだろうか、両側から小山が迫り、そのうちに草原が開けた場所へ来た。草原の脇に、こんもりとした雑木林があるのが夜目にも見える。やがて、その林をまわりこむと、火が揺れていた。松明を持つ者がいるのだ。念観はその火のもとに、馬を進めていった。

松明を持っていたのは、太刀を帯びた侍だった。その明かりによって、雑木林に半ば埋もれるように、一軒の民家が立っているのも窺われた。

念観は馬を止め、鞍から下りた。そして、

「さ、お下りください」

と桔梗にも促す。

桔梗は念観に手伝ってもらい、馬を下りた。すると、侍が馬の手綱を預かり、そばの橅《ぶな》と思しき木に括《くく》りつけた。

松明のもとで念観を見ると、背丈は桔梗と同じくらいで、顔もあどけなかったが、その目にはしっかりとした力がみなぎっていた。彼が自分に与えられた務めを真摯に果たそうとし、また、人に対しても誠実に向き合おうとする人物であることが、桔梗にはわかった。

念観とともに家に近づいてみれば、建物自体はなかなか立派なものだが、全体に傾いて、屋根の藁は大きく崩れていた。おそらく空き家になっており、家のそばの草原も、放置された田畑のようだった。にもかかわらず、いまその家からは煙の臭いが漏れていた。

念観が開けた引き戸から、桔梗が中に入ると、そこは土間だった。上がり框《かまち》の先に囲炉裏《いろり》が切られた板の間があって、火が燃えている。また、床に高坏《たかつき》灯台も置かれており、それらによって、二人の男が囲炉裏端に座っているのがぼんやりと浮かび上がっていた。どちらも法体であったが、そのうちの一人の、大きくて、がっちりとした体つきに、桔梗は見覚えがあった。

「寒かったろう。火のそばに参るがよい」

思った通り、そう言ったのは寛朝であった。

「久方ぶりでございますね」

「おう、そうだな。達者かな?」

桔梗は遠慮なく框からあがり、囲炉裏端に斜交《はすか》いに座った。念観も板の間にあがったが、遠慮するように、囲炉裏から離れたところに座る。

屋根にはところどころ穴が空いていて、星空が見えた。そこからときおり、風が吹き込んで囲炉裏の煙が部屋中を舞い、目が痛くなった。

「どうして、御坊がこのようなところに?」

畿内にいるはずの寛朝が、この坂東の地にあらわれたのは、桔梗にとって驚くべきことであった。

しかし、寛朝は桔梗の質問には答えなかった。

「この破れ家を見よ。おそらく、かってはそれなりの暮らしをしていた百姓のものであったのだろう。だが、その百姓どもはもはやどこかへ行ってしまった。この家や土地を継ぐ者もなく、ただただ荒れ果てておる。このような家が、坂東のいたるところにあるのだろうよ。この地が乱れに乱れておるせいだ。将門の膝元でもこの有り様なのだから、呆れるほかはないな。『新皇』などと偉そうに申しておるそうだが、将門という男は次々と無益な戦を引き起こし、その揚げ句に、坂東という地は荒れ放題だ。情けなき限り」

寛朝は腕組みをし、忌々しげに言ってから、桔梗を睨んだ。

「息災そうなのはよいが、異なことを聞いたぞ。おこと、源経基殿とともに坂東に下向《げこう》したはずだが、いまでは……」

「何です？」

「おことは、まことに将門の……」

「将門の、何でございましょう？」

「寵姫《ちょうき》、と聞いたが」

「さて、どうでしょうか……」

桔梗は恥ずかしくなり、曖昧に答えた。

「違うのか？」

「違わなかったら、何でございます？」

面倒くさくなって、ぶっきらぼうに言う。寛朝は怒鳴るかと思えば、豪快に笑った。

「やれやれ、おこというという奴は……さすれば、我々は敵同士というわけか」

「敵？」

「おことは、御上が将門を討伐すべしとの御命を下されたことを知らぬのか？　いまや、王臣こぞって将門を討つべく動いておるのだぞ」

「それは、聞いてはおりますが」

敵の、味方の、と言われても、桔梗にはまるで腑《ふ》に落ちないのだ。将門のそばに暮らしてはいても、はたして自分が将門の敵なのか、味方なのかがわからない。

将門という男も、また坂東の人々も、桔梗は好きであったし、彼らに強い親近感をおぼえていた。律令によって支えられた、古い家柄や、官職の制度の中で、下の者を見下したり、上の者に媚び諂う都の貴族たちの処世よりも、身一つで土地に命を張る坂東のもののふたちの処世のほうが、漂泊の巫《かんなぎ》の生き方に通ずるものがあるようにも思えた。

坂東から都の官人を追い出し、そこに独自の朝廷を打ち立てようという将門の企ても、ある意味では坂東人らしい威勢のよさや、爽快さのあらわれとも言えるだろう。けれども、桔梗はそれにはつき合いきれないでいた。将門たちはただ朝廷らしい体裁を整えているだけで、中身が伴わず、いかにも田舎人の粗雑な試みであるとしか思えなかったからだ。

「御坊は天子様の味方で、将門殿の敵なのでございますね」

「申すまでもなかろう」

「それで、将門殿と戦うために参られたのでございますか？」

仏門に入った者は戦とは無縁のようではあるが、たとえば、都を見下ろす比叡山延暦寺《ひえいざんえんりやくじ》のような大寺には、太刀や薙刀を持った僧たちが大勢いた。親王の御子である僧が最前線で刃をふるうことは普通は考えられないが、寛朝はいかにも頑丈で、厳つい体つきをしていたから、ひょっとすると本当に、将門と斬り合いをするのかもしれないと桔梗は思った。

ところが、寛朝はこう言う。

「戦うと申しても、私は僧だ。僧には僧の戦い方がある。調伏の祈禱を行うのだ」

「ならば、なにゆえに下総《しもうさ》に参られました？　京にては、調伏はなせぬのでございますか？」

「たしかに、京においても数多くの寺社で将門調伏の祈禱は行われているがな……私がここまで下ってまいったのは、畏《かしこ》きあたりのご意向のゆえなのだ。やはり、ここで祈禱を行ったほうが、坂東の神祇《じんぎ》・諸仏と感応しやすいとも言えようからな」

そういうものか、と桔梗は思いつつ、つねづね抱いてきた疑問を寛朝にぶつけた。

「人を呪わば穴二つ、と申します。私は巫の師なる人から、決して人を呪ってはならぬ、そのようなことをすれば必ず報いがある、と厳しく言われておりました。御坊方はどうなのでございましょう？　人を呪っても、その報いは受けぬのでございますか？　悪業とはならぬのでございますか？」

「我らは、御仏のお力を借りる特別な呪法を用いるのだ。されど我らとて、下手をすれば報いを受けることもある」

「命をなくされますか？」

「命をなくすだけですめばよいが、無間《むげん》地獄に陥ることも覚悟せねばならぬ。我欲に陥れば、御仏の御心に適《かな》うはずはなく、御罰が下る。だから、人を呪うようなことは軽々に考えてはならぬと申すのである」

「では、御坊はなにゆえに、さような恐ろしいことをなさろうとするのでございます？」

「さきほども申した。畏きあたりの思し召しのゆえだ。決して我欲、我執のゆえではない」

「天子様は人を呪っても許されるのですか？　天子様は報いをお受けにはならぬのですか？」

寛朝は困ったように顔をゆがめた。

「報いなどお受けにはならぬわい」

「天子様を呪う者は？」

「それこそ、無間地獄に陥る」

「なにゆえに天子様だけは人を呪ってもよいのでございますか？」

「畏れ多くも天子様は、我欲から呪詛を命じられたのではない。国家や民草《たみくさ》の安寧のため、朝敵の呪詛を命じられているに過ぎぬ。だからこそ、御仏もご加護を授け奉るのだ」

「将門殿もつねづね、坂東の民の安寧な暮らしのために、この地に新しい朝廷を打ち立てたと申されております。もしそうであれば、御仏は将門殿にもご加護を授けるのではありませぬか？」

寛朝はびくりとして目を見開いた。いや、寛朝の背後にいる者も、桔梗の背後の念観も息を呑んだ。

「これ、畏れ多いことを申すものではない」

寛朝はそれしか言わずにいたので、桔梗はなお言葉をつづけた。

「もちろん私も、都の天子様は畏きお方とは存じ上げております。それでも、御仏が『人を呪わば穴二つ』という法を曲げて、天子様が将門殿を呪詛するのをお許しになるというのは、どうしても腑に落ちませぬ。どうせならば、都の帝も、坂東の帝も、ともに並び立つ世になればよいのではありませぬか？　そのほうが、民草は幸せではありませぬか？」

寛朝がさらに慌てた様子で言う。

「これこれ、おことという奴は……さような大それたことを堂々と申しおって。それこそ、御罰が下ろうぞ」

　しかしながら、そこで寛朝は声を和らげた。

「たしかに、おことの申すこともわからぬではない。私とて、誰に対してであれ、呪詛などはいたしたくないのだ。御上もご安泰で、将門も坂東の地で安き生を全うするのがよいとは思う。それこそが、真に御仏が願われるところであろうとも思う」

「では、なにゆえに――」

「人の世が未熟であるからだ。御仏の真の思し召しに適わぬ有り様であるからだ。善と悪、光と闇とが戦わねばならぬ世なのだ」

「御上が光で、将門殿が闇でございますか？」

「まあ、そうだが……されども、光にとっては闇は闇、闇にとっては光は闇と言えるだろうな。わかるか？」

　やはり、桔梗には釈然としない。

「御坊が京の帝を光とご覧になる訳は何でございますか？　一品《いっぽん》の宮様の御子でいらっしゃるからでございますか？　京にて灌頂《かんじょう》を受けられ、仏道修行をなされてきたからでございますか？」

「それもあるがな……私には、御上が勝利し、将門が敗れる未来しか見えぬ。将門はやはり、光にはなり得ぬ」

　と言って、寛朝は目をつぶった。彼の瞼にいま、この争いの結末が映っているのかもしれなかった。

「おことには、将門が勝利する未来が見えるのか？」

「いいえ」

桔梗には、どちらかが勝つ未来が見えているというわけではなかった。何も見えないのだ。このところ、将門にかかわることは、ほとんど何も見えなかった。

もちろん、将門が勝つはずがないという、重たい感覚を胸におぼえることはしばしばある。しかし、将門に負けて欲しくないと思って、その感覚を打ち消すために後ろの目を使おうとすると、桔梗の巫としての霊感は遮断されてしまう。そしてそれを繰り返していくうちに、感覚がどんどん鈍くなっていくように桔梗には思えた。

目を開いた寛朝は、首を傾げる。

「そもそも、将門がなにゆえに、にわかに新皇などと称したのかがわからぬ。いかがわしいにもほどがあろう。おこと、そのわけを存じておるか？」

「八幡大菩薩より帝位を授けられたとか」

寛朝は目を剝いた。

「将門は、八幡大菩薩のお声を聞き奉ったと申すのか？　あるいは、夢に見奉ったのか？」

「いえ、とある巫に八幡大菩薩の使いが憑いたとか」

「その巫を通して、帝位を授けられたと申すのだな？　愚かな……八幡大菩薩が、さようなことをなさるはずがない。それは、狐狸《こり》か、物の怪の仕業であろう」

そこで、寛朝は桔梗をまじまじと見た。

「その巫とは、まさか……」

「さて、どなたでありましょうか」

桔梗はとぼけた。

「おことではないのだな？」

「私であったなら、何でございます？」

「やはり、おことであったか」

「あの……」

「四の五の言わずともよい。もう私にはわかった。その巫は、おことにほかならぬ。まったく、何ということだ」

桔梗の胸には、強い罪悪感が湧き上がった。霊や神仏の世界について、寛朝となら語り合えるという気持ちもあって、感極まってくる。桔梗は泣きながら言った。

「私は、そのときのことをまったく覚えていないのでございます。それが後ろの目に迫ってきたとき、邪霊だとすぐに気づきました。だから、慌てて目を閉じようとしたのですが、間に合いませんでした。そして、その直後に――」

「気を失ったのか？」

「はい」

「やれやれ」

「私は、無間地獄に落ちますか？」

「いや、地獄に落ちるのはおことではない。将門だ。邪霊の言葉はおことの口から出たかもしれぬが、それがまさしく八幡大菩薩の使いのものであり、みずからは帝位につくべき者だと判じたのは、将門自身であるからだ」

「でも、あのお方は、私の口から出た言葉だから信じたのです。私は、ずっと巫として、人の役に立ちたい、世の役に立ちたいと思ってまいりました。それなのに、あのお方を惑わせることになってしまいました。いったい、どのように罪滅ぼしをすればよいか……」

「おのれをそれほど責めずともよい。いずれにせよ、咎は将門にある。たしかに、おことはもっともっと修行に励まねばならぬ。邪霊に憑かれたのは、おことが未熟であったからだ。されども、新皇などと称したことは、将門の罪にほかならぬ。おこともわかっておろう。神仏の言葉か、卑しき霊の言葉かを判別するとき、誰の口から出たかに迷わされてはならぬのだ。高貴な者、身なりが立派な者の口から出た言葉であるから信ずるに足るというものでもなければ、卑しき身分の者、貧相な者の口から出た言葉であるから信ずるに足らずということでもない。言葉は、言葉そのものによって判じねばならぬ。八幡大菩薩がおのれを帝の御位につけたなどと信じたということは、まさしく将門は度外れた阿呆であり、大罪人であることの証だ」

桔梗は、めそめそと泣きつづけている。

「いずれにせよ、調伏の護摩供《ごまく》をはじめる前に、おことに会《お》うておいてよかった。そうか、将門はまさに正気を失っておるわけだな……」

「正気を失った相手など、たやすく調伏できましょうか？」

「いや、そうは申せぬ」

寛朝はさらに厳しい口調になった。

「将門が邪《よこしま》なる霊に操られておるとなれば、なかなか手ごわいやもしれぬ。油断をすれば、それこそ、こちらが危うい」

そう言ってから、寛朝は桔梗を哀れむような目で見た。

「実は、おことに頼みがあったのだが、それはやめておこう」

「頼み？」

「いや、そのことはよい。おことはただちに、我らとともに将門のもとを離れるべきだ」

「お聞かせ願います。私にお頼みになろうとしていたことは何でございますか？」

「将門を倒すために力を貸してもらいたいと思っていただけのことよ」

「何をすればよろしいのです？」

「おことが刃をもって、将門の息の根を止めてくれれば手っ取り早いがな」

寛朝は笑いながら言った。

「将門が魔物に厳しく護られておれば、いくら護摩を焚いても、びくともせんかもしれぬ。それでは私の名折れにも、また、我が宗門《しゅうもん》の名折れにもなりかねぬ。それよりいっそ、おことが将門の寝首を掻いてくれれば万々歳なのだ」

からからと笑う寛朝の姿から、彼が戯れ言を言っているのは間違いなかった。

「寝首を掻くことができぬとしても、将門の髪の毛を持ってきてはくれぬか、と思っていたのだよ」

「髪を呪詛に？」

「護摩とともに焼くのだ。すると呪力が何倍にも増す。されども、そのことは忘れることにした」

「そうですか……では、お話は一通りすんだのでございますね？」

「まあ、そうだな」

桔梗は立ちあがった。

「将門殿のもとに帰ります」

框から、さっさと履物をはいて土間に下りる。

「帰らずともよい。髪のことは忘れよ。危うい、危うい。我らとともに参ろうぞ」

「将門殿の寝首を掻いたり、髪の毛を取ったりするために帰るわけではありませぬ」

寛朝のほうへ振り返った桔梗は、さらに言った。

「御坊こそ、早くお立ち去りになったほうがよろしゅうございますよ。私が将門殿の邸に着いた後、追っ手がここへ参るやもしれませぬゆえ」

「何と――」

寛朝もぞっとして立ちあがった。彼の背後の従者も、念観も立ちあがる。

「どこまでも将門に忠実でいるつもりか？　正気を取り戻せ、桔梗」

「私は必ずしも、将門殿に忠実でありたいと思っているわけではないのでございます」

「ならば、なにゆえに――」

「私には、どなたが正気で、どちらが正義なのか、やはりわからぬのでございます。御坊が申された通り、闇にとっては光は闇でございましょう。私には光と闇を判じることができぬのです」

「おことに憑いた霊が八幡大菩薩の使いであるはずがない。そのことは、おことにもわかっておるのであろう？　ならば、どちらが光で、どちらが闇かは迷いようがないはずだ。それとも、おことはいまなお、邪霊に憑かれておるのか？」

無視して土間の外に出ようとした桔梗に、寛朝がさらに呼びかけた。

「よく聞け、桔梗。おことは、藤原秀郷殿の娘だそうだな。京に帰られ、将門の謀反を密告した経基殿が申しておったぞ」

藤原秀郷と聞いて、桔梗の足は止まった。

「おことの父君は、下野掾《しもつけのじょう》兼押領使に任じられた。やがては朝命を奉じ、兵を率いて、ここへ攻めてまいるのだぞ。将門と戦うのだぞ」

桔梗は震えた。ずっと、父に会いたいと思ってきた。とても尊敬すべき人だと思ってきた。人々のために立ちあがり、国司たちに反抗して、科人《とがにん》になったような気高い人なのだから。

「おことは、血を分けた父御を敵とすると申すのか？　闇と見なすのか？　父御が泣くぞ。父御もおことに会いたがっておるだろう。いや、秀郷殿は必ずおことに会いに来る。親子の涙の対面が、私には見えるのだ」

桔梗は混乱し、まともに物を考え、話すことができなくなっていた。彼女は逃げるように、屋《おく》の外に飛び出した。

それを見た念観も、

「桔梗殿をすぐに捕まえ、連れ戻します」

と言って、土間に飛び降りる。

すると、寛朝が、

「それには及ばぬ」

と止めた。

「連れ戻したところで、桔梗は逃げるだろう。あやつはやはり、将門に惚れているのだ。それは無論、我欲に過ぎず、正しい道ではない。されどもそのことは、おのれで気づかねばならぬのだ。だから、今夜のところは馬で送り返してやれ」

「でも、お師匠――」

「そのうちに、あれも気づくわい。せっかくの巫としての力も、我欲に囚われていてはうまく働かせられなくなる。神霊にかかわる能才には、清浄で静寂な心が欠かせぬからだ。そのもどかしさを、桔梗がいちばんに感じるはずだ」

寛朝はそこで、笑顔になった。桔梗にひとかたならず目をかけていることが、念観にもわかった。

「それにな、いずれ、血を分けた父御と会えば、あれも心を変えるはずだ」

「その日は近いのでございますか？」

「近くするのだ。そなた、桔梗を送っていったあと、また一走りしてもらうぞ。秀郷殿のもとへ」

「はい」

「さ、いまは桔梗を追いかけよ」

念観は外に出ると、松明を持って立つ侍に、

「桔梗殿は？」

と尋ねた。

「もう用は済んだと申しておった」

「いずれへ？」

侍は、もと来た道のほうを松明で指し示した。たしかに、かすかに闇の向こうに足音が響いている。そのほうへ、念観も走り出した。

闇の中を突き進む桔梗も、ひたひたと足音が後ろから近づくのを聞いた。非常な速さだ。

「お待ちください」

念観は瞬く間に桔梗に追いつき、前に躍り出た。

「将門殿のもとにお帰りになるのなら、馬をお使いください。私がお送りします」

「いえ」

「この暗い中、一人で帰ると申されるので？　遠慮はいりませぬ。お師匠が送れと申されたのです。ただ、帰ったあとで、我らがここまで来ていたことは決して漏らさないでくださいよ」

結局、桔梗は馬で送ってもらうことにした。桔梗の後ろに座る念観は、馬の手綱を握りながらず

っと黙っていたが、ぼそっと、こう言った。

「お師匠は仰せられていました。『あやつが将門に惚れている心は我欲に過ぎない』と」

桔梗が黙っていると、念観もまた黙り、以降、まったく喋らなくなった。

石井営所にほど近いところで、念観は馬を止めた。そして、おそらく将門の兵に気づかれないためであろう、桔梗の耳に口を寄せて、

「ここで下りましょう」

と囁いた。

念観は先に鞍から下り、桔梗の手を取って、彼女が下りるのを手伝うと、馬を近くの木につないだ。それからは、念観は徒歩で桔梗を導いた。営所の土塁が切れているところまで来ると、彼は去っていった。

幸いなことに、桔梗はそこから、誰にも会うことなく、将門の邸の、自分の居室に帰ることができた。まだ夜は明けないが、心が乱れて眠れそうにもなく、桔梗は一人、夜着に着替えることもないままに、膝を抱え、大殿油の灯を見るともなしに見ていた。

すると、にわかにすぐそばで、板床を踏む足音が聞こえた。そして、几帳の向こうから影があらわれる。

「どこに行っていたのか？」

将門の声であった。

「さきほどもここへ参ったのだが、おことはおらなんだ。この夜中に外出していたのか？」

将門は問いながら、桔梗のすぐそばに座った。桔梗は、外出していたことを誰にも気づかれなかったと思っていたが、将門その人に気づかれていたらしい。

「誰かに会うていたのか?」

桔梗は何と答えるべきか迷った。迷い、焦るほど言葉が出ない。

「どうした? なにゆえに黙っておる?」

「いえ……この近くに、お社《やしろ》がございましょう」

「馬小屋の北の、あの山のところか?」

「はい。そこへ詣でていたのでございます」

営所の内に、どのようないわれのものかはわからないが、たしかに社があった。古《いにしえ》の貴人の墓ではあるまいかと思しき丸い小山があり、その麓《ふもと》に小さな鳥居が立っている。それをくぐった先に、祠《ほこら》と呼ぶべき小さな社があったのだ。桔梗はそれを思い出し、とっさに嘘をついた。

「この夜に、社にか?」

「呼ばれましたので」

「社の主の声が聞こえたと申すか? それは何者であったか?」

「定かなことは私にもわからなかったのでございますが、お坊様でございました」

そう言ってしまってから、もう少しましな嘘を言えばよかった、と桔梗は後悔した。しかし、もはや坊様で通すしかなかった。

「僧侶ということか? 何用で、その僧はおことを呼んだ?」

「新皇様に多くの敵が迫っておる、とのことでございました。よって、よくよくお気をつけあそばすよう申し上げよ、とのことでして」

「そうか」

と言ったきり、将門は黙ってしまった。やがて、彼は一つ長い息を吐くと、桔梗を抱き寄せた。

その力は強かったが、腕のうちに収まり、体を将門に預けきったとき、彼の抱擁はいつものように温かく、柔らかかった。

「さような僧の御霊が近くにいたとはな。嬉しい限りだ。おことも、苦労であった」

「いえ……」

「だが、懸念は無用だぞ。俺は敵が来るのを待ってはおらぬ。こちらから動いて討つつもりだ」

将門は桔梗の顔をまじまじと見、髪を撫でると、唇を合わせてきた。

「桔梗、そろそろ俺の子を産め。帝の御子をな」

将門は、桔梗を臥所の畳に組み敷いた。彼はいつにも増して激しく桔梗を愛した。桔梗は嬉しくもあったが、将門の焦りや孤独を感じて、悲しくもあった。

薄明の中、将門が桔梗のもとを去っていったあと、彼女は枕や掻巻に、男の髪の毛が何本も残されているのを見た。そして、それをいくつか拾い上げると、懐紙に包んだ。

二

『日本紀略《にほんきりやく》』などによれば、朝廷は天慶三年（九四〇）正月十一日、将門討伐の兵を募集したが、その応募者は各地からぞくぞくとあらわれた。朝廷はそのうちから人を選び、坂東諸国の掾を新たに任命した。

国司の四等官（守《かみ》、介《すけ》、掾《じよう》、目《さかん》）のうち、掾はそもそも、国内の取り締まりに当たる役職なのだが、朝廷はこの新任の掾たちに押領使を兼帯させている。押領使は、追捕官符を受け、罪人を捕縛する役職だ。すなわち、将門の追討や捕縛を後押しすべく、この新任の掾たちの権限を強めようとの狙いがあったものと思われる。

このときに任命された掾兼押領使の中で、具体的に人名がわかっている者をあげれば、上総掾《かずさのじよう》の平公雅、下総権少掾の平公連、常陸掾の平貞盛、下野掾の藤原秀郷、相模掾《さがみのじよう》の橘遠保《たちばなのとおやす》などである。このうち、平公雅、平公連は将門の伯父・平良兼の子たちである。いずれにせよ、彼らはそれぞれ在地において、比較的強い武力を持った者たちであったのだろう。

将門とは数々の因縁のあった平貞盛は、この朝廷の命令を受けて、さっそく常陸国に立ち帰り、将門討伐の準備に取り掛かろうとした。これまで、いつも将門に追われる立場であったが、とうとうその借りを返すときが来たと彼は勇んでいた。

もちろん、貞盛はそれに際し、下野掾となった藤原秀郷とともに兵を挙げたいと考えた。ところが、秀郷の腰は重かった。いくら出兵を急ぐよう求めても、

「まずは、地固めをし、天の気を見計らってから将門と戦いたいと存ずる」

などと、ぼんやりとしたことを言ってなかなか兵を挙げようとしない。そればかりか、貞盛にも、

「まずは敵の様をよく見ることが肝要でござる。慌ててはなりませぬぞ」

と自重を求めた。

貞盛は、秀郷には本気で戦うつもりがないようだと見て、共闘するのはあきらめた。

「貴殿のご存念はわかり申した。けれども、私はとにかく、兵を挙げます」

貞盛があくまでもそのように主張すると、秀郷も申し訳なさそうな様子になり、

「どうしてもと申されるならば、我が郎等のうちの一人を召し連れられよ。何かの役に立つと思われる」

と言った。

その郎等とは、猿丸《さるまる》という名の男であった。一見、体つきが細く、戦場で大した役に立つようにも見えなかった。だが、全身にしなやかな筋肉をまとっているようで、弓を引かせれば、貞盛の弓自慢の郎等たちまでが舌を巻くような正確さをもって、次々と的に当てた。しかも、太い木の幹に鏃《やじり》ばかりか、箆《の》までを深々とめり込ませるほどの強い矢を放つことができた。

とりあえず、秀郷の援軍として、猿丸一人のみを預かった貞盛は、今度は、将門の捕虜となった常陸介・藤原維幾の息子、為憲に、ともに挙兵しようともちかけた。為憲は、貞盛も加わった常陸国軍の一員として将門軍と戦ったが惨敗し、その後、逃亡し、隠れていた。しかし、坂東各地に掾兼押領使が任命され、朝廷の将門討伐が本格的にはじまったと知るや、是非ともその討伐軍に参加したいと考えていたのだ。よって、貞盛の呼びかけにただちに応じ、二人はさっそく兵や兵糧を募り出した。

だが、その動きを察知した将門は、電光石火の動きを見せた。常陸の軍勢の準備が整わぬうちに殲滅《せんめつ》しようと、五千の兵を率いてただちに出陣することに決めた。

出陣の朝、「新皇の御所」とされた殿舎では、吉例にのっとった酒肴を並べて、出陣式が行われた。そのあいだ、桔梗は別殿で文机《ふづくえ》に向かっている。黒と朱で、紙片に梵字《ぼんじ》や呪文を書き記していたのだ。書き終えると、それを表にしたり、裏にしたりして複雑な折り目をつけて畳み、縦二寸（約六センチメートル）、横一寸（約三センチメートル）ほどの絹布の袋に入れた。袋には首にかけられるよう、紐がついている。桔梗はそれを、男の役人に託した。

やがて、その絹袋は出陣式が行われている殿舎に届けられた。鎧を身に着け、具足櫃《びつ》に腰を掛けた将門が、側近の部将たちが見守る中、ちょうど杯を飲み干したとき、さきほどの役人が進み出て、袋を将門に差し出した。

「桔梗殿よりのものでございます。呪詛返しの護符とか」

同座していた宰相の興世王が、むっとしてぶつぶつと呟く。

「ご出陣の式に、女が差し出がましいことを。不吉というものだ」

しかし、将門はそれに構わず、満足そうな笑顔で絹袋を受け取った。紐を首からかけ、袋は胴鎧の内に落とす。

「よし、参るぞ。貞盛め、今度こそ、目に物を見せてくれる」

将門は武者震いしつつ言って、具足櫃から立ちあがった。

居合わせた者たちも、いっせいに、おう、と応じて立ちあがった。


将門の五千の兵が下総と常陸との国境を越えたのは、一月の中旬と考えられている。準備が整わないままに、突如、大軍の侵入を受けた貞盛・為憲軍の兵の多くは逃げ出した。逃げずに残った兵たちも、まともに連携して戦うことができず、将門軍に瞬く間に各個撃破されていった。

今度こそ、将門に打ち勝つべきときが来たと勇んでいた貞盛は、またこのまま逃げるのも口惜《くちお》しいと思って、秀郷から預かった猿丸とともに、ひそかに将門に近づき、彼を射殺そうとした。

大軍は、山道はなかなか進めない。電撃作戦を決行する将門軍は、海に近く、見通しのよい平地を進んだ。それを、貞盛や猿丸たちは、内陸の小高い丘の茂みに隠れ、待ち受けた。

貞盛たちが地面に伏せて見下ろす道を、幟《のぼり》を林立させながら、将門の軍勢が威風堂々と行進する。その前陣が眼下を通り、中陣の鎧武者たちが迫るや、猿丸は中腰立ちになり、弓に矢をつがえた。そして、松の枝のあいだから狙いを定めた。

「射殺せるか？」

貞盛が問うと、猿丸は、

「もう少し向こうが近づければ、必ず」

と自信をみなぎらせて応じた。

距離は四町弱（約四メートル）といったところだ。いま、風はあまりなかったが、それでもかなりの腕の持ち主でなければ、敵を射殺すことはできない距離である。

猿丸は貞盛に尋ねた。

「ところで、将門はどいつでございますか？」

貞盛は将門とは従兄弟同士で、昔から将門のことをよく知っている。にもかかわらず貞盛は、敵軍の武者のうち、誰が将門かをすぐには答えられなかった。
六、七人の騎馬武者が群がっているのだが、みな同じような髭面で、同じような甲冑《かっちゅう》に身を固めている。馬の脚の進め方も、よく統制が取れており、同じような歩幅や速度なのだ。そこにいる誰もがみな、将門のようにも見えたし、あるいは別人のようにも見えた。
「どいつでございますか？」

「さて……先頭から二番目、いや、三番目か……いや、待てよ」

「早くご指示ください。どいつです？」

「さてな……」

貞盛がもたもたと躊躇っていると、猿丸は弓の弦を強く引いた。もう誰でもよいから矢を放とうと思い定めたのだ。

「待て、猿丸」

貞盛は慌てて止めた。

「どいつです？」

「わからぬ。だから、射てはならぬ」

「こうなったら、敵のもののふの一人は何としても討ってやります」

「いかぬと申しておろう」

一矢をもって将門を討てればよい。大将が死ねば、伴類の兵らは動揺し、散っていくだろう。そして、従類たちも、これでは戦は継続できぬと思って下総に帰るはずだ。そのとき、背後から追い崩せば、小勢であっても将門軍団を撃破できるかもしれない。

だが、部将一人を射殺したところで、将門が生きていれば意味がない。かえって、猿丸が矢を放てば、自分たちの居所を将門たちに教えてやるようなもので、敵兵がこちらへ殺到することになるだろう。

「やめよ」

と言っても、猿丸はぎりぎりと弦を引き絞っており、いまにも矢を放たんとしている。

「やめよと申しておる」

貞盛は立ち上がり、猿丸の弓を摑んだ。矢は放たれたが、少し先の地面に、鈍い音を立てて深く突き刺さった。

猿丸は、何をするのか、と憤慨する表情を貞盛に向けたが、貞盛も睨み返す。

「我らのなすべきは、匹夫の勇を誇り、ここにて死ぬことではない。御上のために、将門を討つことだ。肝に銘じよ」

猿丸は、悔しそうに顔を背け、眼下をゆうゆうと通りすぎる騎馬武者たちと、旌旗《せいき》や薙刀の群れを見送った。

「みなの者、参るぞ」

貞盛も内心、悔しくてたまらなかったが、ひとまずそこを引き上げるよりいたしかたなかった。

いっぽうの将門は、貞盛がすぐ近くにまで迫っていたことに気づいていない。その後も将門は、何とか貞盛を捕らえようとみずから各地をまわり、また、手勢を分けて捜索させたものの、彼の所在を見出《みいだ》せなかった。またしても、貞盛の逃げ足の速さに悩まされたのである。

常陸国に入って、奈何《なか》・久慈《くじ》両郡に勢力を持つ藤原氏のもてなしを受けたとき、将門は新皇として、

「貞盛、並びに為憲らの所在を教えよ」

と勅した。

この藤原氏は、藤原維幾、為憲父子と将門との対立の原因を作った藤原玄明や、新皇によって常陸介に任じられた藤原玄茂の一族である可能性が高いと考えられている。その答えるところは、こうであった。

「聞くところによれば、貞盛らは浮雲のように飛び去り、飛び来って、宿所をあちこちに変えておるようです」

貞盛の逃走の名人ぶりは、とうに人々のあいだに知れ渡っていた。

そのうちに、吉田《よしだ》郡蒜間《ひるま》の江（涸沼《ひぬま》のことか）のあたりで、兵らが貞盛の妻と、これまたかつて将門と敵対した源　扶《みなもとのたすく》の妻を発見し、捕らえた、という報告が将門のもとにもたらされた。報告のために参上したのは、彼らを指揮していた陣頭（部将）の多治経明、坂上遂高《さかのうえのかつたか》であった。

将門は経明、遂高らに、

「何としても、貞盛たちの居所を聞き出すのだ。ただし、決して女人《にょにん》を辱《はずかし》めてはならぬぞ」

という勅命を下した。

将門の軍勢が常陸国府を占領したときもそうであったが、これまで坂東で戦があるたびに、多くの女性が兵らによって凌辱されてきた。いや、それはもちろん、坂東に限ったことではない。この世のどこであっても、戦は幼き者や、女人、貧しき者、老人など、弱き者たちに塗炭《とたん》の苦しみを舐めさせてきたのだ。

しかし将門は、みずからが新皇として君臨する坂東においては、もうそのようなことはなくしたいと願っていた。京の帝が治める国よりも、みずからが治める「坂東国」のほうがずっと善政がゆきわたり、人々が平安に暮らしていることを内外に示したかった。

だが、経明や遂高らは、将門の前で手を突いたまま、顔を上げようとしなかった。

「どうしたのだ、二人とも。まさか……」

「申し訳もありませぬ」

時すでに遅かったのだ。とっくの前に、将門の宿敵の妻女たちは、兵らによって辱められていた。兵らは、逃げまわり、将門軍を翻弄する憎き敵の妻であるからこそ凌辱し、それによって、貞盛たちに強い屈辱感を味わわせてやろうとしたのだった。

経明や遂高の上奏によれば、とりわけ貞盛の妻は、衣服をはぎ取られ、素っ裸にされて、顔の白粉《おしろい》も涙で流れてしまっているような、目も当てられない有り様であったという。

「何ということだ。敵将の妻に罪があるものか。ええい、これが我らの恥辱となることがわからぬか。朕の恥辱となることがなにゆえにわからぬか」

将門は怒りと恥ずかしさに震えた。そのあまりの切歯扼腕《せっしやくわん》ぶりに、陣頭たちも恐れ、恥じ入った。

やがて、陣頭らは言上した。

「仰せの通り、罪は妻らにはございませぬ。願わくは、妻らに恩詔《おんしょう》をお垂れになり、すみやかにもとの棲家に還《かえ》してやってはいかがかと……」

将門も頷き、許した。

「女人が流浪していたならば、それを本籍の地に還してやるのは古来の法式というものだ。それに、寄る辺なく苦しんでいる者どもをあわれみ、助けることは、古より帝王がつねに行ってきた規範である」

こう言うとともに、将門は妻らに衣服一式のほか、次のような和歌を贈った。


よそにても風の便《たより》に吾《われ》ぞ問ふ　枝離れたる花の宿《やどり》を

この歌は、〈花〉が誰を示すと考えるかによって解釈が異なってくる。もし〈花〉が貞盛の妻のことであれば、「離れた場所にあっても、風が運ぶ香り（風の便）によって、私は枝から散ってしまった花（あなた）の棲家のことを案じています」といった意味になる。兵らに捕まって、夫・貞盛と暮らすべき場所から引き離されてしまった哀れな妻のことを心配する将門の心情を歌ったものになるのだ。

しかしながら、〈花〉が貞盛のことであるならば、これには「あなたが白状しなくても、私はいろいろな情報によって、逃げてしまったあなたの夫（貞盛）の居所を突き止めます」という意味になると考えられる。そしておそらくは、この両方の意味が込められているのだ。将門は帝として優しい言葉をかけながら、その実、貞盛の妻に対して「夫の居所を白状してはどうか」と揺さぶりをかけたと言っていい。

これに対して、貞盛の妻からは次の返歌があった。


よそにても花の匂ひの散りくれば　我身わびしとおもほえぬかな

大意は「離れていても花の匂いが散りかかってくるので、我が身がわびしいとは思いません」となる。これも〈花〉が誰なのかによって解釈が変わってくる。もしこの〈花〉が将門のことであれば、「離れていても新皇様が温情をかけてくださるので、我が身がわびしいとは思いません」となる。しかし、この〈花〉が貞盛のことであれば、いかに将門の兵に捕まり、辱められたとしても、一途に夫を慕う覚悟を示した歌となる。

そして、貞盛の妻が、返歌にこの両方の意味を込めたのならば、教養と肝っ玉を兼ね備えた女性だったと言えるだろう。将門に対して表向き「温情をかけてくださってありがとうございます」と言っておきながら、その実、「夫の居所など教えるものですか」と突っぱねているのであるから。

また、それに合わせて、源扶の妻も人に以下のような一首を託したという。


花散りし我身もならず吹く風は　心もあはきものにざりける

この歌の〈身もならず〉は、自分の身の上がどうしようもなくなってしまったという「身も成らず」と、植物が果実をつけないという「実も生《な》らず」とが掛け詞《ことば》になっている。「花が散って実も生らなくなった虚しいばかりの身の上であるので、吹きつける世間の風によって、心もわびしく思われるのです」といった意味となろう（〈ものにざりける〉は〈ものにぞありける〉の縮約形）。彼女は、夫・扶がとうの昔に将門との戦で討たれており、寡婦であった。今度の将門の兵らの仕打ちによって、ますます辛い境遇に陥ったと、恨みがましく述べている歌と思われる。

いずれにせよ、将門はそれからも、多くの日々を費やして貞盛らを捜索させた。けれども、とうとう捜し出せず、兵たちの負担を考えて、下総に引き上げることに決めた。

三

下総に帰陣すると、将門は兵たちを解散させることにした。天慶三年正月下旬は、太陽暦では三月の初旬で、農民たちはそろそろ、その年の農作業をはじめなければならない時季であった。いわゆる伴類と呼ばれる大多数の兵たちは、本業は農民で、農閑期にのみ将門やその従類とともに戦場に出かけていたのだ。彼らに本業をさせなければ、将門は恨まれ、慕われなくなるばかりか、租税を徴収することもできなくなる。

将門の営所から、どんどん人がいなくなっていった。いつも桔梗のまわりで働いている男たちも、桔梗のもとに挨拶した後、帰っていく。桔梗が営所内を歩きまわっていると、荷物を担いだ者たちが、しばしの別れを惜しむかのように、彼女に頭を下げたり、手を振ったりした。しかしながら、誰もがどこかほっとした、嬉しそうな表情をしていた。

見送る桔梗のほうは、何だかうらやましかった。幼い頃に親と生き別れ、漂泊の身として生きてきた桔梗には、故郷というものがなかった。

自分に故郷らしきものがあるとすれば、姐貴分の笹笛との絆かもしれないとも思う。笹笛はいま、達者でいるだろうか。向こうも、きっと自分のことを心配しているに違いなかった。当初はまるで想像もしていなかったが、笹笛は京の朝廷が治める国にいて、自分は新皇が治める国にいるのであって、それを考えると、いっそう寂しく、悲しかった。

そのようなことを思いながら、桔梗は馬牧を抜け、馬小屋の先の、丸い小山のもとへ向かった。その麓に鳥居があり、社がある。

念観に連れられ、寛朝に会いに行って帰ってきた夜に、将門にどこに行っていたのかと問われて、この社に行っていたと嘘をついたことがあった。だがそれ以来、その社を訪れ、手を合わせるのが桔梗の日課のようなものになっていた。

林を切り開いた、短い参道の先の社は白木で造られていたが、だいぶ古いもののように思えた。けれども、誰かがきちんと手入れをしているのだろう、つねに新しい花や酒などが捧げられ、注連《しめ》縄《なわ》から下がる紙垂《しで》も白々としていた。

不思議なもので、その前で手を合わせていると、心が静かに落ち着くのであった。いまや将門と、将門を討伐しようとする者たちとの対立が高じているというのに、それが嘘のように感じられる。そこに祀《まつ》られているのが誰であるかは、桔梗にはわからなかった。だが、この世に対する強い執着を抱いて亡くなったような人でないことだけはたしかだと思われた。あたりには静寂で、すがすがしく、しかも気高い雰囲気が漂っている。

「今朝も健やかに目が醒め、お参りすることができました。ありがとうございます」

いつものように、それだけを念じて合掌を解こうとしたときだ。桔梗は、かすかな声を聞いた。いや、それははじめ、かすかに過ぎて、声であるとも気づかなかった。その声はそっと、

「後悔はすまいぞ」

と言った。

桔梗は目を開け、周囲を見たが、人の気配はなかった。

ふたたび祠のほうを向いて、目をつぶる。するとまた、声はやってきた。

「そなたが右へ参るか、左へ参るかは、そなたの心が決めるのだ。余人が決めるのではない」

声は、耳に聞こえているのではなかった。胸のうちで響いていた。

「おのれが参りたいほうへ参れ。ただし、後悔はすまいぞ。世に後悔ほどつまらぬものはない」

どなた様でございますか、と問おうとしたとき、足下でかちりと音がした。びっくりして目を開けると、何か白いものが転がっている。桔梗は立ち上がり、振り返ったが、またしても人の気配はない。

かつて、「八幡大菩薩の使い」に取り憑かれた桔梗は、これもまた邪なる霊の仕業かもしれないと恐れ、右手の人さし指と中指を立てて刀印を作った。いざとなれば、九字《くじ》を切って相手を退散させるためである。

「何者か」

と鋭く叫んだが、返事はなかった。

ふたたび足下に目をやり、白いものを拾い上げてみれば、それは紙が巻きつけられた飛礫《つぶて》である。紙の結び目をほどき、広げると、文《ふみ》が記されていた。

丑《うし》の頃　またお迎へにあがり申す
御髪《おぐし》をお持ちになられたし

すでに桔梗の胸の声はかき消えており、声の主が誰であったかはわからずじまいとなった。けれども、いま手にしている文が誰の手になるものかは、桔梗にはわかっていた。

その夜、桔梗の臥所に訪ねてきた者がいた。

「起きておいでか」

と問うたその声は、案の定、若々しく澄んだ、甲高いものであった。すなわち、念観のものである。

彼が来るとあらかじめわかっていたのだから、桔梗は衛士に伝え、警戒させることもできたが、そうはしなかった。

「また、このようなところまで忍んできたのですね？」

「この営所から、ずいぶん人が減っておりますね。見張りの人も、いつもより少ないようで」

そう言いながら、念観は桔梗が横たわる畳の縁まで素早く近づいた。

「また、例のあばら家までお連れ申します。将門殿の御髪はお持ちでしょうね？」

「御髪を寛朝殿にお渡しすることはいたしませぬ」

「どうして？　お師匠は、御上の御命を奉じておられるのですよ」

「それはわかっております。でも、私にはどうしても、御上は人をお呪いになってもよいが、余人は呪ってはならぬということに納得がゆかないのです」

暗い中でも、念観が肩を落とすのがわかった。

「せっかく、危うい中をここまで参られたのに、すみません」

「では、御髪のことは、今夜はあきらめましょう。とにかく、ともにお越しください」

「いえ、いけません。このあいだ、寛朝殿にお目にかかったあと、将門殿は私が外出していたことをご存じでした。そして、誰と会うていたのか、と問われました。何とかごまかしましたが、次は申し訳も通らぬでしょう」

「それでも、あと一度だけでよいので、お出かけください」

「いまにも、将門殿が参られるかもしれませぬ」

「将門殿は酒に酔い、別殿で寝ておられます」

「いずれにせよ、このようなことをつづけていれば、いつかは露見し、私も、あなたも捕まって、ひどい仕打ちを受けましょう」

「どうか、どうか、いま一度だけご同道を。今夜、お引き合わせするのはお師匠ではございませぬ。お師匠は、すでに二十一日間の不動護摩供《ごまく》に入られておりますゆえ」

「いったい、あのあばら家にどなたがお出でなのです？」

念観が答えるまでに、少し間があった。

「桔梗殿のごく親しいお方でございます。桔梗殿に会うことを、心から願っておられるお方でございます。そして、桔梗殿とて、ずっとお目にかかりたいと思っているはずのお方でございますよ」

そう言う念観の声は、感極まった響きとなっていた。

「今夜を逃せば、もはや今生では会うことはできないかもしれないのです。戦が迫っておるのですから」

切々と訴える念観を見ていて、桔梗も居ても立ってもいられない気持ちになってきた。そして、しばらく悩んだ末、

「わかりました。参りましょう」

と答えたのだった。

念観はこのあいだと同じように、垣根の破れた箇所や、土塁の切れ目から桔梗を外に連れ出した。そしてしばらく行った先に、同じように枚を銜ませてつないでおいた馬に桔梗を乗せ、出発した。

件《くだん》のあばら家の破れた屋根や、ゆがんだ壁のたたずまいもまた以前のままで、他の田畑では農作業がはじまっているというのに、脇の草原もそのままであった。だが、家のまわりや、草原には、複数の人の気配が感じられた。

土間から中に入ると、その夜、囲炉裏端に座っていたのは、寛朝よりずっと背丈の低い、猫背の男であった。そして、寛朝のときよりも多くの従者がそばに座っていた。彼の背後に三人の武者が、緊張した様子で目を光らせている。

囲炉裏端の猫背の男は、土間に突っ立つ桔梗をじっと見つめたまま黙っている。桔梗もまた、何も言わずにいた。すると、念観が後ろから桔梗に、

「さ、お近くへ」

と促した。

囲炉裏端の男もまた、

「そばに来てくれ」

と言った。嗄《しわが》れた、老けた印象の声である。

桔梗は框からあがったが、囲炉裏端よりずっと手前に膝を折った。体が震え、あまりそばに近づくことはできなかった。

囲炉裏の火や、灯火のそばでよく見ると、やはり思っていた以上に相手は老けた男であった。髪は白く、額の生え際はかなり後退している。頬はこけていたが、薄い肉が垂れ下がり、顎のあたり

に皺が寄っていた。

「お父上でございますよ」

背後から念観が言った。

桔梗には、父の記憶はなかった。しかし、いつも想像していた父は、もっと若々しく、力強く、理想に燃えた男であった。よって、目の前の男が本当の父、藤原秀郷だとはにわかには思えなかった。

「よくぞ来てくれた。そして、よくぞ生きていてくれた。もっとこっちへ寄り、顔を見せてくれ」

そう言われても、まだ桔梗は動けなかった。それで、念観がまた、

「さ、おそばに。お父上ではございませぬか」

と言う。

桔梗はようやく、囲炉裏端まで進んだ。秀郷は、何かとても大事な宝物でも見るように、桔梗の顔をまじまじと見た。それから、床に手を突いて、頭を垂れた。

「いままで、さぞ辛い思いをしただろう。すまなかった。不甲斐ない父を許してくれ」

「いえ……」

秀郷は顔を上げると、みずから桔梗に躙り寄った。そして片方の手で桔梗の手を取り、もう片方の手で、彼女の肩を撫でる。

「今生にてふたたび会え、まことに嬉しい。これまでの生涯において、これほど嬉しいことはなかった」

秀郷の目は潤んでいた。桔梗はそれを見たとき、やはりこの人こそ自分の父だと実感した。桔梗の目にも自然と涙が浮かぶ。

ずっと会いたいと思っていながら、もはや今生では会えないだろうと半ばあきらめていた。悪業にまみれた自分が、これほどの幸せにめぐりあえたのだから、神仏に感謝しなければ罰が当たるというものだ。桔梗は泣きながら、そう思った。

秀郷は桔梗から手を放すと、念観に目をやり、また恭しく頭を垂れる。

「念観殿にも礼を申さねばならぬ。まさか将門のもとから、桔梗を無事に連れ出せるとは思わなかった。『念観はすばしこい者であるから、万事まかせておけばよろしい』との寛朝殿のお文の言葉に従ってよかった」

どうやら、片や呪力によって、片や干戈《かんか》によってと、やり方は違えども、将門打倒の朝命を受けた者同士で、密な連絡がなされているらしい。

「父上こそ、よくぞ生きていてくださいました。そして私にお姿を見せてくださいました。まことに嬉しゅうございます」

そう言った上で、桔梗もまた頭を下げた。

「私こそ、父上に謝らねばなりませぬ」

「なにゆえだ？　かつて、御上のお叱りを受けたのは、この父であるぞ。年端もゆかぬそなたを、氷見《ひみ》ノ梓《あずさ》なる巫のもとに預けたのも、この父であるぞ。そなたに何の罪があると申すのか？　そなたにこれまで、ひどい苦労をかけてまいったのは、ひとえにこの父の罪じゃ」

「聞くところによれば、父上は朝命を奉じられ、将門殿の討伐を行われるとか」

「さよう。いよいよ、わしにも好機がめぐってまいったと思うておる。この戦で手柄を立てられれば、若き日の不名誉を返上できる。そして、そなたのこれまでの苦労にも報いてやれる」

「されど私めは、その将門殿のもとに――」

「聞いておる。だが、そのことを責めようとも思わぬ。そなたはわしのために、諸方を頼り、精いっぱいに生きねばならなかったのだ。わしがそなたを責めたりなどできようか。ゆえにこそ、わしはこうしてみずから、そなたを迎えに参ったのだ。だから、謝るようなことはやめてくれ」

「されども、私が将門殿のもとにいたとなれば、父上の御名を汚すことにもなりましょう」

「将門とのことについては、何も申さずともよい」

秀郷は優しい目で桔梗を見つめながら言う。

「わしは、このときを待っていたのだ。不甲斐なく、愚かであった若き日のしくじりを、少しでも取り戻せるときをな。もう、わしはかなり歳をとっている。かりに将門との戦において幾ばくかの手柄を立てられても、大した立身はできぬかもしれぬ。けれども、そなたをはじめ、血を分けた者たちに、ささやかなりとも幸せを分けてやりたい。少しでも、よい暮らしをさせてやりたいのだ。そして、我が血を引く者たちにも、繁栄する道を歩ませてやりたいのだ」

桔梗が黙っていると、秀郷は掠《かす》れ声ながら、語気を強めた。

「わかるか桔梗。わしは、そなたのためにも、将門を討伐せねばならぬのだよ」

秀郷の熱い言葉を聞けば聞くほど、どういうわけだか、桔梗は居心地の悪さをおぼえていった。

たしかに、父には名誉を回復して欲しかった。思い通りの成果を挙げ、もう二度と、自分自身を責めるようなことはしないで欲しいと思った。けれども桔梗は、将門の熱い思いも知っていた。坂東を栄えさせ、坂東の民を守りたいという将門の思いは真剣なものだ。だからこそ、いかに謀反人、叛逆者と呼ばれようとも、将門にやすやすと死んで欲しくはなかった。呪詛返しの護符を作り、将門に渡したのもそのためだった。

それまで将門殿と言っていた桔梗は、

「新皇様は――」

と話し出した。

秀郷の両眼が驚きに見開かれたが、桔梗はかまわなかった。

「虐げられている坂東の民のため、京の御上によって差し向けられた軍勢と戦わねばならぬのだ、と仰せでございました。新皇様は、決してご自身や、お身内の方のために戦われるのではないのです」

「わしとて、坂東の民のことを思うておらぬはずがなかろう。そなたも存じておろうが、かつて、わしが罪を犯してしもうたのも、坂東の民を不憫《ふびん》に思うたがゆえだ。その思いが抑えられぬほど強かったがゆえに、無分別なことをなしてしもうたのだ」

恥ずかしそうに下を向いて言った秀郷は、また顔をあげた。

「よく聞いてくれ、桔梗。このまま将門の好きにさせれば、それこそ坂東の民は不憫きわまりないことになろうぞ。この地に暮らす民草もまた、将門と同罪と見なされようからだ」

「父上と新皇様とが、和議を結ぶというわけにはまいらぬのでございましょうか？　どちらも坂東の民のことを大切に思っておられるのでございましょう。ならば、お互いに手を取り合って、坂東のために尽くされればよろしゅうございましょうに」

秀郷は呆れ返っている。

「さようなわけにはまいらぬ。まいらぬに決まっておろう。天が下に二人の帝が立つなどということはあり得ぬのだ。そなた、そこまで将門という男に惚れておるのか……」

桔梗は、秀郷に叱られ、愛想を尽かされたと思った。ところが、秀郷は袖で目元を拭い、かえって自分を責めるように言った。

「哀れな娘だ。父の罪業の深さゆえに、かような哀れなことになってしもうた。……まあ、よい。とにかくいまは、わしとともに参ろうぞ」

「参る?」

「まさか、また将門のもとに戻ると申すのではあるまいな?　そなたがどれほど将門を強く慕っておろうとも、あれは天下の大罪人なのだぞ。討たれねばならぬ者なのだぞ」

「私が帰らなければ、不審に思った営所の兵たちが追ってまいるやもしれませぬ」

「いや、いますぐにここを発てば、追いつかれる懸念はあるまい。我らとともに参ってくれ。そなたとは、積もる話がある。お互いに、語り合いたいことがたくさんあるはずだ。それにな……」

　少し言いよどんでから、秀郷はつづけた。

「そなたにはほかにも、じっくりと尋ねたいことがあるのだ。将門がどのような男かについてな。と申すのも、敵の陣中のどこに将門がおるのかがわからずに困っておる」

　桔梗は呆れた。戦場での将門について、女の自分に何がわかるというのだろうか。

　秀郷がここに来た理由が、ほんとうに生き別れた娘に会い、漂泊の巫の身から救い出そうという気持ちからなのかを、桔梗は疑いはじめた。

　すると、今度は秀郷の背後に控えていた従者の一人が、口を開いた。

「将門には何人もの影武者がおるようでありましてな。矢を射て将門を討ち取ろうにも、どこに狙いを定めてよいやらわからぬのです」

　たしかに、将門の周囲には彼の弟たちがひしめいているはずだ。彼らは似たような風貌の者たちであり、とりわけ大鎧を着ていれば、遠目からではどれが本物の将門かを判別するのはなかなか難しいことだろう。

「私にも、ご陣中でどのように見分ければよいかなどわかりませぬ」

「まあよい。とにかく、ともに参ろうぞ。話は後ほど、ゆっくりとでよい」

秀郷が立ちあがると、背後にいた従者たちも立ちあがった。このまま、将門のもとを離れ、父についていくべきか否かについて桔梗が考える間もなく、従者のうちの一人が、彼女の手を取って立ちあがらせた。

家の裏手には、馬が数匹、つながれていた。そのうちの一匹に桔梗は乗せられた。手綱を握るのは、秀郷の郎等である。秀郷や他の従者も馬に乗る。

「父御にふたたび会えて、よろしゅうございましたな。これから、まことにお幸せになられませ」

念観が、桔梗の馬のそばへ来て言った。まだまだ幼い顔つきの癖に、ませたことを言うものだと思って桔梗は少しおかしくなった。

「念観殿は、一緒には参られぬのですか?」

「私にはまだご用があります。お師匠のもとに急いで帰らねばならぬのです」

「ああ、そうなの」

「では、お気をつけて」

「そちらもね」

念観は闇の中に消えていった。

一行は出発した。秀郷の馬は前のほうを行く。彼らは、将門の営所から離れるように進んでいった。

将門方の者に見つからないようにするためであろう、松明も先頭をゆく者しか灯しておらず、周囲は暗かった。その癖、一行はかなりの速さで進んでいるように思えた。やはり、将門陣営からできるだけ早く遠ざかりたいのだろう。

顔見知りの念観と別れ、闇の中を馬に揺られていると、桔梗はとても心細くなってきた。ずっと会いたかった実の父とともに行くといっても、桔梗の心は少しも落ち着かない。このまま父に連れられ、将門のもとを去ってよいものだろうかという迷いが、進めば進むほど高まるのだった。

かつて、師匠の氷見ノ梓は言っていた。物事に白黒をはっきりつけられないのが、我ら女の性《さが》であり、罪深いところなのだ、と。

氷見ノ梓は、すでに鬼籍に入っているが、身寄りのない童を自分の実の子のように扱い、面倒を見る、仁慈の心の持ち主ではあった。しかし、巫修行においての厳しさは尋常ではなく、弟子に怠けた態度を示す者がいれば容赦はなかった。桔梗も、何度も竹の鞭《むち》でひっぱたかれたものだ。

ほとんど戯れ言も言わず、笑顔を見せることもなかった恐ろしい師が、その女の性について述べたときには、自嘲も混じっていたのか、虫歯によって変色した前歯を見せて、大笑いしたものだ。「これぱかりはどうしようもない。困ったものだ」と嘆いていたのか、あるいは「だから何だ」と開き直っていたのかはわからないが。

桔梗もいま、将門が正しいのか、秀郷が正しいのか、白黒をはっきりさせられなかった。それが、自分が女人であるからなのかは定かではないが、馬に乗せられて父とともに連れてゆかれるいまの状況はしっくり来なかった。

このまま流されたくはない。そう思った桔梗は、ほとんど無意識に鐙《あぶみ》を強く蹴っていた。突然、平衡を失った馬が、枚を銜みながらも激しく喉を鳴らし、前脚を上げた。桔梗は鞍から滑り落ち、道の脇の茂みに転がった。

その後も、馬は前脚や後脚をはね上げ、やがて、桔梗とともに鞍に座っていた男も落馬した。

「おい、どうした?」

「何があったのだ?」

「ご息女は無事か?　どこだ?」

男たちが恐慌を来して叫ぶ声が闇夜に響く。松明を持った男が先頭から戻ってきたようで、その明かりが揺れている。

桔梗は、尻と太股をしたたかに打ち、また、地面についた左手をすり剝いてしまったが、頭は打っておらず、意識ははっきりしていた。

痛みを堪えながらも、できるだけ音を立てないように藪の中を這《は》ってくぐり、男たちから遠ざかろうとした。そして、しばらくして立ち上がると、闇の中を駆けた。

泥沼や川が多々あり、地面には硬い石も転がっている。顔の前には木の枝も迫る。それでも不思議なことに、桔梗はそれらに妨げられずに走ることができた。真っ暗ながら、どこに障害物があるかを感じ取ることができたのだ。「そっちではない。こっちだ」という声が胸に響くのである。何かに導かれていると感じながら、桔梗は無我夢中で走った。

彼女が石井営所に戻ってきたときには、空の東端が白くなりはじめていた。息はあがり、くたくただったが、しかしそれでも、ここまで休まずに走れ、しかも、ほとんど迷わずに帰ってこられたことが自分でも信じられなかった。

例の土塁の切れ目から営所内に入ってからも、桔梗は誰にも見とがめられなかった。だが、従類の中でも高位の側近たちの邸のあいだを走り、将門の邸に戻ろうとしたとき、にわかに後ろから、おい、と声を掛けられた。

振り返ると、そこに一人の男が立っていた。さしたる大男ではないが、組んだ腕の太さに見覚えがある。

「あれ、お久しぶりでございますね。少し、お痩せになりましたか」

最近、姿を見かけなかった伊和員経《いわのかずつね》である。かつては将門の最側近であったが、彼が新皇と称したことに反対したため、勘気を被って、遠ざけられていた。

「どこへ行っていた？」

員経に問われて、桔梗はまた、将門についたのと同じ嘘をついた。

「近くのお社へ参っていたのでございます。あの小山のそばの」

「夜中にか？」

「呼ばれました」

「誰に会うていた？」

秀郷に会ってきたと言えば、この営所から、彼のもとにただちに討っ手が差し向けられることだろう。だが、桔梗はそれを望んでいなかった。

「お社に祀られた御坊にございます」

「御坊？　誰だ？」

「わかりませぬ。でも、呼ばれたのでございます」

「嘘を申すな」

「嘘ではありませぬ。私は巫でございますよ」

次第に明るくなってくる中、員経は桔梗の全身をじろじろと見まわす。

「衣も、手足も、ずいぶんと汚れておるな。すぐ近くのお社に行ってきたとは思えぬ、ひどい恰好だ」

桔梗は何と答えるべきかを考えた。しかし、気の利いたことが浮かばず、ただ、

「さようで」

と言った。

「さようで、ではない。まことを申せ。どこで、何をしておった？　誰と会うていた？」

「それが、実のところ、よく覚えていないのでございます」

員経の顔から力が抜けていく。彼は口を大きく開けた。

「お社の前で手を合わせておりましたところ、私はどうやらまた気を失いましたようで。目が覚めると、お社の前で泥だらけで倒れておりました」

「まことか？」

「はい」

「まことに、まことか？」

「まことに、まことでございます」

こうなったら、徹底的に嘘をつき通すしかないと桔梗は腹を決め、しゃあしゃあと言ってのけた。

すると、員経も何も言えなくなった。

「では、失礼いたします」

桔梗は頭を下げ、員経に背中を向けて去っていった。

四

念観は、山道を走っていた。息は苦しかったが、それでも走るのをやめなかった。体は成熟しき

っていないが、その足取りは力強く、素早い。生まれつき、彼の身体機能は並外れていた。

彼が下総国の公津ヶ原《こうづがはら》と呼ばれる地にたどり着いたのは、藤原秀郷や桔梗と別れた翌日の、陽が西の空に傾きはじめた頃であった。そこは、古代の豪族のものと思しき古墳があちこちに築かれた原野で、神津ヶ原とも呼ばれる。

緑に覆われた墳墓がいくつもあるということは、太古からこの地に人が住み、独立した社会が築かれ、王国のようなものがあったことの証であった。それが時を経て、次第に中央の政権に服属せざるを得なくなっていったわけだ。

念観がその地の中ほどへ走っていくと、大地を震わすような、殷々《いんいん》とした男たちの声が聞こえてきた。誦経《ずきよう》の声である。

さらに丘を越え、なだらかな下り坂にいたった先に、開けた原っぱがあり、その中央に大きな炎が立ちあがっているのが見えた。その火の周囲で、五、六人の僧侶どもが、鉦《かね》や太鼓を叩きながら、一心に経文を唱えているのである。

僧侶たちを取り囲むように、護衛の兵たちが薙刀を立ててぽつぽつと立っていたが、念観が近づいていっても、兵らは彼を止めはしなかった。彼らは念観のことを見知っていた。

炎は護摩供のものであった。護摩木がくべられた上に油が注がれ、火が立ちのぼっている。それがさらに風に煽られることによって、生き物のように高くなったり、低くなったり、右へ左へと揺れたりする。それがまるで、僧たちの誦経の声に反応して踊っているようにも見えた。

僧たちのうち、炎のすぐ前に座しているのは寛朝だった。そして、炎を挟んで向かい側の台座に置かれているのは、不動明王像である。神護寺に祀られていた、弘法大師空海がみずから彫ったと伝えられるものだ。像の上には、雨よけのため、簡単な御堂が立てられているだけだから、炎の光を反射して、その憤怒の目がぎらぎらと光るのもつぶさに見える。

念観にとって、寛朝は師であり、主人であり、父であり、兄でもあった。

念観は、両親が何者であるかを知らない。赤子のときに洛中の路傍に捨てられていたのを、神護寺の某僧が稚児とすべく拾ったのだ。それが、彼が仏道の世界に入ったきっかけであった。

この当時、仏僧の世界であっても、出自が物を言った。すなわち、本来、僧侶としては、その修行の進み具合で地位の上下を決めるべきであるはずだが、身分の高い家柄の者が高い地位を独占し、高僧として敬われていたのだ。捨て子あがりの念観は、一生、神護寺の下働きとして生きるはずであった。ところがあるとき、神護寺を訪れた、体格のよい一人の僧の目に留まり、「私とともに参れ」と命じられたのである。「そなたは脚が速かろう。それを、私のために役立てるのだ。これはすべて、前生からの因縁のあることだ」などと彼は言った。

念観を拾って、稚児として育てていた僧も、また神護寺の他の偉い僧たちも、「あの方の御命には素直に従え」と言った。それが、一品の宮の御子、寛朝であった。

以来、念観は寛朝を「お師匠」と呼び、いつもそばにあって、彼の指示を受けて動くようになったのである。そして、坂東にもともに下ってきた。

念観は早く寛朝に復命したかったが、護摩供を中断させるわけにもゆかず、誦経が途絶えるのを待たねばならなかった。念観のそわそわした様子が気になったのか、僧の一人が寛朝のそばにより、何事かを耳打ちしたものの、寛朝はまるで聞こえていないかのように護摩を焚き、誦経をつづけた。

日が暮れる頃、ようやく寛朝が、

「念観、おるか」

と呼んだ。

「はっ」

念観がそばに進んでみれば、護摩を焼く炎に照らされた寛朝の頭も、顔も汗まみれであった。陽が落ちて、あたりには冷気が強まっているが、護摩壇の炎のそばの空気は熱い。

この不動護摩供は、ほとんど不眠不休で二十一日間つづけられる。まだはじめてから六、七日しかたっていないが、炎の前に座りつづける寛朝の顔には火膨れが見え、眉は焼けてしまっていた。天皇から受け取った天国の宝剣を肩にかけて立て、歯を喰いしばる姿を見るに、まるで寛朝自身が不動明王に変じたようであった。

「桔梗は将門のもとから連れ出したのか？」

「はい。秀郷殿と対面なされました」

「ではいま、桔梗は父御のもとにおるのだな」

念観は頷く。

「将門の髪の毛は持って参ったか？」

「いえ。桔梗殿は、それは渡すわけにはまいらぬと申されて」

別の僧が、瓶から汲んだ水を椀《わん》に入れて寛朝に差し出した。寛朝はそれを一気に飲み干したあと、首を傾げた。

「そうか……しかしそれにしても、どうも変なのだ」

椀を下げさせたあとも、寛朝は、変だ、と呟いている。

「どうかなさったのでございますか、お師匠？」

「結願《けちがん》はまだまだ先なのだがな、それにしてもいつもと違う。いくら祈禱をなしても、手応えがないと申すのか……いや、それどころか、いつもよりも行がしんどく感じられるのだよ」

寛朝ほどの生まれつきの霊力も、また仏道修行に打ち込んだ経験もない念観には、その言わんとするところがわからなかった。

「おそらく、呪詛返しの術法が使われておるのではないかと思う」

「呪詛返し……秀郷殿の郎等のお一人が、敵のうちに将門を捜そうにも見当たらぬと申しておりましたが、それもその術とかかわりがございましょうか？」

「何と、そう申しておったか。やはり……」

「呪詛返しというのは、破るのが難しいものなのでございますか？」

「難しかろうが何であろうが、破れねば御上のご用には立てぬ」

「それは、そうでございましょう」

「だが、どのような呪法が使われているのかが、いまひとつわからぬのだ。おそらく、護符であろうとは思うのだが……その護符を記したのは、桔梗であるかもしれぬな」

「そうであれば、さほど難しいものではございますまい」

念観がそう言ったのは、桔梗は地下の巫に過ぎないからだった。帝の信頼も厚い、当代随一の力を持つ寛朝が、その呪法を破れないはずがないと思ったのだ。

ところが、寛朝はかぶりを振った。

「法師や陰陽師の類いが張った結界であれば、かえって破りやすいのだ。およその手の内はわかっておるからな。だが、相手が桔梗だとすると、なかなか手ごわいことになる」

「地下の巫だからでございますか？」

「それもある。我らが諳《そら》んじておらぬような手を使うかもしれぬからな。だが、それだけではないのだよ。あやつはな、あやつ自身でも気づいておらぬほどの力を、生まれつき持っておるのだ。おそらく桔梗は、前生においても、前々生においても、呪《まじな》いの修行をしていたのだろう。その最中に増上慢に陥った報いが、あやつの今生での運命に影を落としているのかもしれぬ」

腕組みをして考え込む寛朝を見ていると、念観には、あの無害そうな桔梗が非常に恐ろしい鬼のようにも思えてきた。

「念観よ、秀郷殿は下野にお帰りか？」

「はい」

「桔梗もそこにおろうか？」

「おそらく」

「帰ってきてすぐですまぬが、下野へ参ってくれぬか」

「秀郷殿はお帰りののち、ただちに出陣されます。将門のもとに兵がほとんどいないことがわかりましたので。だとすれば、行き違いになるかもしれません」

「秀郷殿には会えずともよい。桔梗にどうしても会ってきてもらいたいのだ」

「桔梗殿は、将門の髪を持っていないのではないかと」

「髪はもうよい。呪詛返しをどのように行ったのかを聞き出すのだ。もう、将門のそばを離れ、父御のもとに帰ったのだから、それは教えてくれるはずだ」

「わかりました」

「急いでくれよ。ことによっては、将門を調伏する前に、桔梗を調伏せねばならぬかもしれぬからな」

「はい」

返事をするや、念観はまた、夜道を駆けていった。

第七章 業火《ごうか》

一

一月の下旬のこと、下野掾《しもつけのじよう》・藤原秀郷が兵を挙げた。彼は常陸掾・平貞盛とともに四千余の兵を組織すると、将門討伐に向かったのだ。

将門の憤りようは尋常ではなかった。貞盛を捕まえられないと思っていたら、彼は秀郷のもとに匿われていたようだとわかった。しかも、将門の兵たちがそれぞれの本拠に帰され、手元には千以下しかいないときを狙って、彼らは連合してこちらに攻めてきたのだ。将門は、自分がまったくもって虚仮にされたと感じた。

この危機的状況の中、宰相・興世王の邸に一人の男が訪れている。伊和員経《いわのかずつね》であった。すでに将門のそばを遠ざけられた者が今頃、何の用であろうかと興世王は驚く。会う必要もないと思ったが、員経が門番に対して、将門の命運にかかわる大事な用だと大声で訴え、その場を動こうとしないというので、会ってやることにした。

「これは、これは。息災であったかのう?」

「ええ、まあ……」

員経は、しばらく見ないうちに顔は窶《やつ》れているようだったが、声には力があった。

「にわかに押しかけたご無礼の段は、伏してお詫び申し上げる。さりながら、殿の一大事につき、お耳に入れねばならぬと思い――」

「殿？　殿とはどなたのことか？」

員経は、えい、と悔しそうに声を漏らしてから、

「新皇様のことにござる」

と言い直した。

「新皇様のおそばに、間者《かんじゃ》がおるものと思われまする」

「間者だと？　それは誰か？」

員経は、

「御免」

と言って、興世王に躙り寄ると、声を低めてひそひそと話し出した。


それからしばらくして、新皇の御所で朝議が行われた。京の朝廷では、朝議といっても天皇はほとんどかかわらない。陣座において高官たちが「陣定《じんのさだめ》」を行い、物事を決めるのである。だが、坂東においては、もちろん新皇が常に親臨《しんりん》し、最終決定はみずから行った。

このときの議題は、もちろん、圧倒的な大軍で迫る秀郷や貞盛の軍勢に、どのように対処するかということだった。選択肢は、勢いに任せ、いまいる兵のみで直ちに先制攻撃をかけるか、解散した兵たちにふたたび動員令をかけ、十分な態勢を取り戻してから戦うかの二つに一つであると考えられた。出座した者たちはみな、どのように意見を述べるべきか、他の者は何を主張するのかとあれこれ考えつつ、緊張した面持ちで居並んでいた。

やがて、将門が玉座に着き、朝議が開始されるや、興世王が真っ先に、

「御上、まずもって言上仕りたき儀がございます」

と発言した。

「何であるか」

「獅子《しし》身中の虫との言葉がございますが――」

「その言葉なら、朕も知っておるぞ」

将門は笑顔で応じたが、興世王は畏まった態度を崩さない。

「敵は、味方と思う者、ごく親しい者のうちにもおるものでございます。我らがよくよく考えるべきは、なにゆえに、我らのもとに兵がほとんどいなくなったまさにその折に、秀郷らが大軍を催して攻めてまいったのか、ということでございます」

「敵の間者がおると申すか？」

「桔梗殿のことにございます」

意外な名が出て、一同は驚愕する。

興世王の桔梗に対する思いは複雑である。人として好きか嫌いかと言われれば、もちろん大嫌いだった。これはもう、ほとんど理屈を超えたことであって、とにかくあの女がそばにいると、臭くて、虫酸《むしず》が走るほどの嫌悪感をおぼえるのだ。だがそのいっぽうで、将門が新皇に即位したのは、桔梗の神託によってであった。すなわち、この坂東政権や、そこでの自分の宰相としての地位の正当性も、桔梗によって与えられたと言ってよかった。その意味では、桔梗は将門のそばで生かしておいてもよいだろうと思ってきた。

「桔梗が間者であると思うわけは？」

将門は顔をしかめながら問うた。

「桔梗殿は先日、何者かと連れ立って、夜中に出かけたようでございます。これまでにも、桔梗殿が夜中に出歩くようなことはございませんでしたか？」

将門は笑顔で首を横に振った。

「朕は知らぬ」

「朝方、桔梗殿がこちらへ帰ってくるのを認め、問いただした者がおります。伊和員経殿にございます」

また、一同にどよめきが起きる。

「員経殿が『どこで何をしていたか』と問うと、桔梗殿は『お社《やしろ》に呼ばれ、参っていた』などと答えたとのこと」

「ああ、なるほど。あれは巫《かんなぎ》であるからな」

「では、これまでにも、桔梗殿が神霊に呼ばれて夜中に出かけたことが？」

「あったかもしれぬ。だが、その社は目と鼻の先。敵への内通を疑うようなことではあるまい」

「いや員経殿は、桔梗殿が迎えの者の導きで馬に乗り、どこかへ出かけたのを見たと申してござる。その後、桔梗殿は一晩中帰らず、朝方にようやく姿をあらわしたと思えば、全身泥まみれであったとか」

「泥まみれ、なあ」

だから何だ、と言うように将門は答えた。

「そのいなくなっているあいだに、あれが秀郷や貞盛と通じていたと申すのか？　何か証でもあるのか？」

証と言われると、興世王は口ごもらざるを得ない。

すると、副将軍の藤原玄茂が口を開いた。

「畏れながら申し上げます。これは、よくよくお調べになるべきかと存じます」

「桔梗が内通しているとして、誰と通じておると申すのだ？」

「それは、しかとはわかりませぬが……いまや、京都は新皇様を討伐するための兵を召募し、こちらへ差し向けております。敵はいたるところにおると思し召されねばならぬかと存じます」

「朕にいかがせよと申すのだ？　桔梗が、我らの何を教えるというのだ？　あの女に何ができる？」

「それを、お調べになるべきであろうか、と。何もなければよろしいが――」

「何かあったら？」

「それは、その――」

「何だ？」

「畏れながら、斬らねばならぬかと……」

朝議の場がしんと静まった。重苦しい空気が流れたが、それを破ったのは、将門の哄笑であった。

「そのほうら、肩に力が入りすぎておるぞ。敵が迫るとあって、臆病風に吹かれておるのではないか。何をさまでにうろたえておる」

将門にそう言われると、興世王も玄茂も、それ以上の反論はできなかった。

「だいたい、あの員経のような慮外者の言をまともに取り上げることもあるまい。桔梗のことは、案ずるには及ばぬ。朕に任せておけ。それより、軍陣のことだ」

一同は畏まって頭を下げた。それによって、興世王が提起した桔梗についての討議は終わった。

興世王は癪であったが、黙らざるを得なかった。

「各々、考えを述べるがよい」

将門がそう言うと、それぞれが意見具申をはじめた。

もちろん、兵らを急遽、再招集すべきだと主張する者もいた。敵の四千余に対して、味方の千弱ではいかにも分が悪い。切所《せつしょ》にて守りを固めて時間を稼ぎ、兵らが集まったところで決戦すべきだというのだ。

だが、藤原玄茂、多治経明、坂上遂高《さかのうえのかつたか》らの主立った連中は、自分たちは一騎当千の者だという自信を持っていたから、すぐにも出陣し、決戦すべきだと主張した。いまから兵を集めても、敵の主力が下総《しもうさ》に来るまでには間に合わないであろうし、そもそも十分な守りを固めてから決戦しようという消極的な考えでは勝利を得られない、と言うのだ。

たしかに戦史においても、寡兵が奇襲攻撃によって数倍する大敵に打ち勝った例は少なくない。ましてや、この当時のもののふの争いでは、そのようなことがしばしばあった。

秀郷や貞盛が率いる軍勢においても、その大多数を占めるのは伴類である。すなわち、あまり統制が取れておらず、士気もさして高くない農民たちだ。将門腹心の豪傑たちが積極策をとり、遮二無二攻めかかれば、人数がいかに多くとも、敵は瞬く間に崩れておかしくはなかった。

議論の趨勢《すうせい》が積極策に傾いていく中、興世王は内心、危うい、と思っていた。彼はこの将門軍団のうちにあっては政治担当であって、軍事担当ではなかったから、軍議においては他に譲り、黙っていることが多かった。けれどもこのときは、非常に嫌な予感がした。頭の中央と、鳩尾《みぞおち》のあたりに疼痛を感じる。こうした場合の予感は、当たることが多かった。

興世王は何か発言しなければならないと思ったが、予感がする、というだけでは、ここにいる坂東の粗野なもののふたちを説得することはできないこともわかっていた。何か、それなりにもっともらしい理屈がないものかと考えているうち、将門が、

「ただちに出陣すべし」

と決を下してしまった。

「いや」

興世王は驚いて声を上げた。

「何だ?」

「それでよろしいのでしょうか?」

「よろしくないのか?」

「よろしくないと申し上げるわけではありませぬが、いま少し、よく考えるべきかと」

「もはや、考えは尽くし申した」

と玄茂が言う。

「いまは動くときにござる。考えておれば、出陣が遅れましょう」

「その通りだ」

と言って、将門は立ちあがった。

「お待ちを」

と興世王は叫んだが、玄茂が、

「勅は下り申した」

と怒鳴りつけるように言った。

将門は振り向きもせずに奥へ引き上げ、人々が一斉に出陣のために動き出した。

その場にへたり込むように座りつづける興世王は、桔梗をいっそう憎らしく思った。将門が道に迷い、敗北へとひた走る原因は、桔梗にほかなるまいと考えていた。


出征の前夜、将門は桔梗のもとに来た。

そのときの将門は、戦の前だというのにとても静かで、穏やかであった。

「こたびの戦は、どちらに分があるか？　我らの勝利に決まっておろうな？」

「どちらが勝つかを占えとおっしゃるのでございますか？」

するると将門は、

「いや」

と言った。

「占うまでもない。我らには八幡大菩薩がついておるのだから。勝利は疑いようがない。そうであろう？」

将門の言い方は、占って欲しいのか、欲しくないのか、曖昧だった。勝てる自信が本当にあるのならば、勝利に決まっているかどうかなど、少しばかりでも尋ねる必要はないはずだ。

「では、占いませぬ」

「それでよい。ところで、例の御坊だが」

「何でございます？」

「あの社に祀られておるという僧侶だ。ときおり、おことを呼んでいるようだが」

「毎日、お参りしております」

「いつも、どのような話をしているのだ？」

何と答えたものかと迷ううち、桔梗は、自分の全身が一瞬にして光に包まれたように感じた。繭のように取り巻く光の殻のせいで、桔梗は身動きが取れなくなった。喋ることもできない。にもかかわらず、恐ろしさや不安はほとんど感じなかった。

「おい、どうした？　しっかりしろ」

心配する将門の声が、桔梗には遠くに聞こえる。そして、将門の姿も視界から消え失せた。やがて、その光の繭の胸のあたりの部分が、すっと前方に伸びはじめた。まるで多くの糸をよじって、一本の紐を作ったように細く尖《とが》りながら、光は遠くへと伸びていく。もはや先端は見えないほどに、先の先まで伸びていった。

すると今度は、まるで血管のうちを血液が流れるように、その紐をたどって、向こうからこちらに流れてくるものがある。寄せては返す波のように、それは桔梗の胸になだれ込んできた。

桔梗には、見えざるものが見えはじめた。すでにして、「後ろの目」は開かれていた。だが、後ろの目だけで見るというよりも、ほとんど全身で見ている感覚に近かった。

彼女が見ているのは、一人の男が馬の首に縄をかけ、引っ張っている様であった。馬が暴れるため、男は腰を落とし、必死に縄を引こうとする。けれども、馬の力が強く、かえって男のほうが引っ張られてしまう。お互いに綱引きをするうち、縄は滑って男の手を離れた。男は地面に尻餅をつき、馬は走って、どこかへ行ってしまった。

その瞬間、桔梗の胸のあたりから前方に伸びていた光の紐もちぎれた。全身を包んでいた繭も次第に光を弱めてゆき、消えた。

気がついたとき、桔梗の目の前には、眉根を寄せてこちらを見つめる将門がいた。

「馬が、逃げてしまいました」

「馬……何を申しておる？」

「手綱をしっかりとお握りなさいませ。決して、手を放してはなりませぬ。馬が去ってしまいます」

桔梗は、将門の腕にしがみつくようにして言った。

「お願いでございます。約束してくださいませ」

「何の話だか、さっぱりわからぬぞ」

「率いられる方々をよく束ね、遠くへ行かせぬようにすべきです。しっかりと手綱を握っておかねばなりませぬ」

じっと桔梗を見ていた将門は、にこりと笑った。

「もちろん、そのようにする。安堵せよ」

それでも、桔梗はじっとしていられなくなり、座を立った。

「どこへ参る？」

戸惑う将門をよそに、桔梗は几帳の外へ出た。文机のそばの大殿油に火を移し、文箱を開ける。筆をとり、また紙に様々な文字を書きはじめた。

「何をしておる？」

桔梗はその紙を複雑に折り畳み、そばに来た将門に渡した。

「護符でございます」

「護符はすでに受け取っておるぞ。次の戦場にも首から下げてゆくつもりだ」

「新しいもののほうが強い効き目があります。こちらの護符を、肌身離さずにお持ちください」

「そうか。そうしよう」

将門は嬉しそうに言うと、桔梗を抱きしめ、口を吸った。豪傑のものらしくない、柔らかな唇であった。

二月一日、将門は千に足らぬ兵とともに、下野国に向かった。

大将の将門は前陣を率い、副将軍の藤原玄茂や多治経明、坂上遂高らが後陣を率いる隊列を組んでいたが、玄茂らのもとに物見から「敵を発見した」という注進があった。

そこがどのあたりであったのかは史料上、不明である。だが、近くに高い山があり、物見の注進の実否を確かめるためにそこに登ってみれば、たしかに敵の大軍が北方から迫るのが見えたという。

玄茂および経明、遂高らは協議した。この情勢を将門に報告し、彼の指示を待つという手もあった。しかし、戦いは生き物であり、勢いが物を言う。もたもたしていれば戦機を失い、かえって味方にとって不利となる可能性もあった。

とりわけ当時の細い悪路において、離れた場所にいる将門のもとに使者を派し、その使者が将門の指示をもたらすまで待てば、非常に長い時間を要することになる。味方は小勢であるのだから、その間に敵にこちらの位置を知られ、包囲されてしまうことも予想された。

玄茂たちが出した結論は、将門の指示を仰ぐことなく、自分たちのみでただちに秀郷・貞盛軍に攻撃をしかけることであった。自分たちが、これまで数々の勝利をあげてきた将門軍団の、中核をなす精鋭たちであるという自信が彼らにはあった。一丸となって虚を衝《つ》けば、いかに大敵とはいえ、一気に崩すことができると踏んだのだ。

ところが、秀郷もまた老練な武将であった。彼は常に兵らに、

「敵はいつ、どこから攻めかかってくるかわからぬ。用心を怠るな」

と厳命していた。

すでに、将門のもとには千にも及ばない兵しかいないことを把握した上で、秀郷は出兵したのだ。数で劣った将門軍に勝機があるとすれば、奇襲しかないだろう。とりわけ、将門やその部将たちは、みずからを歴戦の勇士と自負しているであろうから、果敢に攻めかかってくるものと予想していた。秀郷は敵の出方を様々に想定し、計略を練りに練っていた。だから、玄茂たちの軍がにわかに攻めてきたとき、

「敵はわずかだ。恐るるに足らず」

と言って周囲を落ち着かせると、兵を分かち、巧みな計略で敵を味方の懐のうちに導いた。そして、散々に叩いてやった。

寡兵は、大軍を率いた老練な将の謀《はかりごと》のうちに陥り、奇襲の計略を破られてしまえば、ひとたまりもない。玄茂の兵たちは、目も当てられぬほどの惨敗を喫した。そのあたりの地形や道に通じている兵は矢のような速さで逃げ去ったが、道に通じていない者たちは、やみくもに走るうち、ほとんど討ち取られてしまった。

奇襲を撃退した秀郷・貞盛の軍は、逃げる敵兵を追って進んだ。そして、『将門記』によれば、その日の未申《ひつじさる》の剋（午後二時から四時頃）、下総国の川口村《かわぐちむら》に到着した。

この川口村は、現在の結城郡八千代町水口《やちよまちみのくち》あたりと比定されている。そうであれば、飯沼《いいぬま》の北東で、将門の根拠の一つ、鎌輪の宿に近く、石井営所《いわいえいしょ》からは沼を隔てて十数キロの距離である。将門は、そこに陣を敷いていたものと思われる。

迫り来る敵を見やり、将門は、率いる者をよく束ねよ、という桔梗の言葉を思い出していた。結局のところ、彼は麾下の者をうまく制御できなかった。ただでさえ小勢であるにもかかわらず、兵

力を分散させ、敵の思うつぼにはまってしまったのだ。

だが、もはやそのことを悔いてもしかたがない。将門は、かろうじて逃げてきた兵たちを収容すると、みずから声を上げ、剣をふるいながら、敵目がけて真っ先に進んだ。付き従う者たちも、遅れじと猛然と走り出した。

真っ黒に固まってぶつかってくる将門軍の前に、秀郷・貞盛軍も混乱に陥った。そのとき、貞盛は天を仰ぎながらこう言ったという。

「将門軍は雲の上の稲妻のようで、味方は厠《かわや》の底の虫のようだ」

〈厠の底の虫〉というのも、何とも情けない表現だ。だがそれほど無力で、惨めに見えるほどに、秀郷・貞盛軍の兵らは震え上がり、混乱してしまったということなのだろう。

しかしながら、貞盛は同時に、

「私の方には法なく、公の方には天あり」

と言って兵らを鼓舞した。

つまり、朝廷の兵は〈公〉のものだが、将門がいかに新皇などと称しようともその兵は〈私〉のものに過ぎない。よって、将門の兵には大義がなく、朝廷の兵には天が味方しているから、必ず勝てるというのだ。さらに、

「三千人の兵ども、決して敵に背を向けるな」

とも叫び、兵らを激励した。

矢が乱れ飛んだ。もちろん、その多くが秀郷・貞盛軍のほうから放たれたものである。将門軍の武者や兵が次々と矢を受けて倒れていく。にもかかわらず、将門軍は怯まず、まっしぐらに敵の只中に突っ込んでいった。

秀郷・貞盛軍の中にはこのときも、弓の達人、猿丸が加わっている。彼は主に騎馬武者に向けて矢を射ていたが、いわゆる大鎧は、矢を防ぐための工夫が凝らされていた。この当時の最も強力な武器は弓矢であったから、それも当然なのだが、胸板や喉輪、大袖などの隙間から、武者の体に正確に矢を打ち込まなければ、致命傷を与えることは難しかった。しかも、風が吹き、相手が馬上で暴れているとなれば、その難しさは何倍にもなる。

猿丸が放つ矢も、鎧にはじかれたり、あるいはその上に突き立ったりするだけで、敵を傷つけられずに終わる場合も多い。それでも、さすがの名人であるため、幾人かの馬上の武者を仕留め得た。だが、猿丸はまったく満足できないばかりか、かえって焦っていた。真の狙いである将門がどこにいるかわからないのだ。同じような背恰好、同じような顔つきの者が、そろって見事な緋縅《ひおどし》の鎧を着ている。騎馬武者を討ち取っても、討ち取っても、将門軍の進撃は止まらないから、おそらく将門は生きているものと思われた。

しかし、さすがの将門軍の勢いも、次第に弱まっていった。藤原玄茂らの兵が敗れたあとであるから、将門軍はこの川口村での合戦が開始された段階で、相当の少数になっている。その上、大軍に対して決死の突入をはかったのであるから、さらに犠牲者は増えていた。

黄昏《たそがれ》にいたると、将門軍は後退をはじめた。怒り、恥じながら退却する将門の兵たちを、貞盛率いる常陸国の軍は、嘲笑しつつ見送ったという。

二

勝利した貞盛と秀郷は、軍勢を率いて常陸国府に入った。

常陸国軍はかつて、将門軍に敗北し、京の朝廷に任じられた国司たちも捕虜になったり、追放されたりした。その後、新皇を称する将門によって国司が任命されたが、秀郷・貞盛軍の到来によって、今度は彼らが逃亡する番となった。こうしてようやく、朝廷側は常陸国府を取り戻したのであり、貞盛にとっても、将門に対するはじめての圧倒的戦勝となった。

秀郷と貞盛が国衙《こくが》に入ってみれば、殿中は雑然としていた。紙片が散らばり、扉が外れ、投げ出されている。板床は沓《くつ》の跡だらけだ。そこに詰めていた者たちが慌てふためいて逃げたことを物語っており、貞盛はそれを見るにつけても、いい気味だと思った。

「ようやく、将門めに借りを返すことができ申した」

彼は泣き叫ぶような声で感激をあらわにし、秀郷に礼を言った。

「ひとえに、貴殿のおかげにございます」

「何を申される。顔を上げてくだされ。この勝利は、貴殿の目覚ましきお働きがあったればこそ」

秀郷はあくまでも謙虚な態度で言い、何度も顔を上げてくれ、と言った。

だが、貞盛は頭を下げつづける。

「いえいえ。貴殿は、将門に追われていた私を匿ってくださり、丁重にもてなしてくださった。その上、こたびの勝利も、貴殿の策略があったればこそ。私一人では、とても将門に勝つことなどできなかったでありましょう」

たしかに、秀郷はこれまでも、はやる貞盛を諫めてきた。将門が兵たちを帰農させ、手元の軍勢が弱体化したところを見計らって兵を挙げたのも、秀郷の智慧《ちえ》によるところであった。

秀郷としても、自分の年齢を考えれば、もはや大博奕《ばくち》を打つような戦い方はできないと思っていた。だからこそ、必ず将門に勝てるという見込みが立たなければ、戦おうとはしなかったのだ。いずれにせよ、今度の勝利において、秀郷の功績が大きいことは間違いなかった。

ところが、秀郷という男は、貞盛が礼を述べ、またその将才を褒めても、恥ずかしげに下を向き、かぶりを振るばかりだった。その上で、

「まだ、戦は終わってはおりませぬぞ。将門は生きておると考えねばなりませぬ。放っておけば、いつまた仕返しをしてくるかわかりませぬ」

と、気の緩みを戒《いまし》めるように言う。

「それにしても、将門めはしぶとい男だ」

と、貞盛も悔しがった。

実際に将門という男を見知っていた貞盛は、討ち取った敵の武者の首実検《くびじっけん》にも立ち会ったが、将門の首は見出せなかった。

「それで、これからどういたしましょう?」

貞盛は、すっかり秀郷に心酔している。これまで自分の思いのままに動いて失敗ばかりしてきたが、秀郷の指示に従ってようやく勝利を得ることができたのだ。次も秀郷の考えをよく知りたいと思った。

おそらく秀郷のことだから、また慎重な考え方をするのではなかろうか、と貞盛は思った。兵を補充し、周到に配備して、将門を四方から追いつめていくような方策をとることだろう、と。

だが、貞盛の意に相違して、秀郷はこう言った。

「できるだけすみやかに将門を討ち取りたく存ずる」

「すみやかに?」

「もうじき、征東大将軍殿が参られるゆえ」

すでに正月十八日に、参議・藤原忠文《ただふみ》が征東大将軍に任じられていた。

征東大将軍はもともと、坂東およびその以北に暮らし、朝廷に服属しようとしなかった蝦夷《えみし》と呼ばれた人々を討伐するため、八世紀末から九世紀初めにかけて派遣された軍（征討使）の司令官のことである。天皇が兵権を委任する証として、出征に当たっては直々に節刀《せっとう》を賜る重職だが、弘仁《こうにん》二年（八一一）四月に文室綿麻呂《ふんやのわたまろ》が任じられて以来、絶えていた。それが、百三十年近い時を経て、突如復活したのである。朝廷がそれだけ、将門の乱を重大な国家的危機と判断していたことのあらわれと言えるだろう。

二月になると、この征東軍の副将軍として、藤原忠舒《ただのぶ》、藤原国幹、平清幹《きよもと》、源就国のほか、源経基も任じられている。経基こそは、将門の謀反を密告した張本人であり、因縁も深い男だからこそ、この軍に加わるべきだと判断されたものと思われる。

それはともかく、征東軍の編制と坂東派遣は、将門討伐によって汚名を雪《すす》ぎ、出世の足がかりにしようと目論む秀郷や貞盛にとっては必ずしも喜ばしいことではなかった。いや、かえって迷惑と言ってよかった。多くの朝臣の力を結集した大軍が東下し、将門討伐に当たれば、自分たちが手柄を立てる機会は失われてしまいかねないからだ。

「まったくその通りでございますね。征東大将軍殿が参られる前に、何とか将門めを見つけ出し、討ち取りたいものです」

と貞盛が応じたときである。彼らは、

「もし」

と呼びかけられるのを聞いた。声の主の姿は見えない。

「何者だ?」

貞盛が刀掛けの太刀に手を伸ばしながら言うと、また、

「そこへ伺ってもよろしゅうございますか？」

という声が聞こえる。声は、彼らがいる国衙正殿の濡れ縁の先、すなわち庭のほうからやってきているようだった。

貞盛ははじめ、それが将門が放った刺客であろうかと思った。だがやがて、妖怪であろうと思うにいたる。刺客であれば、わざわざ声を掛けずに一気に斬りつけるであろうし、その声が童のもののようであったからだ。周囲には味方の兵がひしめいている。童ごときがこの正殿にまで、そうやすやすと忍んでこられるはずもないと思われた。

ところが、秀郷は少しも身構えたところがなく、かえって莞爾《かんじ》として、声の主に向かって、

「遠慮のう姿をあらわすがよい」

と言った。

すると、何者かの影が、ひょいと縁の上に跳びあがった。貞盛はやはり、妖怪ではないかと思った。小さな体で俊敏であり、しかも頭を丸めているから、何とも面妖である。

秀郷が、

「さ、近くに参られよ」

と言うと、相手はほとんど音もなくそばまで近づいてきて、

「こたびの戦勝、おめでとうございます」

と述べた。

「僧か？　いかにしてこの囲みをくぐり抜けてここまで来た？」

貞盛が問うと、相手はいささか得意げに、

「それだけが取り柄のようなものでございますから」

などと言った。

秀郷が笑う。

「念観殿の悪い癖だ。ご用あらば、表門から名乗って参られればよいものを」

どうやら、念観と呼ばれたこの若い僧と、秀郷とは知己《ちき》のようだった。

念観は恨みがましく応じた。

「以前に秀郷殿のお屋敷へ参上したとき、表門から伺おうとしたら、怪しい奴ととどめられ、縛られそうになったことがございました」

「そういうこともあったかもしれぬな」

秀郷は笑いを含んで言ってから、念観に尋ねた。

「ところで、寛朝殿はいかがなされておる？　すでに調伏の御護摩をお焚きであろうか？」

「はい。公津ヶ原と申す地の、よきところを占われ、そこにてすでに行《ぎよう》をはじめておいでです」

「待たれよ。寛朝殿とは、一品《いつぽん》の宮様の御子殿のことか？」

貞盛が驚いて問うと、念観ははきはきと、

「はい、さようでございます」

と答えた。

一品の宮、敦実親王の顔を思い出した途端、貞盛は胸や腹を締めつけられるような感覚をおぼえた。

貞盛は上京していたとき、何度か敦実親王のもとに伺候したが、そこに寛朝が同席したこともあった。親王には、なぜ将門を討てなかったのかと、まるで武人として役立たずだと言わんばかりの罵詈《ばり》を嫌というほど浴びせられたものである。

「寛朝殿のご用向きは何であろう？」

秀郷が問うと、念観は、

「その、それがでございますな……」

と言いよどんでしまった。

「御護摩を焚く上で、何か不都合でも？」

「いや、お師匠は昼も夜も、護摩焚きにはお励みでございます。されども、調伏は余人にはなかなかなせぬ、難しい行なのでございまして」

「それは、そうであろうな」

「時折、護摩壇の前を離れられると、それはもう汗まみれで、とてもお疲れの様子でございまして」

「我らにそのお手伝いはとてもできぬと存ずるが……」

「お師匠は私に、ご息女の桔梗殿にお目にかかってこい、と命じられたのです。それで、下野のお屋敷に参りましたが、すでにご出陣中とのことでありましたので、お屋敷の方に『ご息女にお目にかかりたい』と申し上げたのでございます。ところが、『ご息女のことなど存ぜぬ。少なくとも、ここにはおられぬ』とのことでした。よって、殿をずっと追ってまいったのでございますよ」

「それは足労であったが、桔梗はここにもおらぬぞ」

「では、どちらに？　早急に、ご息女に伺わねばならぬことがあるのでございます。あの破れ家にお連れしたあと、殿とご同道なされたと存じますが」

「それがな、桔梗は途中で逃げ去ってしまったのだ。おそらくは、まだ将門のもとにおる」

ここも無駄足であったかと、念観はうなだれた。

「戦場で、将門はどのような様子でありましたか？　ご両所は、将門をご覧になりましたか？」

「様子と問われても、我らは将門が、敵のうちのどこにいたのかわからなかったのでござるよ。敵軍は打ち負かすことができても、将門を討つことはできませなんだ」

「またですか……やはり、呪いのためかもしれませぬな……」

念観が独り言《ご》ちるように言うのを聞いて、秀郷は焦《じ》れた声を上げた。

「念観殿、ありていに申してくれ。その話と、寛朝殿の護摩供と、どのようなかかわりがあるのでござるか？」

「お師匠は、調伏の不動護摩供の行をなしても、どうも手応えがないと申されるのです。おそらく、将門は呪詛返しの術を用いておるのではないかとのこと」

呪詛返し、という言葉のおぞましさに、貞盛はぞっとした。秀郷も険しい顔つきでしばらく考えてから、こう言った。

「その呪法を将門に授けているのが、桔梗だと申されるので？」

「お師匠は、ご息女は並の霊力の持ち主ではないと申されておりまして……事と次第によっては、将門を調伏する前に、まずはご息女を調伏せねばならぬかもしれぬ、とすら申されておりました」

「お詫びの言葉もござらぬ」

秀郷は声を詰まらせて言った。

「娘は、私のせいで不遇に育ったのでございます。人の情というものをあまり知らずに育ったのでございます。それで、将門に絆《ほだ》されて、善悪の分別もつかなくなってしまったのでございましょう。将門が、いかに罪深い男かということもわからぬほどに……父とすれば、はなはだ哀れに思われますが、御上の御為とあらば、娘が調伏されることもやむを得ませぬ」

　すると、貞盛が口を開く。

「早急に、将門を討とうではありませぬか。娘御が調伏されるより先に討ってしまえばよろしい。さすれば、娘御を救うことができましょう。また、征東軍が到着するより先に我らが将門を討てば、御上もご息女をお許しくださることでしょう」

　重苦しい雰囲気のままでいる秀郷に、貞盛はつづけた。

「将門がいかに剛の者で、いかに呪いに守られていようとも、不滅というわけではありますまい。我らと同じく、生まれては死ぬ身。しかも、将門に対しては、寛朝殿ばかりか、全国の寺社がこぞって調伏を行っておると聞きます。我らに勝ち目がないはずがありましょうや」

　そうは言っても、やはり秀郷は黙ったままだ。

「よろしいか。将門は人の世に跋扈《ばっこ》して、物事の妨げとなっておるのでござる。国外に出ては濫悪《らんあく》の限りを尽くし、国内では村々において権勢や利益をむさぼっておる。あやつは害虫や毒蛇のような男。いまあの凶賊を殺害し、乱を鎮めなければ、御上の鴻徳《こうとく》を損ねることになりましょうぞ。私は、御上の追討令を奉ずる者として、急ぎ将門と決戦しようと存ずる。貴殿もさきほど、できるだけすみやかに将門を討つと申されていたではござりませぬか」

　秀郷はようやく顔を上げ、貞盛を見た。

「貴殿の申される通りですな。これより出陣の支度をいたしましょうぞ」

「まっすぐに、将門の本拠を襲うのがよいと存ずる。さすれば、娘御を救い出すこともできるのではありませぬか」

　秀郷は頷いた。

そこで貞盛は、念観に言った。

「秀郷殿の娘御を救い出せれば、将門を護る呪いも解けることと存ずる。さように寛朝殿にはお伝えくだされよ」

「とりあえず、それだけを伝えるために公津ヶ原に戻りましょう」

念観はそう言うと、また庭へ出ようとした。

「帰りは表門からでよろしかろう。見送りの者をつけるゆえ」

秀郷が眉をひそめて言ったが、念観は、

「こちらからのほうが、早く外に出られますから」

と言い捨てて、庭の外の闇に飛び込み、消えてしまった。


秀郷と貞盛は、いかに将門軍が弱体化しているとはいえ、いま手元にいる兵だけでは心もとないと思って、至急に兵を召募した。「手柄に応じ、厚い恩賞を与える」とことさらに宣伝したため、たちまちに大軍が編制された。彼らの下に集まった兵たちの中には、もともと将門の軍に加わっていた者も少なくなかった。

そして、この秀郷・貞盛軍は、二月十三日に下総の国境に到着した。

大軍迫るとの知らせを受けた将門は、まともに戦っては勝ち目はないとみて、付き従う従類や、その親族、従者たちとともに、石井営所やその周囲の拠点から退去することにした。すなわち、興世王が中心となって「王城の地」と定めた場所から、彼らは「都落ち」をすることになったわけである。将門は、敵を決戦に適した地に招き入れようと考えていた。

よって、秀郷・貞盛軍が将門の「御所」や、「廷臣」たちの邸に襲いかかったときには、ほとんどもぬけの殻と言ってよい状態であった。

秀郷は、

「巫らしき女がいても、決して傷つけてはならぬぞ」

と厳命し、自分の麾下の者たちばかりか、みずからも率先して桔梗を捜しまわった。

いっぽう、将門の兵に妻を凌辱されていた貞盛は、その憎しみから、将門およびその側近、協力者たちの家を徹底的に焼かせた。さらに、将門の従類の縁者で逃げ遅れた者や、留まっていた民草に対して、みずからが率いる兵たちが略奪、暴行を働いても、戒めるようなことはしなかった。かえって、乱暴をけしかけるような態度すら取った。

いや、貞盛麾下の兵たちもまた、常陸国府が将門に陥れられたときの屈辱を忘れてはいなかった。あのとき、将門軍の兵たちは国府を焼き払い、濫妨、略奪、凌辱の限りを尽くした。だから、貞盛の兵たちも仕返しだと思って、人々を散々に痛めつけてまわった。

その貞盛の姿を見て、秀郷ははらはらしている。暴行され、殺される者の中に、桔梗がいるかもしれないと恐れたからだ。

「いい加減になされよ、貞盛殿」

「ご懸念には及ばぬ。もはや桔梗殿はここにはおられぬ」

「我らは朝命を奉じて、将門討伐に当たっておるのですぞ。かようなことをしていては、御上の御徳を覆い隠すことになり申す」

「これは、朝敵が受けるべき報いと申すもの。将門にとり、業火にござる」

貞盛はそう言って、あくまでも秀郷の諫めを聞き入れようとはしなかった。そして、家々を焼く炎が天を焦がすのを見ながら、叫んだ。

「将門、どこに隠れておる。出てこい、卑怯者め。我と勝負せよ」

貞盛は、将門の手から逃げつづけてきた。いまや、反対に自分が追う立場になると、逃げた将門が許せなかった。

「焼け。もっと焼け」

貞盛は兵たちに声を嗄《か》らして命じた。

焼けば焼くほど、多くの炎と煙が出る。それを、将門は必ずどこかで見ているはずだった。将門が怒って出てくれば、いよいよ討伐してやれる。もし出てこないとすれば、将門はみずからがただの卑怯者であることを天下に晒すだけだ。そう思って、貞盛は、焼け、焼け、と命じていた。

「何が新皇だ。何が坂東の主《ぬし》だ。笑わせるな。逃げずに出てこい、将門」

貞盛はそのように叫びつづけた。

この秀郷・貞盛軍の襲撃によって、それまで将門の膝元で暮らしていた民の多くは、家屋や家財を捨てて山に逃げた。しかし彼らは、攻めてきた兵たちをあまり恨まず、かえって、自分たちを守りきれず、不幸に陥れた将門の不徳を恨んだという。

その後、秀郷と貞盛は、周囲に斥候《せっこう》を放ち、将門の行方を捜させたが、見つからなかった。将門たちが落ちていったあたりは、湖沼の多い、複雑な地形をしており、捜索は容易ではなかった。

三

念観が公津ヶ原に戻ってきたとき、誦経《ずきょう》の声は聞こえなかった。みな、どこかへ行ってしまったかと思ったが、近づいてみると、なお不動明王像は安置されたままで、周囲には僧たちがいた。

寛朝もまた、そのうちに交じっている。彼はいま、つかの間の休息をとっているようだった。寛朝は袈裟を身につけたまま床几に腰掛けていたが、付き添いの者たちが、彼の顔や首を布で拭いている。

そこへ念観が走ってゆくと、寛朝は嗄《しわが》れ声で、

「おう、来たな」

と言った。

寛朝の目の前で蹲踞《そんきょ》した念観は、ぞっとしている。ほとんど休まずに駆けつづけてきた自分よりも、寛朝のほうが窶れて見えたからだ。大きな体も、以前よりほっそりしているようだ。

「桔梗には会《お》うたか？　あれは、どのような呪法を使っておるのだ？」

寛朝の目のまわりの火膨れも、やはりいっそうひどくなっている。

「いえ、それが……桔梗殿には会えませなんだ」

「そなた、桔梗を将門のもとから連れ出し、秀郷殿に引き渡したと申したではないか。桔梗はどこにおるのだ？」

「お引き渡し申しましたが、その後、桔梗殿はどこかへ逐電《ちくてん》されたそうで」

「逐電だと？」

寛朝はいつもは優しい男だが、やはり長い行の最中ということもあって、気が立っているらしい。言葉はつっけんどんだし、声音も荒っぽく聞こえる。彼が怒ったような声を上げたので、周囲にいる僧たちはびくびくと震えた。念観も、桔梗が行方をくらましたことは自分のせいではないにもかかわらず、頭をぺこぺこと下げてしまった。

「では、桔梗は将門のもとにおるわけか？」

「秀郷殿と貞盛殿は、そのようにお考えのようです。それで、桔梗殿を助け出すためにも、急いで将門のもとへ攻めかかったよし」

寛朝は目をつぶった。深い呼吸をはじめる。そのあいだも、念観は話しつづけた。

「秀郷殿が桔梗殿を助け出されれば、桔梗殿がどのような呪法をお使いかはわかることでしょう。貞盛殿も、そう申されておりました」

「いや、桔梗はまだ、将門のもとにおる。将門とともに逃れたのだ」

「どうしてそれがおわかりで?」

「わかるものは、わかる」

寛朝はつまらぬことを聞くな、と言いたげだった。念観は後悔した。

「お師匠、お許しを……それで、秀郷殿と貞盛殿はこう申されておりました。戦場で、敵のうちに将門を見つけられなかったと。謀をめぐらすことで、将門との戦には勝利できても、将門その者を討つことはできないということのようでございます。以前にお師匠が申されていたように、それもやはり呪法のゆえでありましょうか?」

「おそらくな」

それから、寛朝は目をつぶったまま、

「あいつめ……」

と呟いた。

「桔梗殿の呪詛返しとは、やはり、それほど手ごわいものでございますか?」

「術者の思いが乗っておるのだ。父御のもとを去ってまで将門のもとに戻ったほどであれば、桔梗は将門を強く慕っておるのであろうからな」

寛朝は腕組みをし、深い呼吸をしながら考え込んでいる。その閉じた瞼の裏には、何が見えているのだろうか、と念観は想像した。

「念観よ、桔梗を捜し出せぬか？」

「まだ、桔梗殿は生きておいでございましょうか？」

寛朝は頷く。

「間違いなく、将門とともにおる」

念観は困惑した。逃げ隠れている将門一行に桔梗が交じっているとして、どのように捜し出せばよいのだろうか。

「私に、捜し出せましょうか？」

「将門の居所を突き止めればよい」

寛朝はこともなげに言った。

「ですからお師匠、どういたせばよいのです？」

すると、寛朝は目を開け、そばにあった油柄杓《あぶらびしやく》を取り上げた。その柄で、草が枯れてはげ、土がむき出した地面に何かを描き出す。川筋らしきものや、沼らしきものが描かれているように思われた。どうやら地図らしいが、それがどこであるかは、念観にはわからなかった。

やがて、その図のうちの、大きくゆがんだ丸のそばを、寛朝は柄の先で突き刺した。

「念観よ、この図を目に焼きつけよ。沼のそばだ」

「そこに、将門はおるのでございますね？」

「いや、将門の居所は見えぬ」

「では、桔梗殿が？」

寛朝はかぶりを振った。

「それも見えぬ。二人の姿が見えぬのも、桔梗の呪いのゆえであろうと思う。だが、このあたりに、戦支度をした者どもが集まっておる。おそらくは、将門の郎等どもだ」

「ここは、どこでございます？」

「わからぬ。そなたが見つけ出せ」

「かりに見つけ出せたとして、そして、そこに桔梗殿がいたとして、私は何をすればよいのでございますか？」

「わからぬか」

と、寛朝は念観を睨みつけた。

「桔梗を説き伏せるのだ。目を覚ませ、と申すのだ。呪いは正しく使わねばならぬ、とな。このまま将門のために術を使いつづければ、桔梗自身が罰を受け、地獄に落ちる。いや、そればかりではすまぬ。父御にまで累が及ぶことになりかねぬ。これほどの不孝はあるまいぞ」

「それは、おっしゃる通りであるとは存じますが、説き伏せるのは、なかなかに難しいかと……」

「説き伏せられなければ、少なくとも、桔梗がどのような護符を用いているのかを探ってまいれ」

念観は途方に暮れた。かりに、桔梗が将門およびその郎等たちといるとして、見つからぬように桔梗に近づき、話をすることすら難しいだろう。ましてや、父よりも将門を取った女に、将門を護る呪法を用いるのをやめよと説得するなど、ほとんど考えられないことだ。さらに、そうした説得が通じない相手に、どのような護符を使っているかを聞き出すことなどできるはずがない。

「お言葉ではございますが――」

「わかったな」

「え？　いや、あの――」

「そなたができぬと申すなら、しまいには、こちらが死ぬか、桔梗が死ぬかというところまで行かねばならぬのだ。わかったか？」

これ以上ぐずぐず言っていると、締め上げるぞ、とでも言うような声音だったため、念観も、

「はい」

と言ってしまった。

「では、すぐに参れ」

「はい」

念観は疲れており、一眠りしたいと思っていたのだが、またすぐに立ち上がり、走り出した。寛朝の用を果たせるかどうかはわからないが、とりあえず走り、桔梗の居所を捜すしかなかった。

四

将門が移動し、隠れたのは、猿島郡の「広江《ひろえ》」という地であったという。江戸期の新田開発事業で消滅した、飯沼のあたり（茨城県南西部）であったと考えられている。

当時の坂東の地形は、後代とはまるで違う。近世以降に大規模な土木工事が行われたため、河川の流れは大きく変わったし、水田も多く整備されたからだ。将門の時代の常陸や下総のあたりは、いまでは考えられないほど河川が入り組んで縦横に流れ、大小の湖沼がそこかしこにあった。将門はそのような地に敵の大軍をおびき寄せようとしたのである。

将門たちはそこで、兵たちが集まるのを待った。敵はあたりの土地には不慣れであるから、なか

なかここにはたどり着けないだろう。しかし、いままで将門とともに戦い、将門の治める地で暮らしてきた者たちにとっては、将門がこの地で再起をはかろうとしていることがわかっているはずだ。新皇が窮地に陥っているとなれば、これまでの恩義もあるだろうから、みな農作業を放り出し、馳せ参ずるだろう。そのように思っていた。

ところが、待てども、待てども、兵たちは来なかった。かえって、彼らは秀郷・貞盛軍に加わり、敵の数を増やしていった。将門が坂東中の役人たちを京に追い返し、新皇を称したとき、熱狂した人々は、手のひらを返したように将門を見限り、京の朝廷の軍勢に味方したのである。

将門も、宰相の興世王も、また、将門につき従う他の従類たちも、この節操のなさには大いに憤慨した。裏切り者ども、恩知らず、臆病者と、集まるはずだった者どもを罵った。

だが実のところ、節操のない者は、伴類の兵たちだけではなかった。将門に対して、これまで無二の忠節を誇ってきた従類のうちからも、どんどん脱走者が出た。

この状況に、興世王は震え上がり、行在所《あんざいしょ》の洞窟の中で将門に迫った。

「これで勝てるのでございますか？　巻き返せるのでございますか？」

「宰相がうろたえていてどうする？　他の者がますますうろたえるではないか」

「秀郷や貞盛に勝てるのか、と伺っておるのでございます」

興世王自身も実のところ、このまま将門のもとに残るか、彼を捨てて逃げるかを考えていた。しかし、将門のもとを去ったところで、どこへ行けばよいのかわからなかった。京の朝廷はもちろん、将門を叛逆の首魁と考えているだろうが、次の大罪人は自分であろう。そのような者が一人でどこかへ行ったとしても、すぐに捕まって殺されるのが落ちである。

できれば、宰相でいたい。将門の強力な兵団に守られる立場でいたい。しかしながら、かつてのような将門の神通力《じんずうりき》はもう失われてしまったようだった。いまや、彼は惨めな敗北者で、人々に見放され、追いつめられている。

「勝つ」

と将門は言った。

「まことでございましょうな？」

「くどいぞ。朕の言葉が信じられぬのか？」

「いえ、そういうわけではありませぬが……」

「朕が勝てぬと申すのならば、そのほうもここを去ればよい。止めはせぬぞ」

「いや、さようなことを申しているわけでは……」

「朕には、八幡大菩薩のご加護がある。朕は、八幡大菩薩に帝位を授けられたのだ。負けるはずがなかろう」

「それは、そうかもしれませぬ。されど、勝利には策がなければなりますまい。これから、どうするのでございましょう？」

「いまにも大きな援軍がやって来る。数万の大軍だ」

「数万？　それは、どこから？　陸奥国のどなたかと誼《よしみ》を通じておられたので？」

「八幡大菩薩が援軍を遣わされるのだ」

興世王は絶句した。もはやこれでは、何を言ってもしかたがない。将門はまともに物を考えられなくなっている。

そして、興世王は、将門がこのようにおかしくなってしまった原因は、やはりひとえに桔梗にあると思った。

八幡大菩薩の使いを称する邪霊が桔梗に取り憑いて、将門に帝位を授けると言ったとき、将門がそれを真に受けたことは、興世王にとって大きな驚きであった。けれども、将門のもとに人々を糾合《きゅうごう》する上ではかえって好都合だと思い、将門を新皇に祭り上げてきたのだ。しかしいまや、興世王はそのことを後悔している。

興世王が茫然たる様子で退がると、将門は洞窟の奥に向かって、

「桔梗」

と呼びかけた。

本拠を退去した後、将門は途中で、年寄りや女、子供は同行を許さず、それぞれ安全な場所に落ち行かせた。正妻もそのうちに含まれていた。いつ敵が襲ってくるかわからないからだ。けれども将門は、桔梗だけはそばから離さなかった。

「桔梗、おるか？」

「はい」

桔梗は奥まった場所にともされた、小さな灯のそばに、敷物をしいて座っていた。将門はそのそばに行くと、愚痴をこぼした。

「興世王の奴め、宰相の癖してがたがた弱気なことを抜かしおった。恥ずかしい男だ。朕はあのような者には決してならぬ」

けれども桔梗は、将門は興世王そっくりになってしまったと思っていた。桔梗には、彼が全身から真っ黒な闇を放っているのが見えた。なおかつ、黒目が大きくなっている。将門もやはり、興世王を憎みつつも、興世王に染まってしまっていたのだった。

「桔梗、すぐに八幡大菩薩を降ろしてくれ。早く援軍をお送りくださいと頼みまいらすのだ」

「いえ、それはいま、できませぬ」

「すぐに、お呼びするのだ。いまこそ、大菩薩のお力がいる」

「お許しください。もう、私には大菩薩を降ろし奉る力はございませぬ」

「何を申すか。朕は決して負けぬぞ。貞盛や秀郷がどれほどの兵を擁しようとも、負けるはずがないのだ」

「ご勘弁を」

「早くしろ。朕には、是非とも八幡大菩薩にお話し申し上げねばならぬことがある」

将門はその白い部分のほとんどない目を剝いて桔梗を睨み、執拗に八幡大菩薩を降ろせと迫った。

第八章　神《しん》鏑《てき》

一

月影を映す水面は淀《よど》んでいるように見えても、ゆっくりと流れていた。川幅が狭くなったり、広がったりし、また、湖沼のようなものを形づくって、さらに分岐して流れ出ていくのだ。

水郷《すいごう》と呼ぶに相応《ふさわ》しいその地の、とある水溜まりに流れ込む細流《さいりゅう》を遡《さかのぼ》っていくと、両岸が次第に盛り上がり、川原にはごつごつとした岩が目立つようになった。まだ水流がそれほど多くない時季であるから、岩場の先は、木々が斜めに生える、切り立った斜面が剝き出しになっていた。

左右に折れ曲がりながら、流れを上へ上へと進んでいった先にはその夜、人目を避けるようにして、多くの者が屯《たむろ》していた。彼らは岩や木の根方《ねかた》、あるいは草の生えた斜面によりかかり、体を休めている。鼾《いびき》をかいている者もいたが、ほとんどの者がなかなか眠れない様子だ。いまにも敵が襲ってくるかもしれないと、得物を傍らに置いて警戒しているのだ。その数は暗くてはっきりしないが、数百はいよう。

彼らの様子を、西岸の斜面から息を潜めて窺っていた者はやがて、まるで鼯鼠《むささび》か猿のように、木の陰から陰へとすばやく移って、上流方向へ進んでいった。法体《ほったい》の少年、念観である。

念観の脳裏には、師匠の寛朝が、護摩焚きに使う油柄杓の柄で地面に描いてみせた図があった。

法力に長けた寛朝は、多くの者が屯する場所が見えると言って、その地形を念観に図示し、さらに、その近くには将門と桔梗がいる見込みが高いと言った。だが、寛朝はただ周囲の地形を描いてみせただけで、その地名も、どのあたりかも、まったく示さなかった。

このあたりは似たような地形に富んでおり、まったく雲を摑むような話であって、念観がこれまでに舐めてきた苦労は並大抵のものではなかった。どの川を遡っても無駄足ばかりで、もはや師の命とはいえ、桔梗に会うことはできまいと半ばあきらめていた。その中、とうとう兵士らしき一団が屯している場所に行き当たったのだった。

観察をつづけるほど、彼らが将門軍の兵たちであろうとの念観の確信は強まった。いまや、朝命を奉じた藤原秀郷や平貞盛の軍勢が近くまで迫り、しかも、その背後からは、征討使の大軍が坂東へと下向《げこう》しつつあった。坂東の武士たちも、征東大将軍らの命令が発せられたならば、ただちに将門討伐に協力すべく、それぞれの本拠地において戦支度をしている。その中、人目につかない渓谷に野営する軍など、ほとんど将門の兵たちとしか考えられないであろう。

だが、彼らが将門軍であるとしても、肝心の将門と桔梗の居場所はわからなかった。二人の姿を捜して、念観はさらに木々のあいだを上流へと進んでいった。

やがて、対岸の斜面のかなり高い位置に洞《ほら》が複数あり、そのうちのいくつかがぼんやりと光を放っているのに気づいた。おそらく、誰かが夜露を凌《しの》ぐべくそこに入り、灯を使っているのだろう。ひときわ明るい洞の前の崖には、川原から斜めに登るための道も切り開かれているようだった。かつて、行者や法師が、人も寄りつかぬこの場所を、修行のために使っていた跡かもしれない。

その洞の前の道には、護衛のためか、武者が幾人も立っているのが月明かりにも窺われる。あるいは、あの洞の内にこそ、将門や桔梗がいるのかもしれないと踏んだ念観は、対岸に渡って確かめたいと思った。だが、月が煌々《こうこう》と照る中、木陰のない岩場を進むのは危険極まりなかった。川原には多くの兵たちが横たわっており、見つからずに対岸へ渡るのは至難の業である。

念観は木陰に身を寄せ、息を潜めながら、どうするかを思案したが、これといった良策は浮かばなかった。

実際、その川原の斜面には、洞がいくつもあった。大雨の時季には川が増水し、暴れながら蛇行するため、乾季の水位よりもかなり高い位置に、水流によって削られた窪みが形成されていたのだ。それがいま、将門や重臣たちが逗留する行在所として使われている。そして、そのうちの一つはもちろん、新皇の宰相、興世王のものであった。

鹿皮の敷物の上に、おのれの腕を枕にして横たわる興世王もまた、兵らと同様に眠れぬ夜を過ごしていた。このまま将門のもとに留まるべきか、将門を捨てて逃げるべきかと考えており、その答えの出ないお喋りが、頭の中でうるさくつづいていたからだ。

無益な思考に、自分でもうんざりしていたとき、興世王は左耳に変調をおぼえ出した。穴を塞がれたような感覚に陥ったかと思ったら、耳鳴りがはじまった。やがては頭痛までおぼえ出す。嫌な予感がした。怪しき者が近づいてきているのではないか、と。

興世王は、とりたてて何かの修行をしてきたわけではないが、もともと霊感の鋭い男であった。なにしろこの頃は修行などしなくとも、人々は幼少期から神仏や、それにまつわる行事に慣れ親しみつつ育ち、物の怪や鬼、生き霊、呪いなどを恐れ、占術の吉凶を真剣に受けとめて生きていたのだ。よって、ごく自然に、霊感のごときものを発揮する者は珍しくなかったし、周囲もそれを、現代人ほどには奇異に感じなかった。

興世王自身、このときの自分の予感を、ただの思い過ごしとは捉えていない。頭痛を堪えながら上体を起こし、

「誰かある？」

と、洞の入口付近に侍る者を呼んだ。

「はっ」

そばに駆け寄ってきた侍臣に、興世王は言った。

「おかしなものがそばに来ておるぞ」

小具足姿の侍臣は戸惑い、黙っていた。

「捜し出せ。捕まえるのだ。ぐずぐずするな」

「は」

と侍臣は承ってから、

「敵でございますか？」

と問い返した。

「わからぬわい。とにかく人を出せ」

「どちらへ？」

「その川の対岸に決まっておろうが」

興世王に怒鳴られた侍臣は、一瞬きょとんとしてから、

「畏まりました」

と言って、洞の外へ出ていこうとした。その背へ、興世王はまた言う。

「待て」

止まって振り返った侍臣に、興世王は、
「向こうはこちらを見ておるぞ。悟られぬよう、川上からひそかに回り込むのだぞ」
と指示した。

念観もまた、木々の濃い、川の上流へと進んでいた。藪の中に差す月光をできるだけ避け、木の幹や岩の陰をたどりながら、兵たちに見つからずに渡河《とか》できる地点を探していたのだ。

一つの木陰から、次にゆくべき木陰を探すべく顔を上げたときである。念観は、左前方から、唸りが迫るのを聞いた。何かが空《くう》を切りながら、自分の方に飛んでくる。念観はとっさに伏せたが、左肩に激痛をおぼえた。体にぶつかった、細長い物がはじけ、木々に当たりながら、谷下へ落ちていく。

念観は肩を押さえ、地面にうつぶした。何かがしたたかにぶつかったが、どうやら肩の肉は裂けていない。おそらくは、鏃《やじり》のない鏑矢《かぶらや》が当たったのであろう。

見張りの兵に見つかったのだ。そう確信して、伏せながら来た道を引き返そうとしたが、周囲に人の気配が満ちているのに気づいた。取り巻かれている。

念観は走り出した。すぐに複数の矢が飛んでくる。動物的な勘で身をかがめ、いくつかの矢をやり過ごした。だが、矢の数が多く、よけきれなかった二本の鏑矢が背中と腹に当たった。その衝撃のせいで地に倒れたところで、周囲から、草や枝を踏みしめる足音が殺到するのを聞いた。念観はまた、立ちあがろうとしたが、上からのしかかられ、地面に押さえつけられる。すでにして、兵どもがすぐそばまで集まっていた。

「ただの出家にござる。道に迷うて、このあたりをうろついていたまで。どうか、ご慈悲を」

念観は叫び、懇願したが、後ろ手に縛り上げられてしまった。

二

桔梗に向かって、八幡大菩薩を降ろせ、と繰り返し迫っていた将門は、洞の外がやかましいのに気づいた。

将門は桔梗のそばを離れ、洞の外に向かって進んだ。出口にいたり、

「何事か？」

と尋ねながら崖下を見る。

松明を持った者どもが向こう岸から、川を渡ってこちらに来るのがわかった。背の低い男が、兵たちに取り巻かれ、引きずられるように歩かされていた。

「何事か、と問うておる」

「曲者《くせもの》が見つかったようにございます」

外にいた衛士がようやく返事をしたときだ、興世王が早足に将門のもとに来た。

「新皇様、敵は間近に迫っておるものと存じます。我らは、敵の間者にすでに見つかってござる」

興世王はそう言いながら、崖下を指さした。

「あれが敵の間者だと？　ここへ連れてまいれ。敵の存念を聞き出すのだ」

「御意。痛めつけ、洗いざらい吐かせてやりましょう」

新皇の行在所である洞の内で、将門と興世王は「間者」が連れて来られるのを待った。春とはいえ風が強く、夜露も冷たくて、二人の前には火が焚かれている。大きな水瓶も置かれており、将門

や興世王は鍋で沸かした湯を飲んで体を温めた。

その二人の様を、桔梗はより奥まった場所から見ていた。少し前までは、新皇と宰相は手を携え、新たな朝廷を作ることに邁進《まいしん》していたが、いまやお互いにどこかよそよそしく、目も合わさずにいる。

やがていよいよ、縛られた間者が兵に引かれ、行在所に連れて来られた。その者の姿が焚き火の明かりに浮かび上がったのを見て、桔梗ははっとした。念観にほかならない。

興世王は、桔梗の動揺を目敏く見て取った。

「どうやらこの間者、桔梗殿とはお知り合いのようでござるな」

桔梗は将門のそばに近づき、言った。

「この方は敵の間者などではありませぬ。寛朝殿という御坊のお弟子で、念観殿と申されます。ただちに縛《いまし》めをお解《と》きください」

「知り合いなのか?」

「寛朝殿には、京にて大変にお世話になり――」

桔梗が言いかけたところで、興世王が念観を怒鳴りつけた。

「その法師が、ここに何の用か?」

縛られ、地べたに引き据えられた念観は、

「ただ、道に迷うておっただけにございます」

と弁解した。

「嘘を申せ。対岸から、こそこそと探っておったのはいかなるわけか」

「探ってなどおりませぬ」

「うぬの師匠とやらは、いまどこにおるか？　坂東におるのか？」

「はあ……」

念観は口ごもった。

「坂東で何をしておるのか？　新皇様を呪詛し奉っておるのだな。やはり、そのほうは敵の間者ではないか」

「いえ、決して――」

「うぬがまことを申しておるかどうかは、うぬの体に聞くまでよ」

興世王は懐剣を抜いた。刃が火の光を受けて煌めいたのを見て、念観はびくりとする。桔梗もぞっとして、言った。

「念観殿は、敵ではありませぬ」

「それは、尋ねてみればわかること。まずはこの法師の耳を切りましょうぞ。つづいて鼻を切り、指を切ってやれば、いずれはまことを白状するはず」

興世王の言い方は、至極楽しそうである。

恐怖に震える念観を見て、桔梗は腹を立てていた。どうしてこのあたりをうろつくような、愚かなことをしていたのかと思ったのだ。けれども、念観が傷つけられるのを目の当たりにするのは、堪え難いことだ。

桔梗は将門に向かって、あらためて、

「やめさせてください」

と懇願したが、将門は何も言わず、じっと座っているだけである。

興世王は左手で念観の耳を摑み、引っ張ると、その根元に懐剣の刃を近づけた。念観は歯を喰いしばりつつも、悲鳴を漏らした。

「おやめください。お許しください」

桔梗がひときわ大きな声を出すと、興世王が問うた。

「この法師の代わりに、桔梗殿がお答えくださるのでござるかな？　いったい、敵が何を企んでおるのかを」

桔梗は将門の前に進み出て、ひれ伏す。

「新皇様、もはや戦いをおやめくださいませ」

将門と興世王は二人とも、驚き入ってか物が言えなくなった。しばらくあって、ようやく将門が口を開いた。

「何を申しておるのだ、桔梗？」

興世王が言う。

「やはり、この女は敵と内通しておったのでございましょう」

「いえ、内通などいたしておりませぬ。念観殿が、いったいどうしてここにおられるのかも、私にはまるでわかりませぬ。されども、京の朝廷は新皇様を討つべく、大兵をこちらに差し向けられ、また、高い法力をお持ちの多くの方々に命じ、新皇様を呪詛し奉らんといたしておられるのです。もはや――」

「もはや、何だ？」

興世王が口を挟んだのをかまわず、桔梗は先をつづける。

「矛を収められるときと存じまする。新皇様、どうか生き延びてくださいませ」

「無礼なり。これから戦に向かおうとするもののふに、負けるから戦うなと申すとは何事」

興世王はそのように怒鳴ったが、将門は静かに桔梗に問うた。

「矛を収めて、朕にどこに参れと申すのだ？　戦って敵に討たれることは必ずしも恥とは言えぬが、戦わずして敵の軍門に降るなどとは、我慢のならぬ恥辱だ」

「すべて、私にお任せくださいませ。私が、和議をまとめてまいります。新皇様のご面目が立つよう、まとめてまいります……私は、藤原秀郷の娘なのでございます。私が父と話をすれば、きっとよきように――」

「何と申したか？」

興世王が声を上げた。将門も、表情に驚きを隠さないでいる。

「おことが秀郷の娘であるとして、秀郷が朕を討たぬということがあろうとも思えぬが」

「秀郷は、かつて京の天子様のお怒りを被りました。そしてこたび、すみやかに手柄を立て、その罪を雪《すす》ごうといたしております。戦わずしてそれがかなえば、父の最も喜ぶところ。その上、私は父がかつて、坂東のため、坂東の民のために働きたい、と申しておるのを聞きました。もし、戦をしないですむならば、すなわち、坂東の地を荒らさず、また、坂東の民を傷つけずにすむならば、父としても望外の喜びと申すべきであります。ですから、私めを、秀郷のもとへお遣わしくださいませ。念観殿はかかわりなきゆえに、ただちにお解き放ちくださいませ」

「ようやく、化けの皮がはがれたな」

と言ったのは、興世王であった。

「やはり、この女は秀郷と通じていたのだ。あるいははじめから、父の意を受け、新皇様に近づいたか？」

「いえ、私は幼き頃に父と生き別れ、ふたたび会い得たのは、新皇様にお会いしたあとでございました。父は、京の軍勢に加わった後に、私に会いにまいったのでございます」

「いずれにせよ、新皇様をたばかり奉っていたのではないか」

桔梗は興世王が喚《わめ》くのをまったく無視し、とにかく将門に語りかけることに努めた。

「新皇様と手を結び、坂東のために働けるのならば、これこそ父の望むところと存じます。新皇様が矛を収められるとなれば、父は新皇様をどこかにお匿い申し上げることでありましょう。そして、朝廷には新皇様を討ち取ったと奏上することと存じます。いや、そのように私から話をもちかけます。そして必ずや、話をまとめてまいります」

「さようなことができるわけがなかろう。笑わすな」

興世王はまた喚いたが、将門は黙ったままだ。興世王は不安に思ってか、今度は将門に言上した。

「うまい話に乗せられてはなりませぬぞ、新皇様。この女や、いかがわしい法師の策にはまれば、御名を汚されることになり申す。いま、この法師にまことのことを吐かせましょう」

「やめて」

興世王はまた、懐剣を念観の耳に近づけた。念観はおののき、嗚咽のような声まで発した。

桔梗は叫び、さらに将門に懇願した。

「お願いでございます。やめさせてください。私は偽りなど申しておりませぬ。私は、新皇様に生きていていただきたいのでございます。誠心誠意、新皇様をお助けすべく、父と話し合いをしてまいります」

するとようやく、将門は口を開いた。

「八幡大菩薩を降ろすがよい」

「いえ、それは……」

「八幡大菩薩御自らが『戦いをやめよ』と仰せられるならば、朕は戦いをやめてもよいわい」

桔梗は迷った。おそらく自分の力量では、八幡神そのものはおろか、八幡神の使いですら呼ぶことはできないだろうと思う。もし、身に降ろそうとすれば、また邪霊に取り憑かれてしまうに違いなかった。

けれども、桔梗には別な手もあった。それは、八幡神が自分に取り憑いた芝居を打つことだった。偽って、あたかも八幡神に取り憑かれたかのように振る舞い、将門に「戦はやめよ」と命じることもできないわけではない。しかしそれは、巫《かんなぎ》として決してしてはならぬことと、師にも教えられてきたし、桔梗自身も自戒してきたことだった。そのようなことをすれば、神罰、仏罰を被ることになり、二度と巫としての力を発揮できなくなるかもしれない。いっぽう、ここでその戒めを守って何もしなければ、将門は無残に討たれることになる。

「八幡大菩薩を降ろせるのか、否か。どうなのだ?」

将門に迫られて、桔梗はいたしかたなく目をつぶり、合掌した。それから、鉦《かね》を叩き、祝詞《のりと》を唱え出す。その最中にも、桔梗は将門を騙すべきか否かを迷った。

将門をはじめ、居合わせる者たちは、固唾を呑んでその桔梗の姿を見つめた。興世王も、桔梗の姿に気を取られ、念観の耳から指を離した。

念観はその隙に、手首を縛めている縄を、洞の壁から突き出た石に強くこすりつけた。それまでも、少しずつ縄をこすっていたが、いまや好機が到来したのだ。桔梗がやかましく鉦を叩き、何やら唱え出したので、縄をこすりつける音もかき消されるにいたった。

さて、逡巡《しゅんじゅん》しつつも祝詞や祭文を唱えはじめた桔梗だが、やがて、心がぼんやりとしてきた。

肉体に縛りつけられていた魂がその枠を超え、どんどん周囲に広がっていくにつれて意識が散漫となり、集中して物を考えられなくなっていく。そして、以前にも感じた、夢現のような恍惚とした気分に浸り出した。

その中、瞼の裏に、桔梗が恐れていたものがやって来るのが見えた。羽ばたく、白い布のような光だ。

羽衣が舞い踊っているようにも、美しい蝶が月光を受けて遊びまわっているようにも見える。それは輝きながら、闇の中を広がったり、縮まったり、ゆらめいたりしながら桔梗のそばに近づいてきた。やがては、からかうかのように、桔梗の周囲をぐるぐると飛びまわり出した。

本当に美しい光景であった。見れば見るほど、桔梗の恍惚感は増していく。桔梗はそれに負けてはならぬと思い、羽衣のごとき光に向かって、

「来ないで。あちらへお行きなさい」

と心中で叫んだ。

羽衣の内には、あの禍々しい、邪霊の目玉が隠れているに決まっていた。もう、それに取り憑かれたくはなかった。だが、来るな、来るな、と念じても、羽衣は桔梗にまとわりつくようにして飛ぶ。

桔梗は九字を切って、邪霊を退散させようと考えた。だが、体がだるくて腕が持ち上がらなかった。九字の切り方も、唱えるべき言葉も思い出せなくなったため、来るな、と繰り返し念じるよりほかはなかった。

いよいよ、その羽衣が桔梗の後ろの目、すなわち霊眼の前に来た。そして案の定、衣が開いたと思うと、中から例の目玉が出てきた。黒目が異様に大きい、気味の悪い目玉だ。それは、羽衣を脱

ぎ捨てると、みずからを桔梗の後ろの目に押し当てた。

桔梗は、決して邪なるものを自分のうちに入れてはならないと思って、後ろの目の瞼をぎゅっと閉じた。けれども、黒目の異様に大きな目玉は、おのれのぬめぬめとした表面を、桔梗の後ろの目の瞼に押しつけてくる。やがて邪なる目は、瞼をこじ開けるように身を震わせながら、おのれを後ろの目の瞳にべたりとくっつけた。力ずくで、桔梗の中に押し入ろうとしている。

「やめて」

桔梗は叫びつつも、もうじき、あの痛みに襲われるに違いないと恐れた。瞳の表面を貫き、邪霊の目が中に押し入ってくる痛みである。

そのときだった。桔梗は、全身が激しく揺さぶられるのを感じた。嵐が砂塵を巻き上げて襲ってくるような、轟々《ごうごう》たる音を立てて、何かが猛烈な速さで迫る。

それはあっという間にそばに来るや、まさに嵐のように桔梗を包み込んだ。そして、邪霊の目玉を吹き飛ばしてしまった。邪霊の目玉がどんどん遠くへ去っていくのを、桔梗はうっすらと開けた後ろの目で見ていた。

やがて、嵐の中央に人影があらわれた。眩しい光を背負っているため、その姿ははっきりとは捉えられなかったが、頭部には鬟《みずら》を結い、直刀《ちょくとう》を腰に佩いているようだった。桔梗が、神々しいほどの落ち着きと気品を湛えたその人影に見入っていると、それはあたかも当然のことのように、何の威圧感もなく、後ろの目の中に入ってきた。桔梗のほうも何らの抵抗もおぼえず、彼を迎え入れた。痛みはいっさい感じない。桔梗はかえって、えもいわれぬ悦《よろこ》びに満たされた。

桔梗を周囲で見つめる者たちも、そのとき、彼女に明らかな異変が起きていることを感じ取っていた。

すでに、鉦を叩くことも、祭文を唱えることもなくなっていた桔梗であったが、一時は非常に動揺した様子で、苦しそうに顔をゆがめ、うめき声を発していた。だから、手首の縄を石にこすりつけていた念観も心配になり、思わずその作業を中断したほどであった。

ところが、いまや桔梗の面からは、煩悶《はんもん》がいっさい見られなくなっている。彼女の態度は穏やかそのものであった。やがて桔梗は、力のこもった、威厳を感じさせる声を発した。

「そのほうの役目は、もはや終わった」

「役目？」

将門は不審そうにつぶやいた後、問うた。

「まずは、伺いたい。そこにおわすは、どなたでござるか？　八幡大菩薩でござろうか？」

「八幡大菩薩にあらず」

「では、いかなる神でござろうか？　御名を伺いたし」

「名など、どうでもよい」

桔梗の言い方は、叱りつけるようなものにも聞こえた。

「よく聞くのだ。もはや、戦いつづけたところで、そのほうに勝ち目はなし。いまや、矛を収めるときぞ」

「朕はもののふである。負けるからと申して、戦わずして逃げるなどということはせぬ。それは、名折れにほかならず」

「名にこだわるは小さき者なり。名なきは広く、大きい」

「朕は名のためにのみ戦うとは申しておらぬぞ」

「では、何のために戦うと申すか？」

「坂東のために決まっておる。坂東のためにこそ、坂東武者の意地を見せねばならぬ。それなくしては、京の者どもは今後とも、坂東の民を化外の者どもと見下しつづけるのみ」

「そのほうの坂東を思う気持ちは、我にも痛いほどわかる。だが、もはや戦ったところで無益ぞ。戦えば、それだけ坂東の民を傷つけ、都人の坂東に対する見下しを強めるのみ。そのほうも、ただ名のために意地になり、坂東の民を貶め、苦しめた者と見なされることになるのだぞ。そこを、よくわきまえねばならぬ」

「名もなき神よ、では朕はいかがいたすべしと申されるか？」

「国譲りせよ」

将門は、桔梗に憑いた神が何を言っているのかわからなかった。

「国を譲りてこそ、坂東は平安を取り戻し、やがては大いに繁栄しよう」

「それは、戦わずして逃げよということか？　負け犬のように」

「広々とした心を持つ大丈夫《だいじょうふ》よ、思い違いをしてはならぬ。国譲りは難き道ぞ。臆病者、卑怯者にはできぬことぞ。真の勇者にしかできぬ、真の帝王にしかできぬ、難き、難き道ぞ。その道を、そのほうは行くのだ。そして、坂東を蘇《よみがえ》らせるのだ」

「ならば、朕は戦ってのち、京の帝に国を譲ってやるわい」

「戦わずして譲り、坂東の行く末を見守れ」

「戦って負けてのち、譲るのだ。それが、もののふの道」

「それでは譲ったことにならぬ。奪い取られたまでだ。帝王の道ではない」

興世王は、将門と桔梗とのやり取りに苛立っていた。将門が何と言い返そうとも、桔梗はまるで子供を諭すような物言いをつづけている。やがて、興世王は我慢できなくなった。

「えい、やかましい。狐狸の類いが偉そうに」

と怒鳴るや、興世王は膝立ちになり、懐剣の柄で桔梗の蟀谷《こめかみ》を殴った。桔梗は地面に横向きに倒れ込む。興世王は袂を翻し、さらに桔梗に襲いかかろうとした。

そのとき、念観は手首の縛めを切り得た。立ちあがり、興世王に肩でぶつかる。興世王ははね飛ばされ、将門の前で横転した。

念観は両腕と胴に巻きついた縄をほどき、かなぐり捨てる。そして、将門の座の脇に置かれた水瓶に近づいた。兵たちが、念観に向かって走る。それより先に、念観は水瓶を持ち上げ、焚き火に投げ入れた。

瓶が割れ、砕けた。火が消え、蒸気とともに灰が舞い上がる。一瞬にして、洞の内は真っ暗になった。人々の咳き込む音や、目の痛みに苦しむ声が響き渡る。

人々がうろたえる中、念観は横たわったままの桔梗に近づき、抱き起こした。彼女を背負い、洞の外へ向かって走る。途中、闇の中で兵にぶつかったが、念観の勢いに、兵のほうが転倒した。

念観は走りつづけ、いざ洞の外に出ようとした。そのとき、彼は右膝に激痛をおぼえた。追いかけてきた別の兵が突き出した薙刀の柄が当たったのだ。

念観は平衡を失った。桔梗を負ぶったまま、崖下に転がる。二人の体がもつれながら、崖の木の枝を折り、土を崩して落ちていった。

そのあとから、将門や興世王が咳き込み、涙を拭いつつ、兵らに付き添われて洞の外に出てきた。

興世王は嘔吐《えず》きながら、

「早く、あやつらを捕まえよ。逃がしてはならぬ」

と兵らに命じた。その後も彼は、

「新皇様、大事はございませぬか」

と将門を気遣いつつも、

「えい許せぬ。何をぐずぐずしておるか。あの法師とアマを早く連れてこい」

と罵った。

疲れて休んでいた兵らが起き上がり、崖下が騒がしくなった。松明が揺れ、捜索が行われていることは窺われたが、いつまでたっても、念観と桔梗が見つかったという報告は、将門や興世王のもとにはもたらされなかった。

やがて、将門が崖下に目をやりながら言った。

「もうよい。あの者どものことなど放っておけ」

「いや、されども――」

と興世王が声を上げたが、将門はそれを遮って、

「去りたき者は去るがよい」

と言った。

「兵を休ませ、明日の戦に備えさせよ。なに、敵はまだ近くには来ておらぬわい」

将門は、すでにして死を覚悟していた。こちらの陣容を敵に知られようとかまわなかった。あとはただ、恥を晒さぬよう、潔く戦うまでだと思っている。

将門は崖下に向かい、心中で言った。

桔梗よ、死んだのならば、冥土で待っておれ。生きているのなら、こちらが先に冥土へ行き、おことを待っておる。おこととは因縁浅からず。ふたたび相見《あいまみ》えねばならぬ宿命になっておろうぞ、

と。

それからしばらくして、興世王が将門に申し出た。

「夜が明けましたならば、私は上総《かずさ》に向かいとう存じます。新皇様をお迎えする支度をいたしまするゆえ」

将門は、興世王が自分を見限って逃げるつもりなのだと悟っていた。にもかかわらず、

「わかった。そういたすがよい」

と許した。

去りたき者は去るがよい、と思っていたからだった。

三

枝や葉を透かして、森林の奥にも月光が届いている。それを映して、光る目があった。その目の持ち主は怯えながら、暗い藪の中でじっと息を潜めている。念観であった。そばには、熱に浮かされたようにときおりうめく桔梗が横たわっていた。

洞の出口から崖下に転落したとき、生まれながらに身体能力に長けた念観は、平衡を崩しながらも斜面を足で蹴り、さらに桔梗を抱えて転がった。自分の体は傷だらけになり、骨が折れようとも、桔梗にはできるだけ怪我させまいと、木や岩には自分の体をぶつけるように努めた。しかしそれでも、桔梗は足を挫《くじ》き、体中に擦り傷や切り傷をつくってしまっていた。とりわけ、右脛《みぎすね》の傷はひどく、あるいは骨に異常が生じてしまっているかもしれなかった。また、興世王に頭を殴られた上、崖を落下する際に激しく揺さぶられたせいで、意識も朦朧《もうろう》としているようだった。

念観ももちろん、腕にも、脚にも、胴にも傷を受け、法衣も血まみれだった。だが、どうやら骨は折れていないようだし、自分としては、この程度の傷では大事ないと考えていた。

何とか桔梗をここから連れ出し、手当てをしてやりたかったが、にわかに動けば、将門麾下の兵たちに自分たちの居所を知らせることになる。そう思って、念観はじっとしていたのだ。だが、半時（約一時間）もすると、周囲から人気《ひとけ》が失せたように感じられた。

念観は意を決し、立ちあがった。ぐったりとした桔梗を背負い、木々を縫って歩き出す。将門軍の屯所から離れるように川を下っていった。川が沼に流れ込むあたりに来ると、その沼のほとりを、ときおり水の中に足を浸しつつ進んだ。

どれほど歩いただろうか、沼のほとりの、なだらかな草原が広がるあたりに来て、念観は一休みすることにした。負ぶっていた桔梗を下ろし、みずからもその隣に腰を下ろす。元気なつもりでいたが、やはり息が上がり、脚が痺れていた。

桔梗は上半身を起こし、

「水を……」

と言って、沼に向かおうとしたが、すぐにまた、力尽きて横たわってしまった。全身に痛みが走り、とても起き上がり、歩くことはできないらしい。そこで、念観が沼のほとりへ行き、両手で水をすくってきて、飲ませてやった。

桔梗は喉を潤したあと、

「どうして、こんなところへ来たのですか？　わざわざ捕まるようなことをしなくてもよいのに」

と念観を責めた。

「お師匠のお言いつけで参ったのでございます。急ぎ、桔梗殿に会ってくるようにと命じられて」

「私に？　どうして？」

桔梗は草の上に寝そべりながら、かよわい、かすれ声で言った。

「お師匠はいま、将門殿を調伏するための不動護摩供を行っておられるのですが、効験を感じられない、と申されまして。どうやら、桔梗殿が呪詛返しの法を用い、将門殿を護っておられるのではないかと疑っておられます」

「それで？」

「それで……桔梗殿に、どのような法を用いておるのか聞いてまいれ、と私に命じられたのです」

「かりに私が呪詛返しを行っていたとして、その呪法をどうして寛朝殿にお教えするというのです？」

「桔梗殿、よくお聞きくだされ。ご自身ではご存じないかもしれませぬが、さきほど桔梗殿が降ろされた神は、将門殿にこう仰せでありました。国を――」

「ええ、存じております。『国譲りせよ』でございましょう」

桔梗は神を降ろすとき、自分の意識をまったく失い、身も心も神霊に委ねてしまう場合が多かった。将門に帝位を授けると言った、八幡大菩薩の使いを名のるものに取り憑かれたときもそうであった。だがさきほど、将門や興世王の前で神に取り憑かれたときには、桔梗はしっかりと自分の意識を保っていた。神霊の言葉を述べ伝えながら、そのすべてを聞いていたのだ。

神の名は、桔梗にもわからなかった。けれどもそれが、石井《いわい》営所《えいしょ》の一角の社《やしろ》に祀られる神であることは、間違いないものと思われた。おそらくは、古の貴人であろう。彼に憑かれたとき、桔梗は幸せいっぱいであった。非常に仁愛溢れる存在で、その仁愛は将門にも、坂東という地やその民にも注がれていると感じた。

彼が言った国譲りが、具体的にどのようなことを意味するのかは、桔梗にも判然としない。神話に出てくる国津神《くにつかみ》、大国主命《おおくにぬしのみこと》の国譲りのようなことであろうか。争いを避けるために天津神《あまつかみ》に国を譲り、みずからは身を引いて、宮殿に納まって国を見守るというような。いずれにせよ、あの神は、将門があくまでも武人としての意地を通して戦い、敗死しようとすることを悲しんでいた。

念観は言った。

「神慮を聞いておられたならば、おわかりでございましょう。将門殿を止めることこそが、天が下《あめがした》のためであり、坂東のためなのでございますよ。将門殿に戦いをやめさせなければなりませぬ」

「そのために、寛朝殿は私に呪法を教えろと申されるのですか？　こちらの呪法を破って、将門殿を呪詛すると？　それもまた、神慮にかなわぬことではございませぬか」

「されども、将門殿が国譲りをなさらぬとあらば――」

「あのお方に国譲りをしていただくためならば、みずからが用いてきた呪詛返しの法についてお教えしてもよろしゅうございます。されども、あのお方の命を奪うためと申されるならば、お教えするわけにはまいりませぬ」

念観は黙り込んだ。彼の胸には、桔梗の強い思いが痛いほどに伝わってきていたのだ。

自分ももう、物思わぬ童ではない。人が人に抱く慕情というものくらい、わかっているつもりだった。それは、仏道においては障りであり、捨て去るべきものとされているが、それでも念観は、桔梗に同情しないではいられなかった。

「わかりました。将門殿を助けまいらすとお誓い申し上げます。お師匠に、きっとお助けいただくよう、よくよくお話し申し上げます。お師匠にお願いを聞き入れていただいたのちには、ただちに御父、秀郷殿のもとへ走り、将門殿と戦わないでくださるようお願い申し上げます。将門殿をお助けくださるように、私が必ず御父をご説得申し上げます。身命にかけてお約束申し上げます。ですから、どうか、どうか――」

　そこで念観は感極まって、泣けてきた。先を話すことができない。そのわけは、自分でもよくわからなかった。体が疲れているせいだろうか。寛朝の指示の難しさのせいか。桔梗の辛い胸中を思ってか。とにかく、涙が溢れてしかたがなくなった。

　すると、桔梗も自分の目元を手で拭ってから、おのれの首元に手をやった。そこには麻紐がかけてある。桔梗がそれを摘まんで引っ張ると、懐から黒い布袋があらわれた。袋を紐で首にかけていたのだ。

　桔梗は紐を首からはずし、袋を念観に差し出した。

「寛朝殿にお渡しください」

「これは?」

「ここに、私が用いた護符の秘密があります。ただお見せすれば、寛朝殿にはすべておわかりのはず……その代わり、約束は守ってくださいよ」

「はい。神明に誓って、将門殿をお助け申し上げます」

　桔梗は袋を念観に受け取らせた。

「さ、早く行きなさい」

「いや、さようなわけには。桔梗殿は怪我をしておられる」

　念観が見るところ、桔梗はとてもみずから歩けるような状態ではなかった。挫いた右脛が大きく腫れてしまっているのが、月明かりにもわかる。

「どこか、人里までお連れ申し上げます。お師匠のもとへはそれから参ります。さ、私の背中にお乗りください」

「私のことは心配いりませぬ。しばらく休んだら、自分で何とかいたします」

「なにを申されます。置いてゆくわけには――」

「将門殿をお助けするには、急がねばならぬはず。もし、すぐに発たぬと申されるのならば、その袋をお返しください」

袋を見て、考えにふける念観に、桔梗はさらに言った。

念観は頭を下げた。

「いまは、お役目を果たすときです。そして、どうか約束は必ず守ってくださいよ」

「桔梗殿、お達者で。お約束は守ります。必ず、必ず、守ります」

立ちあがると、念観は沼の浅瀬の水を蹴って走り出した。

水面の月光はゆがみ、砕けた。念観もまた、光をはね上げながら、どんどん遠くなっていく。

その後ろ姿を見ながら、桔梗は涙した。将門を救うことは難しいだろうと思っていた。

四

天慶三年（九四〇）二月十四日の夜明けから、藤原秀郷と平貞盛は、軍勢を率いて南下し、将門の捜索を開始した。

もし将門が、かつてのように大軍を統率していれば、その捜索はたやすかったであろう。しかしながら、いまや将門はごくわずかな兵しか連れていなかったから、秀郷らが物見を四方に派しても、その居所はなかなか摑めなかった。

風の強い日であった。南風が激しく、土埃を濛々《もうもう》と舞い上げる。馬上の秀郷や貞盛も、まともに目を開けてはいられぬほどだ。木々の枝が揺れ、葉が吹き飛ばされるばかりか、中には倒木が道を塞いでいる場所もあった。このあたりは、ただでさえ湖沼が多く、大軍は急速には進めない。その上、この風で彼らはひどく難儀した。

行軍のあいだ、先を行く兵たちのうちには、

「ひょっとすると、この風は将門が吹かせているのではないか」

などと、まるで将門のことを風神《ふうじん》か何かのように言う者もいた。

それを聞いた貞盛はかっとなった。

「たわけたことを申すな。将門には風を吹かせる力などないわい。これしきの風で臆病神に憑かれるとは情けないぞ。すでに将門はわずかな兵しか連れておらぬ。恐るるに足らず。我らの勝利は疑いない」

しかしそうは言っても、兵らの狼狽《ろうばい》はおさまらなかった。行く手の藪も、草原も、山林も大きく風になびく様を見ていると、どうしても心細くなってしまうのだ。

いっぽう、秀郷は麾下の者たちに対し、繰り返しこう指示していた。

「ゆめゆめ、油断するなよ。敵は近いと思え」

この強風の中では、敵兵の足音はなかなか聞こえないことだろう。敵がこちらをどこかで見ていれば、すぐそばまでひそかに近づき、一気に攻め寄せてくるはずだ。そのように、秀郷は予想していたのだ。

物見たちはやはり、将門を見つけ出せないようで、秀郷らのもとになかなか帰ってこなかった。兵たちは朝から歩き通しであったが、昼過ぎになっても、将門の軍を発見したという報告がもたら

されることはなかった。

もはや、将門は死んだのではないか。あるいは、もっとずっと南に逃げたのではないか。ひょっとすると、船に乗って三浦《みうら》のほうへでも去ってしまったのではないか。だとすれば、この日はもう戦になることはあるまい。兵たちのうちに、そうした気の緩みが生じ出したとき、とうとう物見が秀郷のもとに走って帰ってきて、

「敵が陣を張ってござる」

と復命した。

「よし」

秀郷は落ち着き払って頷くと、伝令を放ち、物見が指さした方向へと軍勢を進めた。


将門が陣を敷いていたのは、『将門記』によれば、「辛（幸）島郡」の「北山」というところであったという。幸島は「猿島」であろうか。『扶桑略記《ふそうりやくき》』によれば「嶋広山」というところであったとされる。実際のところ、そこがどこであったのかは、いまとなっては定かではない。

しかしながら将門は、朝から甲冑を身にまとって出発し、その地に陣を敷いたとされるから、十分に地形を見定め、策略を練って戦支度をしていたものと思われる。だが、その率いる数は四百余人に過ぎなかったというからには、大胆そのものと言わねばならないだろう。

もともと、将門は八千の兵にて戦おうと考えていた。その人数であれば、兵を段々に分かって布陣し、敵の到着を待つという策をとるのはわかる。しかしながら、いまや四百余の兵で陣を構え、数千の敵を迎え撃とうというのだ。ほとんど勝とうとは思っておらず、ただ死に花を咲かせようとしているとしか考えられない振る舞いである。

その将門の陣の前に秀郷、貞盛、さらに常陸介・藤原維幾の子、藤原為憲によって率いられた兵らの連合軍が到着し、睨み合ったのは未申の刻（午後二時から四時頃）であったという。

「将門め、一息に踏みつぶしてくれる」

衆をたのむ貞盛はそう息巻いたが、そこでますます風が強くなった。秀郷・貞盛・為憲軍は風下に立っており、将門軍の陣は風上にあった。その日、南風が強く吹くことを予想して、将門はわざと風上に立って戦えるように陣を敷いていたのだった。

将門軍の楯は前のめりになるように風にあおられている。いっぽう、北に陣を据えた秀郷・貞盛・為憲軍の楯は、風で後ろに倒れそうになるのを兵が必死に押さえなければならない状況だ。彼我の武者の兜の鍬形《くわがた》や錣《しころ》も、緒をしっかりと締めていなければ、兜ごと吹き飛ばされそうなほどに揺れている。

すでに記してきたように、この頃の戦において最も強力かつ有用な武器は弓矢であるから、秀郷や貞盛はもちろん、数に任せて矢を放ち、将門軍の将兵を毛虫のような姿にしてやろうと思っていた。ところが、これほどの強風の中では、矢はあらぬ方向へ吹き飛ばされ、なかなか敵に当たらないものだ。とりわけ風下から放たれた矢は、敵のいる位置よりもずっと手前で落下してしまう。

弓矢が使えない中、将門軍の武者たちは太刀を抜き払い、敵陣目がけて馬を疾駆させた。徒《かち》の兵たちも、それを追って敵兵に殺到する。

秀郷・貞盛・為憲軍も、楯を捨てて前進した。彼我の軍勢が次第に近づき、ぶつかり合う。

将門軍の将兵は、このような劣勢においても将門のもとを離れなかった、忠誠心の強い精兵たちだった。それが、死に物狂いで襲いかかったため、数では圧倒的に優勢なはずの秀郷・貞盛・為憲軍の前線は混乱に陥った。八十余人が瞬く間に討ち取られ、秀郷・貞盛・為憲方の隊列は崩れた。

兵らは逃げはじめる。

逃げる敵を追って、将門軍はさらに前進した。こうなると、追うほうは圧倒的に強くなる。彼らは逃げる者どもを、背後から次々と討ち取っていった。

秀郷・貞盛・為憲軍の後陣の者たちも、味方が自分たちのほうへ逃げ、突入してくるために動揺せざるを得ない。この中、もともと烏合の衆に近い伴類たちは、先を争って逃亡をはじめた。その数二千九百人で、秀郷や貞盛のもとに残ったのは三百余人のみであったという。すなわち、あっという間に、彼我の兵力はほとんど等しくなってしまったのだ。

敵の猛攻の中、馬を走らせながら、あたりを経めぐっていた秀郷は、必死に将門を捜していた。こうなっては、敵将の将門を倒すよりほかに勝利を得る道はないものと思われた。

しかし、敵中を見まわしても、いったい誰が将門なのかがわからない。まさに、何人もの将門が太刀を振りまわして暴れているようにしか見えないのだ。

老巧な秀郷すらも、将門はひょっとすると風神なのかもしれない、などと思いはじめていた。

五

いっぽうその頃、念観はようやく公津ヶ原に走りついた。途中、休憩や仮眠もほとんど取らず走ってきたため、不動明王像の前で護摩焚きをする寛朝のもとにたどり着いたときには、眩暈《めまい》をおぼえ、昏倒しそうだった。

しかし、寛朝もまた、明らかに窶れていた。げっそりとして見えるほどに痩せており、顔の火傷もひどくて、松毬《まつかさ》のようにでこぼこしている。ところが、疲れ切って、かえって高揚した気分になっているのか、松毬の口が開いたと思ったら、そこから、ふふふ、と笑い声が出てきた。

「よう帰ってまいったな、念観。苦労であった。それにしても、そなたは疲れた顔をしておるわい」

「お師匠こそ……」

そこでまた、寛朝は、ふふふ、と笑った。

「御上のために命を賭して護摩を焚き、経を誦《ず》するのが我ら法師の務めだからのう。されども本日で結願よ……ところで、そなたは桔梗には会《お》うてまいったのか？」

念観は紐で首から下げていた黒い布袋を寛朝に差し出した。桔梗から受け取ったものである。

「これをお師匠にお見せすれば、すべておわかりになる、と」

「桔梗が、そう申したか」

寛朝は袋を摑むと紐をほどき、中を見た。切り紙が入っている。それは何やら複雑に、細かく折り畳んであった。

寛朝は紙を破らぬように慎重に広げていった。中身は護符と思われた。念観も首を伸ばしてのぞき込んだが、そこに墨書されていたのは、漢字のようでありながら、着物を広げて踊る人の姿のようにも見える図であった。周囲には文字もいろいろと書き込まれていたが、念観には解読できなかった。

そして、その護符のうちには、黒い紐でできた輪のようなものが包み込まれていた。よく見れば、紙撚りで留められた、人の髪の毛だ。

「なるほど」

寛朝はすべてを悟ったように独り言ちた。

「念観よ、よくやった。これでわかったぞ」

「さようで……」

「これは、将門の髪であろう」

師がわかったことがどのようなことかは、念観にはあずかり知らぬところであった。けれども、窶れた寛朝が顔をほころばせ、よくやった、と言ってくれたことが、念観には嬉しかった。

「おそらく、将門も桔梗が作った護符を持っておるのだ。そしてその大本《おおもと》は、この桔梗が肌身離さず身につけていたこちらの護符だ。髪の毛を仕込んだ護符から、将門のもとに霊力が伝わっていたということだ」

桔梗は、好きな男の髪の毛をつねに胸に抱くように身につけ、霊力を送って護っていたのだ。その執念のすさまじさに、念観は恐ろしさすら感じた。

「ようし」

しばし不動明王像の前を離れ、弟子と語らっていた寛朝は立ちあがると、また明王の前の炎のもとに向かった。明王と対座するや、喉を震わせて高らかに真言《しんごん》を唱え、やがて、護符と髪の毛を炎にくべようとした。

「お待ちください」

念観は慌てて叫び、師のもとに駆け寄った。寛朝ばかりか、供奉《ぐぶ》の僧たちも驚いた目を念観に向ける。

「いかがした？」

「それらを燃やしたならば、将門はいかにあいなりましょうか？」

「呪詛返しの法が解ける。調伏の効験が、ようやくあらわとなるのだ」

「戦場で、将門は負けるのでございますか？　敵の矢に撃たれるのでございますか？」

「無論だ。それは神仏の矢、すなわち神鏑に撃たれるということだ」

「どうか、将門を助けてやってくださいませ」

寛朝は、目をしばたたかせながら弟子を見る。

「そなた、何を申しておる？」

「桔梗殿と約束したのでございます。呪詛返しの呪法について教えてくださったならば、将門の命ばかりは助けまいらす、と。そして、国譲りをしてもらうと――」

「国譲り？」

「お師匠にお願い申し上げるだけでなく、秀郷殿のもとへも参り、将門の助命をお願い申し上げるとお約束いたしました」

「さようなわけにまいらぬことは、そなたにもわかっておろう」

「約束を破るわけにはまいりませぬ。御仏に仕える者が、嘘を申してよいはずがありませぬ」

「嘘も方便と申すではないか。天下のため、天子様のための嘘は、御仏もお許しになる」

「いえ、私にはできませぬ。その護符をお返しください。約束を守れぬとあらば、桔梗殿のもとにお返し申し上げますから」

「阿呆め。そもそも、さような慮外な約束をしたことこそが、大きな罪業である。この護符をそなたに渡すわけにはまいらぬ」

寛朝のそばにいた僧たちまでが、護符を渡してなるものかと思って、念観の前に立ちふさがるべく身構えている。

念観は泣けてきた。断腸の思いで護符を渡してくれた桔梗が可哀想であった。そして、人を騙して大切な物を取り上げることになった自分のことが情けなく、立つ瀬がなく感じられた。

もちろん、将門は朝敵だ。それを調伏するために寛朝が護摩供を行っていることは念観にもわかっている。寛朝の弟子が将門を助けようと考えるなど、たしかに慮外にほかならないであろう。だがそれでも、念観の胸は二つの道義のあいだで引き裂かれている。桔梗は、自分には光と闇の区別ができないと言っていたが、念観もまた、同じ気持ちになっていた。

「お師匠、その護符と髪は、どうしてもお返しいただけませんか？」

「返すわけにはまいらぬ」

念観は立ちあがった。黙って、その場を立ち去ろうとする。

「待て、念観。いずれへ参るつもりだ？」

「秀郷殿のもとへ走ります」

「将門を助けてたもれ、と申しに参るのか？」

「はい」

師を説得することはできないにしても、秀郷は何とか説得し、戦いをやめさせようと念観は思ったのだ。

「待て、待て。待たねば、本日を限りに破門だぞ」

もとより、念観は寛朝に破門されるつもりでいた。

「お師匠がこれまで私におかけくださったご厚情、この念観、決して忘れはいたしませぬ。ありがとう存じまする」

そう言い残すと、念観は駆け出した。

寛朝は、草原を駆け去っていく念観の後ろ姿に、

「阿呆めが」

と叫んだ。

だが、念観は振り向きもせず、去っていってしまった。

そばにいた僧の一人が、念観を追いかけようと立ちあがったが、寛朝はそれを、

「放っておけ」

と言って止めた。

寛朝はもう一度、炎に向かい、精神を集中して真言を唱えた。そして、強風に煽られる炎のうちへ、護符と将門の髪の毛をくべた。それらが瞬く間に燃え、灰になるのを、火炎を背負った不動明王の憤怒の目が、じっと見下ろしていた。

六

馬を疾駆させ、敵を追い散らしていた将門は、異変に気づき、手綱を引いた。馬の足を緩め、草木のなびき方が変わっているのを見て取る。さきほどまで追い風であったはずが、向かい風に転じていた。

風の勢いも弱まっており、すでに弓を使えないほどではなくなっていた。穏やかな風の場合、追い風を受ける側にとっては、弓の飛距離が伸び、有利となる。

実際、将門のもとに敵の矢が雨のごとく襲いかかるにいたった。将門は太刀をふるって矢を払いつつ、本陣へといったん引き上げた。他の騎馬武者も、兵たちも、将門とともに引いた。

態勢を立て直した将門は、ふたたび馬を前進させた。他の者たちも、将門とともに敵へと馳せ向

かう。

　ところがその最中、不思議なことが起きた。将門の自慢の駿馬《しゅんめ》が、何の指示も与えていないのに、急に足を止めたのだ。

「おい、どうした？　走れ。走らぬか」

　だが、声を掛け、胴を蹴っても、鞭を入れても、馬はびくりともしない。

　大将の将門がじっと動かないでいるため、先へ進んだ将兵も戸惑い、動きを止めて後ろを振り返った。おのずと将門軍の勢いは失われた。

　その異変は、敵も悟るところであった。

　秀郷も、将門軍の前線の者たちが心配そうに背後へ目をやっているのを認めていた。彼らの視線の先には、馬を思い通りに操れず、焦る騎馬武者の姿があった。

　秀郷は気づいた。あの足を止めた馬に乗る男こそ将門だ、と。とうとう敵陣に将門を見つけたのだ。

「猿丸、猿丸よ」

　秀郷は弓の名手の名を叫び、周囲を見まわした。

「これにござります る」

　大弓を手にした猿丸が、秀郷の馬のもとにやってきた。

「将門だ」

　秀郷は、彼方《かなた》に指先を向けながら言った。

「あの武者を射よ」

「はっ」

猿丸は畏まると、胡簶《やなぐい》から矢を引き出した。それを弓につがえつつ、草のあいだを抜けて前進する。

そのとき秀郷は、右方においても矢を弓につがえる騎馬武者がいるのを見た。貞盛であった。彼もまた、将門を発見したようだった。いや、味方のうちに、あちらでも、こちらでも、件の武者に向かって弓を引き、狙いを定める者たちがいる。いまや誰の目にも、将門の居所は明らかであった。

猿丸はしばらく行くと、立ち止まった。秀郷は、もっとそばに近づいてから矢を射るべきではないか、そうでなければ当たるまい、と心配した。おそらく、猿丸の位置からでも、将門はまだ、指先のように小さく見えるはずだった。

だが、猿丸は弓を頭上に掲げるように、両腕を上方に伸ばした。背筋も高く伸ばした後、胸を張り、腕を下ろしながら弦を引きはじめる。小柄な猿丸にしては、弓は大きすぎるように見えた。だが、弦を大きく引き、狙いを定める彼の腰はしっかりとしており、微動だにしない。

そのあいだにも、多くの矢が将門のもとに飛んでいったが、みな、外れた。秀郷には非常に長い時を経たように感じられたのち、猿丸の右手を、矢筈《やはず》は離れた。矢はまっしぐらに将門のもとへ飛んでいった。

貞盛もほぼ同時に矢を放ったが、秀郷の視線は、猿丸の放った矢ばかりを追った。それは空《くう》を切り、放物線を描きながら飛んだ。そして、将門の頭に当たった。

はじめ秀郷は、猿丸の矢は将門の兜に突き立っただけかと思った。だが、猿丸は二の矢を手にしようとはしない。秀郷が目を凝らすと、矢は兜の吹き返しのすぐ脇から、将門の蟀谷に突き立っていることがわかった。

将門はおのれの蟀谷に刺さった矢の篦《の》を、籠手《こて》に包まれた手で掴んだ。その後、まるで時が止まったかのように、将門はまったく動かなかった。馬も主を乗せたまま、じっとしている。

将門は、目を見開いていた。秀郷は、その目が自分に向けられているように思い、ぞっとした。

やがて、将門は馬の鞍から滑り落ち、地面に倒れた。

秀郷の馬のそばにいた徒の郎等どもが、猟犬のように駆け出し、将門のもとに向かった。秀郷もまた、そのあとから馬を進めた。

郎等たちは将門のもとにたどり着いた。そのうちの一人が短刀を将門の首に当てた。やがて彼は、矢が刺さったままの首を一度、髻《もとどり》を摑んで高々と掲げてみせた。それから、秀郷のもとへ走ってきた。

秀郷は馬に乗ったまま、郎等から将門の首を受け取った。左側の蟀谷に矢を受けた無残なありさまながら、眠るような穏やかな表情をしていた。

そこへ、貞盛も来た。馬を下り、秀郷のもとに駆け寄ると、将門の首をまじまじと見た。やがて貞盛は大声で、

「とうとう、我らが手にて将門めを討ったぞ」

と叫んだ。

それはまるで、自分が将門を射殺したような言い方であった。

将門が討たれ、その首が奪われたと知るや、彼に付き従っていた者たちは散り散りになって逃げ出し、将門軍は総崩れとなった。こうして、秀郷や貞盛らは完全な勝利を収めるにいたったのである。

その後も、将門勢の残党の捜索と討伐はつづけられたが、秀郷や貞盛はそれを部下に託して、常

陸国府に向けて引き上げることにした。将門を倒し、坂東の秩序を回復したという自分たちの手柄を、征討使の本隊が来る前に中央に報告しなければならないと考えたからだ。それこそが、これまでの失敗の汚名を返上し、朝廷の褒賞にあずかる道であった。

その常陸へ急ぐ道すがら、秀郷はちょっとした異変に出くわした。彼は隊列の中ほどにいたが、前方からすさまじい喚き声が上がるのを聞き、兵らのあいだに混乱が生じるのを見たのだ。

秀郷の馬のそばについていた者が、様子を探りに前方へと走っていき、次のように復命した。

「殿に面会を求む者が参りまして、立ちふさがっております。去れと申しても、兵にすがりつき、みな、困《こう》じ果てており申す」

「わしに会いたいと？　誰だ？」

「僧侶のようであります。戦は終わったと聞くや、正体なく泣きはじめまして……」

「ここへ連れてまいれ」

「よろしいので？」

「苦しゅうない」

しばらくして、秀郷のもとに連れて来られたのは、細い体つきの若い僧であった。全身、泥や垢にまみれている。

「念観殿か？」

「秀郷殿、戦には勝たれたのでござりますな？」

顔も真っ黒で、しかも涙や涎《よだれ》で汚れており、人体はよくわからなかったが、その声はまさしく念観のものだ。

「おかげ様で勝ちを得た。お師匠にも、御礼を申し上げねばならぬ」

「将門は？　将門はいかがいたしました？　無事ではないのでございますか？」

秀郷は、この者は正気ではあるまい、と思った。武士同士が弓を取り、命を賭して戦って、負けた者が無事などということはあるはずがない。

念観は叫んだ。

「将門は、いずれに？」

秀郷は、馬上からやや前方を指さし、

「それよ」

と言った。

秀郷が示したのは、旗竿《はたざお》を立てた供奉の兵であった。竿の先には、白布《はくふ》に包まれた物が吊り下げられている。布は下部が血で汚れていた。

「将門の首だ」

竿よりぶら下がる物を、念観は双眸《そうぼう》を見開いて眺めた。やがて、地べたに両膝を突き、両手で土を摑んで、おいおいと泣いた。

兵の一人が薙刀を振り上げて、念観を怒鳴りつける。

「お主《ぬし》は朝敵を哀れむのか？」

「放っておけ」

秀郷は言った。

「先を急ぐぞ」

秀郷の馬は、念観を置いて進み出した。ほとんど狂乱状態で泣きつづける念観の前を、兵たちは行進していった。

第九章　将門の首

一

さて、念観と別れたあとの桔梗の身の上である。

彼女はあれから、沼のほとりにずっと横たわったままでいた。念観には自分のことは自分で何とかすると言ったものの、挫き、傷ついた右脛がどんどん腫れ上がってしまい、しかも、頭痛もひどく、吐き気すらして、陽が昇っても起き上がれなかった。

身動きできず、何も食べられない。食欲もなかったが、しばらく眠ったあと、どうしても喉が渇いて、沼まで何とか這っていき、その水を啜った。ところが濁り水を飲んだせいであろうか、腹を下すことになった。

何も食べないまま、怪我と痢病《りびょう》で高熱を発し、桔梗の意識は混濁して、ほとんど眠りつづけることになった。彼女は、自分の死が近いことを覚悟した。風によって木の葉が降りかかっても、狐か狸がそばに来ても、虫や鳥が体にとまり、啄《ついば》まれても、それを追い払うことすらしなかった。

それから幾日たったのか定かではないが、何者かが近づいてくる気配を桔梗は感じた。揺り動かされて目を開けたところ、上から誰かが自分の顔をのぞき込んでいる。白く、長い顎鬚を生やした、見知らぬ翁《おきな》だ。このあたりに暮らす民であろうか。いやあるいは、あの世の住人ではないか、と桔梗は思った。冥土から、自分を迎えに来たのだろう。

「連れていってください」

桔梗が懇願すると、わかった、というように翁は頷いた。

「早く連れていってください、あの世へ」

桔梗は、将門はすでに死んでいるだろうと思っていた。将門なきあとに生きつづけたところで、面白くもない。それよりはいっそ、あの世で将門に会いたいと思った。

「さあ、連れていって」

それだけ言って、桔梗はまた目を閉じ、眠った。


将門が死んでから半月ほどがたった頃、常陸国府にいた秀郷のもとに、

「娘御らしきお方が見つかった」

という報告が届けられた。

座していた秀郷はそれを聞くや、

「まことか」

と言って、思わず立ちあがった。

桔梗のことは、ずっと捜していたが見つからなかった。だから、死んだのかもしれないと思っていた。

「どこにおった？」

「下総《しもうさ》猿島の百姓のもとにおいでとか。傷つき、倒れておられたのを、その百姓が哀れに思って家に連れ帰り、今日までお世話申し上げていたらしゅうございます」

「桔梗は、いかなる様子なのだ？」

「しかとしたことは……」

「すぐにここに連れてまいれ。このあたりで最も高名な医者は誰だ？　いや、何なら京より薬を取り寄せる。とにかく、急ぎ連れてまいるのだ」

秀郷は忙しなく、うろうろと歩きまわりながら命じた。

数日後、戸板に乗せられた桔梗が常陸国府の宿館に運び込まれたとき、いつもは冷静な秀郷は目を真っ赤にし、

「これぞ、神仏のお引き合わせよ」

と言って、喜びをあらわにした。

哀れなことに、桔梗はひどく痩せていた。頬はこけ、腕も脚も細く、まるで骨が横たわっているようであった。全身、傷だらけで、とりわけ右脛は真っ黒に変色していた。

「許せ、桔梗よ」

秀郷は娘に詫びた。

「だが、きっと元気になるのだぞ。我が一族が栄えるのはこれからだ。その楽しみを、そなたも味わわねばならぬ」

秀郷は坂東各地から医者を呼び寄せ、また、京からも薬を取り寄せた。その甲斐もあって、桔梗の体は、ゆっくりとではあるが回復していった。

下野掾《しもつけのじよう》である秀郷が下野国に帰ったあとも、桔梗はしばらく、常陸国府にて療養をつづけた。

桔梗の体は日を追うごとにふっくらとしてゆき、右脛の腫れは少しずつ引いていった。けれども、彼女の内面は空虚そのものだった。将門は、もはやこの世にはいないからだ。

それまで自分の心を明るくしていたはずの山川草木《さんせんそうもく》や月影の美しさに触れても、桔梗は何の感慨も抱けない。何を食べても、おいしくないというか、味を感じなかった。魂が抜けて屍になってもなお息をしているような、奇妙な感覚で桔梗は日々を過ごした。

やがて桔梗も、父のいる下野国府へ旅立つことになった。とくに秀郷のもとに行きたかったわけではないが、周囲の者に、

「そろそろ、お父上のもとへ参りましょう」

と促され、旅立つことにしたまでである。

道中、桔梗はそれまで着たこともないような緋色の袿《うちき》を着て、笠からは真新しい虫の垂衣《たれぎぬ》を垂らして歩いた。しかも、女や男の従者も連れていたから、まるで公家の娘にでもなったようだった。

途次、川をいくつか渡った。橋のないところは舟で渡らなければならないが、従者が渡し場の者に、

「下野掾殿のご息女である」

と言うと、ほかに舟を待つ客たちがいても、最優先で乗せてもらえた。桔梗を見る誰もが、「ああ、あの将門を討ったお方のご縁者か」といった、畏まった態度を取った。

旅は順調に進んだが、ある渡し場に来たとき、桔梗は周囲に促されても舟に乗ろうとしなかった。川原にうずくまる舟客《しゆうきやく》のうちに、気になる者を見たのだ。

「念観殿ではありませぬか？」

右足を引きずりながら、桔梗は近づいていった。

丸めていたはずの髪は伸びて、針鼠《はりねずみ》のようになっていた。いや、子供っぽい顔だと思っていたのに、鬚も伸びている。痩せこけてはいるが、ここしばらく会わないあいだに、体もごつごつとし

たものになっているように思えた。すっかり大人になった雰囲気だ。

「やはり、念観殿でありましたな。私です。桔梗でございますよ」

桔梗は念観のすぐそばにしゃがみ込むと、虫の垂衣《たれぎぬ》を手で払い上げ、おのれの顔を見せた。

ぼろぼろの僧衣を着て、膝を抱えて座っていた念観は、ゆっくりと顔を上げた。そして、まるで幽霊か何かを見るような目つきになった。

桔梗の侍女が、

「いけません、そんな汚い法師に近づいては」

と窘めたが、桔梗はかまわずに念観に話しかけた。

「ご無事だったのですね。嬉しゅうございます」

桔梗を見る念観の目は、かつてとは違って荒み、曇っていた。そこに湛えられているのは絶望のようだ、と桔梗は思った。それを見ても、桔梗は「この人はわずかなあいだに大人になったのだ」と思わないではいられなかった。

荒んだ目から、涙が溢れた。念観は汚れきった両手を顔の前で合わせ、

「お許しください」

と詫びた。

「お約束を守れませんでした。将門殿をお助けください、とお師匠にはお願い申し上げたのでございます。されどお師匠は、それはできぬと仰せで……そこで私は、御父、秀郷殿のもとへも走ったのでございますが、ようやくお目にかかれたときには首が……竿の先に首がぶらぶらと……」

その後も、念観は歯を剝き、おのれの膝を叩き、泣きながら喋りつづけた。けれども桔梗には、彼が何を言っているのかよく聞き取れなかった。彼が悔しがり、詫びていることだけはわかったが。

「もう、よいのです。将門殿が討たれたのは、念観殿のせいではありませぬ。将門殿の自業自得でございます。あのお方は、どこまでも戦い、死にたかったのでございます」

念観は背を丸め、なおも泣いている。その肩を、桔梗は撫でてやった。

「お師匠は、どちらにおいでです？」

「もう私は、お師匠のもとにはおりませぬ。破門されましたゆえ」

「まあ……」

桔梗は、申し訳なかった。おそらく、将門を助けると約束させたことが影響しているのだろうと思ったからだ。自分は何と業の深い女であろうか、と情けなくなった。

「いずれ時がたてば、寛朝殿はまた、お弟子になるのをお許しくださるでしょう。ですから、もうご自分を責め、泣くのはおよしなさい。すべて、私が悪いのです」

念観はかぶりを振った。

「さ、いまは私とともに舟に乗りましょう。下野に参りましょうぞ」

念観はまた、かぶりを振る。

そのとき、渡し舟の船頭が声を掛けてきた。

「姫様、そのような馬鹿者、放っておきなさいませ。その法師には、舟に乗るつもりなどないのですよ。もう幾日も、そこにじっとしておるばかり」

桔梗の従者たちも、

「さ、参りましょう」

「このような者の相手をなさいますな」

と桔梗を急かす。

それでも、桔梗がそばを離れようとしないでいると、念観は立ちあがった。

「桔梗殿、行ってください。私は乗りませぬ」

そして彼は、ふらふらと川原を、川とは反対方向に歩いていく。

「では、お師匠のもとにお帰りなさい。心を込めてお詫びすれば、きっとお許しくださるはず」

桔梗が声を掛けても、念観は振り向きもせずに去っていった。

舟に乗り、対岸へと渡る最中、桔梗はもといた岸辺を振り返った。抜けるような青空のもと、静かな川面と、山の緑が眩しかったが、襤褸《ぼろ》を着て、垢にまみれた念観の姿はどこにも見当たらなかった。


下野国府に桔梗が入ったとき、秀郷の屋敷には人が詰めかけていた。来客も多く、酒や餅、塩魚などを運ぶ人夫の出入りも盛んであるようで、桔梗を迎えた郎等や家僕たちもみな、浮かれきった笑顔でいる。

桔梗はさっそく秀郷と対面したが、父もまた、満足そうな笑みを浮かべていた。

「よくぞ、ここまで元気になってくれたものだ。そしてよくぞ、このような目出度いときに参ってくれたものだ。ともに祝えて嬉しいぞ、桔梗。兄弟姉妹にも会わせよう」

「お祝い？　何があったのでございますか？」

桔梗が尋ねると、秀郷のそばに座っていた郎等の一人が代わりに答えた。

「お父上は、まことにお目出度いことに四位様になられたのでございますよ。天晴《あっぱ》れなお手柄と、御上にお褒めいただいたのでございます」

将門を討った功績により、朝廷は秀郷を従四位下に叙したのだ。ちなみに、貞盛も従五位上に叙されている。

将門討伐に功があった者たちは、本人が褒賞にあずかっただけでなく、後には子孫にもその余栄が及んだ。秀郷の子孫は、何人もが検非違使や鎮守府将軍に任じられている。貞盛はのちに伊勢平《いせへい》氏《し》の祖とされ、その流れからは武家ながら従一位、太政大臣にまで昇った平清盛《きよもり》が生まれた。また、将門の謀反を密告した源経基は、さらに西国での藤原純友の乱の鎮圧にも加わり、後代いわゆる清和源氏の祖とされて、その流れからは八幡太郎《はちまんたろう》源　義家《みなもとのよしいえ》や、鎌倉《かまくら》幕府を開いた源頼朝《よりとも》が出ている。

平将門という男は、「武士の世」の到来を告げた人物のように考えられがちだ。しかし実際には、将門の乱の鎮圧に当たり、その功績を讃えられた者やその子孫が、「武器をとって戦う家柄の者」という社会的認知を得、武士の世を造り上げていったと言えた。

それはともかく、いま桔梗と対面する秀郷は、「どうだ、父はなすべきことを見事になしとげたぞ」と誇っているように見える。

「おめでとうございます」

桔梗は床に両手を突いて頭を下げた。けれども、その胸の内はやはり虚しかった。

たしかに、これまで無位無官であったばかりか、罪を受けた者として隠れるように暮らしてきた秀郷にとり、いきなり従四位下の身分を得たことは夢のような話かもしれない。けれども、その程度の位階をもらったところで、中央政府の重職につけるわけでもあるまい。野良犬のように過ごしてきた者が、朝廷の番犬としての立場を認められたという程度のことではないか。坂東に独立国を打ち立て、みずから帝を称した将門の気宇に比べれば、何と小さい話だろうか。そのように思う桔梗は、父の喜ぶ顔を見れば見るほど、虚しくてたまらなくなっていく。

しかも、秀郷の屋敷において、さらに虚しさが高じる事態が起きた。

ある夜のこと、便殿で男たちがやかましく語り合う声が、桔梗の臥所まで響いてきた。何事であろうかと気になった桔梗は臥所を抜け出し、声のもとへ忍んでいった。そして、衝立の陰から、父やその側近たちの熱い議論を聞いた。

「殿のお気持ちもわかり申す。されどもこたび、せっかく朝廷より栄誉を賜ったと申すに、それを台無しになさるのはいかがかと存ずるのでございます」

「台無しになどするものか」

「憚りながら、桔梗殿は殿の実の娘御とは申せ、将門のそばにおられたのでございますぞ。そのことをよくよく思し召しくださりませ。万一にも、そのことで御上よりお咎めを受けることになれば――」

「わしが兵を挙げ、将門を討ったのは、桔梗のためでもある」

「殿、戦場をお思いなされ。こたびの将門との戦で、味方のうちにも多くの者が傷つき、死に申した。大を生かすために小を犠牲とするのはいたしかたなきこと。ご一門のご繁栄のためには、桔梗殿が犠牲となるのもまた同じ道理」

桔梗は悟った。今度の戦勝で官位や田地など、秀郷は褒賞を受けることになった。けれども、その娘が将門の寵姫であったと知られれば、褒賞は取り消されるかもしれない。それを案じた郎等どもが、秀郷に桔梗を放逐せよ、親子の縁を切れ、と進言しているのだ。

桔梗は忍び足で臥所に戻った。そして、その夜のうちに、秀郷の屋敷を抜け出た。彼女は、京に帰ることにした。

桔梗は、姫様からまたもとの漂泊の巫《かんなぎ》に戻った。何度か大きな寺社の門前や、在地の有力者のもとで神霊の言葉を人々に届けながら、西へ、西へと旅をしていった。

将門の死後も坂東では、叛逆者への討伐がつづけられ、将門をそばで支えていた有力者たちも次々と討たれていった。

三月七日には、将門により「伊豆守」に任じられた平将武が甲斐国で討たれている。十八日には、「上総介《かずさのすけ》」興世王も、上総掾兼押領使の平公雅によって上総国で射殺された。同じく「下野守」平将頼、「常陸介」藤原玄茂は相模国で、坂上遂高《さかのうえのかつたか》、藤原玄明は常陸国で斬られている。

四月八日には、征東大将軍・藤原忠文率いる軍が坂東に到着した。この軍勢は東海道と東山道の二手に分かれて進軍してきたと見られ、将門の乱の残党たちは大いに恐れた。『将門記』によれば、〈賊首将門が舎弟七、八人〉が剃髪《ていはつ》したり、妻子を捨てて山に逃げ込んだりしたという。

こうして、坂東で中央に反抗した勢力は根絶やしにされていった。坂東はまた、都人によって支配され、収奪される地に戻ったのである。

二

京に戻った桔梗は、賀茂御祖《かもみおや》神社の参道で笹笛を捜した。幼い頃から、姉妹のように育った間柄で、巫として同じ小屋で暮らしてきた相手だ。桔梗にとって帰る場所といえば、笹笛のもと以外になかった。

新緑眩しい中、人々がのどかに行き交う参道は、桔梗の記憶のままであった。だが、いくら捜しても笹笛の姿はそこにはなかった。おそらくは、どこか別の寺社の境内に移ったものと思われ、かつて桔梗がここにいた頃の知り合いはいないものかと思ってうろつくうち、知った顔があった。

猪《いのしし》の毛皮をまとい、獣の骨を並べた首飾りをつけた、小さな媼《おうな》であった。同じくこの参道に小屋をかけて暮らしつつ、道行く人に対して、狼《おおかみ》の骸骨を撫でながら吉凶を占うことを生業としていた。

桔梗が近づいていくと、その媼は手を振った。

「また、戻ったのか?」

「笹笛を知っておりますか?」

「おことの相方か? 知っておる」

「どこへ参ったのでありましょう?」

「さて、どこであろう。地獄か、極楽か」

「は?」

「死におったぞ。侍の馬に蹴られてな。そうさな、半年も前のことよ」

媼はこともなげに言った。人が死ぬことなど、とくに珍しくもないではないかというように。

よく聞けば、桔梗が坂東へ旅立って以降も、笹笛はこの社《やしろ》の参道で一人で暮らしていたが、何やら物思いにふけることが多くなったという。そして、とうとうある日、ぼんやりとたたずむうち、疾走する馬に接触して死んでしまったというのだ。どこの屋敷の者かはわからないが、乗り手は知らぬ顔で走り去ってしまった、とも媼は言った。

あまりの予想外のことに、桔梗は茫然自失となった。そして、急に寂しさが高じて、その場にしゃがみ込み、泣き出してしまった。

「死んだこと、知らなかったのか? おことは巫であろうが」

「笹笛は、どこに葬られているのです?」

「知らぬ」

媼の答えはそっけない。

「だから、おことは巫であろうがよ」

面倒くさそうに媼はつけ加えた。巫ならば、葬られた場所など、死者に直接尋ねればよいではないかと言いたいらしい。

桔梗は立ちあがると、媼のもとを離れた。心中で笹笛に無沙汰を詫びながら、とりあえず神社の楼門《ろうもん》に向かって歩いた。

やがて桔梗は、同じ往来を行く者が、

「将門の首が来たぞ」

「首？　都にかね？」

などと語り合うのを聞いた。


将門の首をめぐる話は、特筆すべきものと言える。

もちろん、罪人の首を晒した例は、我が国の歴史上、珍しくもない。江戸時代には、死罪の上に、最高刑としての「獄門」があった。すなわち、晒し首、梟首《きょうしゅ》の刑である。あまりにも罪深い者は、ただ殺すだけでは飽き足らず、その首を人々の目に晒すのだ。逆に、大罪に処すべき者であっても、情状酌量の余地があると見なされれば罪一等を減じ、首は斬っても獄門にはせずにすませてやった。晒されても晒されなくても、どちらも死罪なのだから同じではないか、というのは現代人の感覚であって、古の人々にとっては、斬られたあとの首を人目につくところに晒されるなどということは、堪え難い恥辱と考えられていた。

そして将門の場合は、新皇などと称し、坂東に独立国を造ろうとしたのであるから、これほどあからさまな叛逆もないであろう。朝廷が情状酌量の余地などまるでないと見なし、最大級の刑罰を加えようとしたのも当然だ。だが、この将門に対する刑罰の特異性は、それが記録上、最初の梟首の事例であり、かつ、将門が殺されてからかなりの時日《じじつ》がたって決定されたと考えられるところにある。

秀郷から進上された将門の首が京に着いたのは、四月二十五日とされる。そして、洛中の東市《ひがしのいち》の樹上に晒されたのが五月三日のことであるらしい。この首の進上が、手柄の証として秀郷側から一方的になされたものなのか、それとも朝廷側が、送れ、と命じたがためになされたものなのかははっきりしない。いずれにせよ、将門の首が坂東を発ったときには、将門が討たれてから二ヶ月ほどがたっている。京に着き、人々の目に晒されるまでで考えれば、二ヶ月半がたっていたわけだ。

後代においては、手柄の証である敵の首は、防腐のために塩漬けにするのが一般的であった。そうでなければ、その首が実際に敵のものであるかを確かめられないであろう。だが、将門の首の場合、公に晒されるまでに相当の時日がたっていたということは、討たれた当初は、梟首しようとは誰も考えていなかったということだ。そして、そうだとすれば、その首は、胴から切り離されたときには防腐処理は施されなかったものと思われる。

将門が死んだあと、首は地中に埋められていたのかもしれない。それを、にわかに京に送ることになって、四月の上旬から半ば頃に掘り返したとすれば、腐敗は相当に進んでいたであろう。虫がわいていてもおかしくない。新暦で考えれば、すでに五月の終わりの、かなり暖かい時季になっていたのだから。

黒く変色し、崩れ、虫がわき、ひどい臭いを発している首を、その時点で慌てて塩にまぶし、桶などに入れて運ばせたところで、京の人々の目に触れた将門の相貌は、まともに見られたものではなかったに違いない。もはや、それが将門のものか、余人のものかも定かではなくなっていたはずである。

そこまでして、どうして将門の首を晒さなければならなかったのかは不明だが、その差配に、かつて将門が私君と仰いでいた藤原忠平の関与があったことは確かなようである。やはり中央政府としても、百官の頂点に立つ忠平個人としても、梟首のような特別なことをしなければ、この大乱に真に終止符を打つことはできないと感じたのかもしれない。

とにかく、醜悪な首だ。その気味の悪さゆえに、見張りの者どもすら夜にはそばを離れがちで、警備がおろそかになる中、樹上より吊るされたその首のもとへ、わざわざ近づく者があった。女であった。

右足を引きずりながら首のすぐ下まで来ると、女は立ち止まった。その場からじっと動こうとはしない。彼女は心中で、首に語りかけていた。

「お許しくださりませ、新皇様。私のような悪業にまみれた女に会《お》うたばかりに、情けなきありさまになられて……みなは新皇様を極悪人、朝敵と思うておりますが、そもそものはじまりは、私めが邪霊を降ろしたがため。私こそが極悪人なのでございます。新皇様が地獄におられるのであれば、私めもいずれ、そのもとに参ることになりましょう。そのときに、私を煮るなり、焼くなり、好きなようにしてくださいませ」

その後も女は、手を合わせ、お許しを、お許しを、と念じていた。

すると、女の胸のうちに、首の主の声が響いてきた。

「桔梗よ、なにゆえに詫びておるのか？　たしかに、おことに出会《でお》うていなければ、俺は朕などと称しておらなかったがな」

その声は、笑っていた。

「愉快であったのう。京の帝に対し、坂東の帝を称したような大胆なる罪人は、これまで一人もおらぬではないか。いや、今後もあらわれぬのであろう。それを思うと、愉快だ」

「悔しくはないのでございますか？　かような罰をお受けになって」

将門は、たしかに罪を犯したかもしれない。戦いにも敗れたかもしれない。しかし、首を晒されるような仕打ちを受けるほどの悪人ではない。桔梗はそう思って、悲しくてしかたがなかった。

「悔しいに決まっておろう。負けるのは情けなきことだ。その上、よくも我が首を晒すようなことまでしてくれたものだ。まったく、口惜しいわい」

「戦わなければよかったのでございます。国譲りをなされればよかったのでございます。あの神が申されたように」

「それでは、もっと悔しいことになっておった。もっと、恥ずかしいことになっておった。負けることは悔しいが、恥ではないと存じておる。武人として、戦わずして逃げることこそ恥である」

「最後の戦の前、私に憑かれた神も武人であらせられたものと存じます。けれども、あのお方は生前、賢くも矛を収められ、国を譲られたのでございましょう。そして、神として、坂東をとこしえに見守っておられるのでございます」

「俺はさような賢き者でなくともよいのだ。戦わずして逃げた卑怯者と呼ばれるほどの恥辱は、俺にはない。卑怯と呼ばれるよりは、とことん大罪人でいたい」

「まあ……いま、どうしておられるので？　いずれにおわします？」

「いずれであろうかな……いま、闇のうちにおる。月のない夜よりも、なお暗い闇のうちだ」

「光はどこにも見えぬのでございますか？」

桔梗はかつて、師に教えられたことがある。自分が死んだと思ったら、光を探せと。光に向かっていけば、冥土へ旅立つことができ、この世をさ迷わずにすむのだと。

「見えぬ」

「どこかにあるはず。ごくわずかな光もないのでございますか？」

「見えぬ。いっさいな」

「これから、どうなさるおつもりでございますか？　祟り神になられますか？」

すでに、将門が討たれたとの報告が京都にもたらされた二月二十四日、それまで将門調伏の祈禱を行ってきた天台座主《てんだいざす》、大僧都尊意《だいそうずそんい》が入滅したことから、将門の祟りは京洛ではまことしやかに語られはじめていた。京の者たちからすれば、そもそもが得体のしれない化け物どもが巣くっていそうな坂東で、将門は無類の強さを発揮し、あまつさえ叛逆まで起こしたのだ。よって、人々は将門を鬼の頭目のように考え、それが怨霊となって世に災いをもたらしたとしても不思議ではないと思った。実際、以降も疫病などが流行するたびに、将門の仕業だと噂されるようになる。

だが、将門の首はまた笑った。

「祟ろうなどと思うものか。たしかに、矢で射られたときには腹が立った。悔しかった。だがな、祟ろうなどとは思わぬぞ。祟られたと思うて病に倒れ、また死ぬ者どもは、おのれが抱く邪念に中《あた》っておるまでよ。激しい憎しみや恐れを抱けば、病を呼び、息は細くなり、心の臓は悲鳴を上げるのが道理だ。俺のせいにするなど、迷惑千万」

将門はしばらく笑ってから、静かに言った。

「俺はこれからもずっと、坂東におりたいと思う。俺のやりようは下衆であったかもしれぬが、俺なりのやり方で国譲りはしたつもりだ。あとは、静かに坂東とともにありたいのだ」

それから将門は、こうも言った。

「下衆なる新皇が戦って敗れたからこそ、坂東は、この日の本で特別な国となったのではあるまいか。そして、いずれは坂東が輝く世が来るはずだと思うておる。俺は、それが楽しみだ」

首を見上げながら、桔梗も呆れ笑った。

「やはり、大きなお方でございますね。山のように高く、海のように広いお方。天晴れと申し上げるほかはございませぬ」

「桔梗のおかげだ。会えて、幸せであった。一緒にいられて、楽しかった」

将門の快活な笑い声を聞くうち、桔梗は、彼の無様な首が木にかけられたままであることが、たまらなく腹立たしく思えてきた。木の幹に近づくと、懐剣を取り出し、抜いた。柄を口にくわえると、低い枝に手をかけ、でこぼこした木肌を足で踏んでよじ登る。右足が不自由であるから苦労したが、ようやく将門の首がかけられた縄に手が届くところまで登ると、剣を手に持ち、腕を伸ばして縄に刃を当てた。縄が断たれ、首は落下する。そして、首は音を立てて地面にぶつかり、転がった。

木から下りた桔梗は、肩にかけていた袿を脱ぎ、将門の首を包んだ。それを抱え、夜陰のうちに姿を消した。

翌朝、首がなくなっていることに気づいた洛中は大騒ぎとなった。誰が言いはじめたものか、「将門の首が飛び去った」との噂が京洛の上下に広まっていった。そしてそれが、さらなる将門怨霊説に彩りを与えていくことになる。そのうちには、飛び去った首が坂東に帰り着いたというものもあった。人々はますます、将門の御霊を恐れるにいたった。

だが、平将門は、崇徳《すとく》天皇、菅原道真とともに三大怨霊などと呼ばれるものの、その後の彼に対する人々の印象は、ただ恐ろしいだけのものではないと言えよう。とりわけ、東国に暮らす者にとっては。

十四世紀初頭に東国で疫病が流行したとき、将門の祟りと噂され、彼の供養が行われた。それ以降、将門は神田《かんだ》明神《みようじん》に祀られ、除災厄除《じよさいやくよけ》の神、あるいは勝負運を授ける神として人々に崇められるようになった。さらに、江戸時代には江戸総鎮守の一柱《ひとはしら》として、幕府の厚い尊崇を受けるにいたる。いやそればかりか、関東各地に、いまもなお将門を祀る神社は点在している。すなわち将門は、長らく坂東の人々から守り神として慕われつつ、坂東の繁栄を見守ってきたと言えるわけだ。

いっぽう、将門とともに数奇な運命をたどった巫は、歴史の彼方《かなた》に消えたのだった。

主要参考文献

林陸朗校注『新訂　将門記』（二〇〇六年　現代思潮新社）
岩井市史編さん委員会編集（責任編集　福田豊彦）
『平将門資料集　付・藤原純友資料』（平成八年［一九九六年］新人物往来社）
川尻秋生『平将門の乱』（二〇一八年［二〇〇七年　第一刷］吉川弘文館）
鈴木哲雄『動乱の東国史1　平将門と東国武士団』（二〇一九年［二〇一二年　第一刷］吉川弘文館）
樋口州男『将門伝説の歴史』（二〇一五年　吉川弘文館）

「小説宝石」二〇二三年十月号～二〇二四年七月号
掲載作品を加筆修正しました。

中路啓太（なかじ・けいた）

1968年東京都生まれ。東京大学大学院人文社会系研究科博士課程を単位取得の上、退学。2006年、『火ノ児の剣』で第一回小説現代長編新人賞奨励賞を受賞し、作家デビュー。'15年『もののふ莫迦』で第5回本屋が選ぶ時代小説大賞受賞。'10年『己惚れの砦』で第31回吉川英治文学新人賞候補、'16年『ロンドン狂瀾』で第7回山田風太郎賞候補となる。綿密な取材と独自の解釈、そして骨太な作風で、歴史時代小説の旗手として大きな注目を集めている。他の著書に『うつけの采配』『獅子は死せず』『昭和天皇の声』『南洋のエレアル』などがある。

新皇将門《しんのうまさかど》

2024年11月30日　初版1刷発行

著　者　中路啓太《なかじけいた》
発行者　三宅貴久
発行所　株式会社 光文社
〒112-8011　東京都文京区音羽1-16-6
電話　編　集　部　03-5395-8254
　　　書籍販売部　03-5395-8116
　　　制　作　部　03-5395-8125
URL　光　文　社　https://www.kobunsha.com/

組　版　萩原印刷
印刷所　新藤慶昌堂
製本所　国宝社

落丁・乱丁本は制作部へご連絡くだされば、お取り替えいたします。

ISBN978-4-334-10479-5